冰如劍——著
唐尼宇——繪

推薦序
追逐夢想，就是要永不停歇

熱血 NBA 作家 HBK

說來有趣也帶一點驕傲，我會認識冰如劍是在二〇一三年的八月，他私訊我的粉絲團，分享了一段他所寫的小說內容，並且告訴我，我所寫的每一篇文章都觸動了他內心籃球熱血炙熱的魂魄，讓他想繼續做他的籃球夢，即便不可能像林書豪一樣打進 NBA，但至少能寫一篇動人心弦，彷彿自己置身於故事中的熱血籃球小說，用文字的力量感動他人，讓愛籃球的夢能延續下去。

那時我得知他正在當兵，且還是擔任勤務很多的憲兵，他所寫的小說都用自己放假時間埋頭苦幹地在寫文與構思劇情，當時我就在想，這個年輕人到底有什麼問題？通常當兵放假就是出外遊玩放鬆自己，他反而是在休假時，繃緊神經絞盡腦汁在寫作，整個陶醉於自我的世界裡，展現出樂此不疲態度。

雖然我們兩人之前完全不認識，也未曾見過面，但我由衷地被他的堅持所感動，也對於這位小粉絲印象深刻，並鼓勵與期許他能真正完成自己在寫作上的夢想，即使這條路並不好走又坎坷，還是希望不要輕易放棄。

而我們兩人接下來就中斷聯繫，相隔將近一年，在二〇一四年的七月中，我又在我堆積如山的私訊收件夾裡看見一個有點熟悉的名字，點開來看，恍然大悟，這不就是去年立志要當小說家的年輕人嗎？

很快地，發現我當時深怕他半途而廢的想法根本是多慮了，他開門見山地告知我他已經退伍，並且他的小說已經開始在連載，分享一個叫做「POPO 原創」的線上創作網站給我，那裡充斥著許多優秀的華文創作者，有琳琅滿目的類型，而我在其中一個項目裡，看到一本名為《最後一擊》的作品排在排行榜前端，作者就叫做冰如劍。

再點進去，看到總字數來到五十幾萬，已經累積了不少死忠的讀者，真的不由得會對他感到驕傲，甚至自嘆不如，在追夢的過程裡，我眼裡的這年輕人比我還要堅毅與執著。

深入再談，他告訴我退伍後他每個禮拜至少要寫幾萬字的內容，強烈鞭策要求自己要做到，打工回家就是寫文，且在夢想成為作家的路上他與家人鬧得並不愉快，但他為了堅持自己的夢想，離開老家台南到台北，住在一個加蓋的鐵皮屋裡，在夏天炎熱高溫猶如烤箱的環境下，他仍能持之以恆完成他對於讀者每週更新的期待，真的能深刻了解與體會，他是真正燃燒熱情在享受這追夢的過程。

俗話說，一個有決心和擁有清晰目標的人，他們會時時刻刻砥礪自己要抓緊夢想，不僅僅牢牢記住在心坎裡，一刻也不與它分開，還要永不停歇地去追逐。因為夢想對於他就像吃飯、睡覺一樣重要，要把這滿腹的凌雲壯志化為動力，而不只是淪為空談，全力以赴不給自己留下遺憾，在我眼裡，冰如劍就是這樣子的築夢者，真的很讓我欣賞，我們也因此成為好朋友。

這本書，《最後一擊》，我能說這是我看過最熱血的籃球小說，就我自己也常在寫文、不時會買書來閱讀，以及我同樣是深愛籃球愛打籃球的人，《最後一擊》真的可以勾起心中對於籃球的熱魂，就好像在看一場精彩的比賽一樣，讓人欲罷不能想看下去，且能聯想到很多東西。

啟南高中就好像 NBA 裡六〇年代的波士頓塞爾提克，十三年內拿下十一座總冠軍，包含不可思議的八連霸，統治了當時整個籃球界。而啟南高中，三十年二十次冠軍，一句「啟南王朝，無可動搖」，這也會讓人聯想到《灌籃高手》裡的山王工業，連續三十年都是秋田縣的第一種子，他們不僅僅是「常勝」，而是到了「不敗」的地位，直到他們遇到了湘北高中。

光北高中就彷彿是湘北高中，像流星一樣璀璨地一閃而逝，擊敗了可說是無敵的啟南高中，但結局也與《灌籃高手》的湘北高中神似，遭逢主力受傷，下一戰已氣力放盡，神奇之旅也就此畫下休止符。

李明正的籃球夢，就交由自己的兒子李光耀來繼承，在籃球已沒落的光北高中裡，他自信滿滿要掀起一股革命與復興的浪潮，而從他那鋒芒畢露的球技、桀驁不馴的個性上，很有 Kobe Bryant 或者是 Allen Iverson 的影子存在，他們的共通點都是，享受挑戰、證明自己、打爆眼前所有對手，相當迷人的英雄特質。

而更有意思的是，要復興光北高中，光靠李光耀是不夠的，他得組一個團屬於光北高中的「正義聯盟」，他必須招募自己的左右手，一樣與他熱愛籃球，並有著想化腐朽為神奇的鬥志，願意一起有共同目標的隊友。

你可以看看一個只會投三分的超級神射「王忠軍」，一個不會打球但擁有極佳身材的門神「麥克」，以及之後陸續加入的隊友們，每個人都有自己的故事和各自對於籃球的牽絆，這也是整個小說的迷人之處。

所以如果你也愛籃球，《最後一擊》怎麼可能不會吸引你？有著太多讓人熱血與共鳴的籃球精神與記憶，且最重要的是，從文字裡，你可以感受到冰如劍他對於籃球的愛與熱情，這是只有真正愛籃球的人才寫得出來，一個裝載著他靈魂的精彩之作。

相信我，閱讀《最後一擊》，會時常令你想拿起球就跑去球場鬥牛，光是這一點就能證明這個故事有多迷人，能夠燃燒著你我對於籃球的激情，讓我非推薦給大家不可。

冰如劍本人也是整個故事精神的縮影，值得大家去學習效法，追逐夢想，就是要永不停歇。

推薦序
從最後一擊　看懂 WE WILL 精神

星裕國際總經理　王立人

當《灌籃高手》和《影子籃球員》成為當代經典籃球動漫，相信大家更驚喜可以看到從台灣學生籃球出發的《最後一擊》，不同動漫的是，學生籃球聯賽的熱血、執著、激情與感動透過文字力量被闡述出來。除了其中的友情、親情和純愛故事外，推薦看這部小說的原始動力絕對是，夢想。

光北高中，一支原本不被看好的隊伍，一路從丙級打到乙級，再打進象徵高中籃球最高殿堂的甲級聯賽，靠得不是天分、不是機運，而是比別人更殘酷的訓練內容，以及對勝利的極度渴望。在球場上展現超強能力的李光耀，連隊友都不知道他每天早上四點就摸黑起床練球，週末沒練球時間也堅持到公園自我訓練，李光耀的自信、球場上的每一個好球都是由背後無數艱辛訓練助攻而成，我想要拿 UNDER ARMOUR 最常鼓勵正在挑戰夢想的人一些正面金句送給大家：看得見的閃耀，來自黑暗裡的瀝煉。

也許這樣的夢想故事正發生在台灣某個角落，UNDER ARMOUR 秉持著「讓運動者更強」的品牌理念加入 JHBL 國中籃球聯賽，便是要全力支持學生球員勇敢追夢，築夢踏實，總有一天，大家對運動的一切努力能被看見，WE WILL。

推薦序
大聲說出你的夢想，敢於投出你的「最後一擊」

《極力誌》聯合創辦人　王偉鴻

每個人的心裡，都收藏著一個不為人知、不敢大聲說出來，以及還沒有勇敢去完成的夢想。有人想成為籃球員、有人想環遊世界、有人想當個作家、有人想當個演員、有人想……是的，很多人都停在「想」這個階段。對於夢想，有多少人能有自信地大聲說出來，不懼艱辛地去追尋？

二○一五年五月，《最後一擊》作者冰如劍毛遂自薦，將《最後一擊》投稿到《極力誌》，編輯們看過故事大綱及部分故事內容後，便決定邀請冰如劍做連載。事實上，《極力誌》看到的，不單是《最後一擊》的故事，還有看到冰如劍的故事。一個年輕人，為了「作家」這個夢想，勇敢地踏出第一步，努力地開創自己的路。

《最後一擊》的故事好看與否，交由讀者自行判斷，我們不做評論。但至少《極力誌》的編輯們看不到有什麼不妥的地方，既然如此，何不給這位充滿幹勁，努力追尋夢想的小伙子一個平台、一個機會，讓他的作品得到更多人的欣賞？

「我以後要成為全世界最強的籃球員」這句話，經常掛在主角李光耀的嘴邊，曾幾何時，也一度掛在自己的嘴邊。而現實的結果，就不用多談了。《最後一擊》讓我想起讀書時，跟籃球隊隊友們在球場上一起揮灑汗水、一起努力練習，互相扶持的情景。我還記得，當大家練習完後倒在學校的球場上，看著夕陽西下的天空，還有訓練後到便利店搗亂的嘻哈日子。那時我們沒有想太多，就只是想專注地去打好每一場比賽。我們什麼都不怕，就只怕面對強勁的對手時，有人會退縮。我們挺起胸膛走入球場，不論結果，也要挺起胸膛走出來。

離開校園之後，經過社會洗禮的你，是否還有勇氣向其他人大聲說出你的夢想呢？還在猶疑是否該為夢想踏出第一步？當你看過《最後一擊》後，相信會讓你找回那青春歲月，重新找回當時無懼一切，充滿熱血幹勁的自己。

夢想並不可怕，就像主角李光耀一樣，自信地大聲喊出你的夢想，然後勇敢地踏出第一步，頭也不回地為夢想走下去。你在球場上投出要分勝負的「最後一擊」，結果會是什麼，沒有人知道；但重要的是，你敢於投出這「最後一擊」，才能看得到結果。在此祝願冰如劍及《最後一擊》能取得他應有的成功。

啊！還有，我的籃球夢沒有就這樣完結，就像李光耀的爸爸李明正一樣，只是用了另一種方式去繼續。我和冰如劍一樣，也是個不到三十，為夢想而努力的人。

推薦序

說書人　柳豫

你喜歡籃球嗎？

在談《最後一擊》之前，我想聊聊《灌籃高手》。

《灌籃高手》是我們這個世代的共同記憶，還記得當初動畫首播，正好是在我的兒童美語班放學時間，我總是學櫻木花道手刀衝刺趕回家，準時和湘北隊一起追逐稱霸全國的夢想，每次聽到片尾曲〈我只凝望著你〉就覺得哀傷，小時候娛樂並不多，在上學與補習的日常之中，《灌籃高手》就是每週支撐我活過七天的動力。

隨著年紀增長，重看了漫畫、動畫無數次，對這部作品的愛卻有增無減：十歲時最喜歡流川楓，沒什麼好說的，就是帥；二十歲最喜歡櫻木，喜歡那自信、無所畏懼、勇敢追夢的身影；三十歲最喜歡三井、赤木、木暮，因為他們讓我看到的不只是夢想，還有夢想與現實之間的掙扎。

如果你沒有看過這部漫畫，你大概不知道我有多麼羨慕你，並且不計代價想要和你交換，因為這樣就能再次體會第一次看到這部神作的感動了。

然而，我在《最後一擊》中竟再次看見這種感動——作為一部描寫籃球、青春、夢想的小說，無可避免地會讓人聯想到《灌籃高手》這道高牆，但《最後一擊》並未因此受到局限，反而創造出一部屬於台灣的高中籃球小說——你在書中不會看到流川楓、櫻木花道、赤木剛憲，不過，你將看到另一支讓人打從心底喜愛的球隊，看到王牌的光芒與團隊合作的光輝，看到夢想這條長路上，那些困頓、挑戰、歡笑、汗水和淚水。

我在《最後一擊》於網路上連載的後期開始追蹤收看，結果一發不可收拾，七天之內追上這部超過兩百萬字的長篇連載小說的最新章，作者冰如劍說故事的方式輕快而充滿魔力，讓人一邊陪伴、見證書中主角群的成長，一邊從他們身上得到滿滿能量，當你翻開小說的第一頁，你也將加入光北高中的這趟奇幻之旅。

你有夢想嗎？你喜歡籃球嗎？如果你喜歡，相信你會喜歡這個故事。

我誠心推薦《最後一擊》這部小說——我很喜歡，這是我的真心話。

推薦序

音樂創作者　陳零九

已經有點忘記第一次是在哪裡看到他的文字，冰如劍，這三個字讓我先入為主以為寫出來的內容會是武俠類的小說，我非常喜歡武俠的題材，當然他確實也是，我很喜歡冰如劍的另外一部長篇叫做《刀神》，非常非常喜歡，也推薦給大家可以去 POPO 原創閱讀，相信喜歡修仙武俠類的讀者們會很愛。

而另外一個跟冰如劍的連結應該就是籃球與 Kobe 了吧，我們都是創作人，而創作是孤獨的，需要跟寂寞獨處的，對應到 Kobe 的曼巴精神（自幹）應該或多或少有點關聯吧？哈哈說笑的，我覺得是因為很多有成就的人都會有他堅持的點，Kobe 是這樣，我跟冰如劍也是，那是屬於我們的領域，很多是無法妥協的，希望大家能夠接受一下我們的堅持（龜毛），也希望你們能夠細細品嚐每個創作人死了很多腦細胞跟無數個夜晚所產出來的孩子，裡面有很多很多我們對於這個世界的投射，等著你們來挖掘。

最後，還是要推薦一下，這部《最後一擊》是少數用籃球當作題材的小說，看著《最後一擊》，會讓我想到《灌籃高手》，仔細品嚐後，絕對會讓你有想要換上球鞋出去熱血一下的衝動，我發自內心地推薦這本小說給大家，也恭喜冰如劍，相信你未來會帶給我們更多更棒的作品，加油！

作者序

冰如劍

這是一部關於夢想與籃球的小說，除了鼓勵大家勇敢追夢，更多的是關於為自己的選擇負責，為自己的目標負責。

你想要完成夢想，就需要努力付出，甚至是做出犧牲，某些程度上，有點像是我自己追求作家夢的過程。

為了成為作家，我壓縮了生活品質，犧牲休閒娛樂活動，將所有的精神與靈魂投注在寫作上。如同故事中的各個角色一樣，為了實現夢想，當別人出門逛街、看電影時，他們選擇在籃球場上奔跑流汗，忍受著艱苦的訓練，就為了能夠在比賽中大放異彩。

所以比起追夢，我覺得這更像是一部「為自己的選擇負責」的小說，另一方面，也是在延續著我曾經純真的籃球夢。

我國中開始愛上籃球，因為深愛著湖人隊傳奇球星 Kobe Bryant，甚至夢想著到 NBA 這個籃球最高殿堂跟他交手，親身體驗他的實力到底有多強。

為了達到這個目標，每天晚上我總是騎著腳踏車到附近的球場，獨自練習投籃。有一段時間，即使寒流來襲，氣溫十度以下，我還是堅持著沒有放棄。

令人難過的是，我所付出的努力其實遠遠不足以幫助我到達 NBA，加上一些現實的因素，所以我的籃球夢，被家人狠狠地摧毀了。雖然早就猜想到自己這輩子都不可能走到那個地方，心裡還是不免有缺憾。

後來我遇上了寫作，才發現我對於文字的熱愛更甚於籃球，於是在某一天，我決定利用文字來彌補當時的那份遺憾，也因此有了《最後一擊》的誕生。

有人認為，作家會將自己投射在作品上面，在《最後一擊》裡，確實就是如此。不管是對於籃球或者人生，我都投注了自己的價值觀，我也把很多的「我」加進裡頭，將我認為籃球最精彩、最刺激、最吸引人的地方，毫無保留地放進去。

同時，我也放進了「選擇」，因為成為一個作家，正是一個非常自私、任性且固執的選擇。當我下定決心，轉身背對著眾人對我的期望，倔強地選擇往作家路前進時，我就告訴自己，要為了這個選擇負責，要為了自己想要到達的那個地方，付出更多倍的努力。

寫作跟籃球，感覺起來像是兩個完全不同的領域，可是有一個地方我認為是共通的，那就是即使付出再大的努力，最後都有可能是一場空。

籃球員只要經歷一次受傷，可能就會讓過往所有的努力白費，就像故事中的李明正一樣，即使如此，李明正卻沒有任何後悔或遺憾。

正如我一直告訴自己的，不管我的作家路走得如何，我最大的收穫，是我的人生將不會對此有任何遺憾。

曾經我的夢想被狠狠地摧毀，而這一次，我決定用最大的努力去守護著它，即使跌得再痛，我也甘之如飴。

或許，這就是專屬於追夢者的浪漫吧。

這是一部我發自內心寫出來的小說，我感動了自己，希望也能夠感動翻閱這本書的每一個你。

第一章

開車前往體育場的途中，蕭崇瑜顯得很開心，只要是與苦瓜一起出差採訪光北的球賽，他的心情都會非常好。

「苦瓜哥，光北前幾天才贏了去年第四名的大容高中，今天對上的是去年才拿第六的興華，這樣比起來，應該可以輕鬆贏球吧？」

苦瓜從口袋裡掏出皺巴巴的菸盒，拿出最後一根菸，點燃，面無表情地吐出藍灰色的煙霧，「籃球這種東西，就算有幾百萬種數據當作參考，真正在比賽的時候，勝負卻可能出乎意料。」

「苦瓜哥覺得光北有可能輸給興華？」

「在籃球場上誰輸誰贏沒有絕對，這就是籃球比賽最吸引人的地方，不是嗎？」

苦瓜把菸抽完，再吐出一大口煙霧，便順手將菸蒂丟進還有一點水的寶特瓶裡。

蕭崇瑜說：「所以就連 NBA 也會出現像是老八傳奇，或是已經領先超過二十分，卻在最後第四節被逆轉的戲碼。」

「數據能夠呈現的，永遠都是可以量化的表現，但是球員的內心素質，例如說抗壓性，是沒有辦法用數據來說明的。」苦瓜右手向前指，示意蕭崇瑜前面轉角處有一間便利商店。

蕭崇瑜打了右轉燈，緩慢靠到路邊。

「不過以光北現在高昂的鬥志，跟一場比一場更強的實力，興華要打敗光北的機率確實很小。」話一說完，苦瓜開門下車，走進便利商店。

蕭崇瑜看著苦瓜的背影，在車子裡搖頭竊笑，「說的好像自己很客觀一樣，心還是站在光北隊那邊嘛，苦瓜哥真是悶騷啊！」

「一包白大衛，一杯熱美式，不用糖、奶。咖啡我等一下過來拿。」苦瓜在櫃檯付了錢，拿了發票還有菸之後便直接往外走。

他站在店門外，又點了根菸，深深地吸了一口，思緒同嘴裡吐出的煙霧，飄向遠方。

隨著乙級聯賽進行到第三輪，距離甲級聯賽開打的日期也越來越近，已經有很多甲級的球隊開始打友誼賽熱身。

台灣高中籃壇開始活躍，也代表著負責高中籃球專欄的苦瓜越來越忙。但就算常常忙到要留在公司過夜，只要光北有比賽，苦瓜都一定會帶著蕭崇瑜親自到現場紀錄比賽的過程，採訪兩隊的教練。

人不是鐵打的，苦瓜當然也會覺得很辛苦。雖然《籃球時刻》給他的薪水相當優渥，該給的加班費、津貼一樣也不少，但對苦瓜來說，他如此努力的工作並非全是為了公司，說的更直接一點，他在某些方面是藉由公司來達成自己的目的。

苦瓜的目的就是籃球，還有將他帶入籃球世界的光北高中。

以《籃球時刻》編輯的身分，完完整整地紀錄光北高中從無到有的過程，是支撐苦瓜的最大原動力。

苦瓜抽完菸，拿走熱騰騰的黑咖啡後迅速回到車上，「走吧。」

「是，苦瓜哥。」

光北高中連續三場比賽都在同一個體育場裡面，蕭崇瑜已經不需要靠導航就可以快速抵達球館。

「別漏了東西。」苦瓜下了車，對蕭崇瑜說道。

「是，苦瓜哥！」蕭崇瑜打開後車廂，一個人又提又拿又揹，將所有的錄影與攝影設備全部攬在自己身上，跟在苦瓜後頭走進體育場。

球館內傳來拍球的聲音，光北與興華兩支球隊已經開始熱身，兩人快步到了二樓的觀眾席，蕭崇瑜迅速架設好錄影機後，便拿出相機補捉球員熱身的身影。

不久後，低沉的叭聲響起，裁判用手勢示意兩邊球員上場，蕭崇瑜把相機對著光北高中，拍下他們上場前的模樣。

底下，李明正不忘最後提醒，「記得，全場壓迫性防守，鞏固籃板球！」

「是，教練！」

「隊呼！」謝雅淑從椅子上跳起來，舉起右手。

光北的球員站到謝雅淑身邊圍成一圈，右手放在謝雅淑的手上，謝雅淑大喊：「光北！」

「加油！」

「光北、光北！」

「加油、加油！」

「光北、光北、光北！」

「捨、我、其、誰！」

光北先發球員，後衛，五十五號詹傑成、十二號包大偉，禁區鋒線，九十一號李麥克、三十二號魏逸凡、三十三號楊真毅。

麥克走到中場的圓圈，與興華的中鋒面對面站著。

這時興華做了一件讓光北吃驚的事情，除了跳球中鋒之外的其他四名球員，全部站在後場的位置，裁判還沒有執行跳球，他們就好像已經認定自己的中鋒絕對爭取不到第一波的進攻球權。

李明正看著興華球員的行為，不禁瞄向興華的板凳區，目光投注在台灣高中籃壇年紀最大，已經六十三歲的莊子華總教練身上。

李明正心想，還真是聰明呢。

嗶的一聲，裁判高高把球拋起，麥克展現他傲人的身體素質，輕而易舉地把球拍給詹傑成。

興華的中鋒雖然早就知道自己絕對跳不贏麥克，但真正面對面體驗麥克的爆發力跟彈跳速度後，才知道是如此驚人。

詹傑成拿到球，觀察興華的防守陣式，果然如李明正所說，防守圈縮得很小，兩個後衛球員甚至都站在三分線以下的位置，就連他運球往三分線靠近，也完全沒有上前防守的意圖。

在這種情況之下，詹傑成反而不敢投籃，因為他的外線能力並不穩定，更別提外線比他更爛的包大偉，而他切入能力又沒有李光耀厲害，很難在興華這麼小的防守圈之下要到分數。

因此詹傑成很快做了一個決定，那就是把球傳給現在場上外線最準的隊友，楊真毅。

楊真毅在右邊底角接到球，身體一沉，直接運球往左邊切，發現防守的小前鋒馬上往後退，收球拔起來，帶一步跳投出手，小前鋒完全反應不及，只能看著球從楊真毅手中飛出，劃過美妙的弧線，落在籃板右上角往下彈，唰的一聲，空心進籃。

光北率先得分，比數二比零。

楊真毅投進之後，馬上跑到中場的圓圈，心裡默想，今天出手的感覺還真不錯！

興華中鋒拿球踏出底線外，光北馬上開始全場壓迫防守，控球後衛被死死跟著，只要一傳球就有被抄截的危險，不過興華的球員卻沒有因此驚慌失措，因為光北會使出全場壓迫性防守也在莊子華總教練的預料之中，賽前早就叫球員做好心理準備。

興華的得分後衛跑到籃框下方接應中鋒的底線發球，接著靠中鋒的單擋掩護把球帶到前場，然後將球交給控球後衛。

控球後衛一拿到球，興華的球員馬上動起來，魏逸凡沒注意到小前鋒跑到底角三分線，當控球後衛把球傳給小前鋒時，魏逸凡撲上去已經來不及，小前鋒沒有放過大空檔的好機會，三分得手，幫助興華超前比數。

這時，謝雅淑馬上大喊：「講話！要講話！昨天教練不是說過了嗎，防守要講話，你們昨天不是也回答『是，教練。』了嗎，現在在幹嘛啊，魏逸凡，真虧你有打過甲級聯賽，怎麼了，剛剛漏人也漏太大了吧！」

謝雅淑的音量連在二樓的苦瓜與蕭崇瑜都聽得一清二楚，當然也傳達到場上球員的耳裡，魏逸凡被謝雅淑當面拿出來講話，卻沒辦法多說什麼，因為剛剛確實是他的錯。

興華得分之後很快回防，一樣擺出防守圈很小的二三區域聯防，而這一次詹傑成依然選擇把球交給楊真毅。

楊真毅沒有讓詹傑成失望，空手跑位後在罰球線右邊拿到球，運球往右切，一個跨步之後收球拔起來，再次帶一步跳投，小前鋒防守還是跟不上，唰的一聲，又是漂亮的空心進球。

比數，四比三。

「嗯？今天楊真毅的得分欲望真是強烈，跟平常不太一樣。」蕭崇瑜有些訝異，光北至今每一場比賽蕭崇瑜都有參與，所以他可以很肯定地做出這個結論。

在光北的禁區鋒線之中，最不搶眼的絕對是楊真毅，就身材來說，他是最矮也是最沒有肌肉的；以進攻打法上來說，他沒有高偉柏的魄力，也沒有魏逸凡的靈巧，同樣在禁區裡面騙起防守球員跳起，高偉柏會靠在對方身上尋求犯規進算的機會，魏逸凡會利用腳步閃躲開來輕巧上籃得分，但是楊真毅只會把球傳出去。

防守端，高偉柏跟魏逸凡的態度很像，都不會讓人隨便突破他們的防守，但是楊真毅卻不一樣，他反而會故意讓對手突破防守，把對手逼進底線難以出手的地方，或是讓禁區的隊友幫他包夾。

除此之外，楊真毅平常持球時間不長，只要一拿到球幾乎都扮演策應的角色，隊友有空檔就一定傳球，不然就是把球交給魏逸凡或高偉柏，他鮮少主動進攻，幾乎都是有大空檔才會出手。

蕭崇瑜曾經有一度把楊真毅形容為光北的隱形人，甚至是光北最偷懶的球員，他以為苦瓜也會贊同，但沒想到苦瓜的回應跟他想像的完全不一樣。

「他用最省力的方式在得分與防守上發揮他的影響力，這種打法不叫偷懶，而是聰明。

「而且他成功地讓你小看他，如果你今天是他的對手，一定會被他耍得團團轉。

「他總有一天會發揮出真正的實力，到時候你就會知道楊真毅的厲害。」

蕭崇瑜看著球場，心想難道苦瓜哥說的話，就要在今天實現了嗎？

興華的球權，光北持續全場壓迫性防守，但興華顯然有備而來，藉由大前鋒跟中鋒的掩護，控球後衛輕鬆把球運過前場，指揮隊友跑位。

這一次光北的防守「大聲」起來，每一個人都在溝通，互相提醒隊友興華的跑位狀況。

在籃球場上流傳著「防守越好的球隊越吵」這麼一句話，完整地說明了在防守時講話提醒隊友的重要性，一個掩護，一個空手走位，一個開後門（註一），若是沒有互相溝通、提醒，很容易就會失分。

在防守時，隊友與隊友之間互相提醒與溝通，才能達到最好的防守效果。

然而興華不管是傳球或跑位都有十足的默契，得分後衛藉由大前鋒的掩護跑出空檔，從左邊底角繞到弧頂三分線空手切進禁區，光北沒有人注意到他，持球的小前鋒馬上把球傳過去，得分後衛一接到球就踏兩步準備上籃，眼前除了籃框與籃板之外一片遼闊，但是放球的瞬間，一隻黑色的大手突然從旁邊出現，狠狠地將球拍了下來。

麥克在最後一刻及時補防，賞了得分後衛一個大火鍋！

可惜的是，球飛出去竟然落在三分線外的控球後衛手裡，因為進攻時間所剩不多，控球後衛毫不猶豫地將球投出去，球落在籃框內緣直接彈進。

興華連續兩次三分線外得手，比數四比六。

帶點幸運的三分球進，讓莊子華教練不禁鬆了口氣，在場邊大喊：「回防！」心想這球還真是賺到了。

場上，興華五人快速回防，詹傑成接到麥克的底線發球，運球過半場，正思考要怎麼發動這次攻勢時，卻看到楊真毅舉手要球。

詹傑成愣了一下，因為楊真毅很少這麼主動要球，而且眼神裡還充滿他前所未見的鬥志。

詹傑成心想，既然你難得如此鬥志高昂，好，我就把球傳給你。

詹傑成運球到右側三分線之後，把球高吊給楊真毅。

楊真毅伸出左手接住球，眼睛看向籃框，拿球就要投籃，對位防守的小前鋒馬上跳起來想封阻楊真毅，卻中了楊真毅的投籃假動作。

楊真毅身體一沉，運球往禁區切擺脫小前鋒的防守，興華中鋒連忙上前補防。

若是平常的楊真毅，這時一定會把球塞給沒有人防守的麥克，可是今天的楊真毅選擇自己上。

楊真毅迅速收球，把球高高往上拋，球越過興華中鋒高高舉起的手往籃框落下，隨後又傳來一道清脆的唰聲。

楊真毅三投三中，連續拿下六分，幫助光北追平比數。

場外的謝雅淑看到楊真毅的表現，從椅子上跳起來，「楊真毅，好球！」

場邊的李光耀與高偉柏也對著楊真毅喝采：「好球！」

楊真毅連得六分的表現，讓光北的士氣高昂起來。而楊真毅得分後並沒有得意忘形，將精神投入在防守之中，而這次光北的防守把興華逼到差點犯下八秒違例（註二）。

控球後衛在第八秒的時候把球運過半場，雖然有違例的嫌疑，但是裁判沒有吹哨，球賽繼續。

興華球員在控球後衛的指揮下開始跑位，不過因為之前已經浪費了八秒鐘的進攻時間，這次跑位稍微倉促，在沒有跑出完全空檔的情況下，控球後衛把球交給了小前鋒，結果投籃被楊真毅干擾到，球落在籃框側緣彈出來，籃板球被麥克搶下。

「傳前場！」詹傑成大喊，右手往前場一指。

麥克完全沒有多想，右手拿球往後一拉，用力把球往前丟，而包大偉早在小前鋒投籃時就往前場偷跑，興華回防不及，包大偉接到球之後輕鬆上籃得手。

光北再度超前比分，比數八比六。

看到包大偉乾淨俐落的快攻上籃，李明正轉頭望向吳定華，「他的快攻速度變快了，動作也比以前順，你上次給的建議還滿有效果的，不錯。」

★

第一節比賽結束，光北領先五分，比數二十三比十八。

第一節比賽表現最亮眼的非楊真毅莫屬，個人攻下十二分，占了總得分的一半以上，而且命中率非常高，八投六中，另外還搶下了三個籃板外加兩次助攻，在第一節主宰球賽，不管遠投近切，興華的防守都拿他沒轍，幾乎是予取予求。

除了楊真毅之外，包大偉的表現也十分出色。

進攻端，包大偉一個人完成三次快攻，三投三中拿下六分。在防守端也頗有建樹，一對一防守時封阻興華得分後衛三分線外的後仰跳投，眼明手快地抄掉控球後衛的傳球，在火鍋、抄截之後都是一條龍直接上籃得分，除了第一次的快攻是接到麥克搶下籃板球傳來的助攻之外，其餘兩次快攻都是靠他自己的防守帶動。

興華方面，大部分的分數都是靠球的傳導製造空檔得分機會，興華流暢的傳球與跑位，讓光北頓時有種與社區籃球隊那些大叔交手的錯覺。

休息兩分鐘之後，在第二節比賽開始之前，光北與興華雙方都做了陣容上的調整。

光北隊，麥克、詹傑成、包大偉下場，高偉柏、李光耀與王忠軍上場。

興華方面，莊子華教練把陣中最高的禁區鋒線全放在場上，但後衛反而換上最矮小的組合。

嗶！第二節比賽開始，尖銳的哨音傳來，裁判指示兩邊球員上場。

第二節第一波球權掌握在興華手中，光北繼續全場壓迫防守。興華把王忠軍的防守當作突破口，輕而易舉就把球安全地帶到前場，似乎早就知道王忠軍是光北場上的防守黑洞。

李明正瞇起雙眼，瞄向莊子華教練。

莊子華教練，你還真把我們光北研究透徹了啊……

彷彿在印證李明正心中所想，一過半場，興華一改第一節不斷傳球與空手跑位的進攻模式，控球後衛面對王忠軍的防守選擇切入，而王忠軍像是旋轉門一樣馬上被突破。

「我的！」楊真毅大喊，很快上前補防，但控球後衛沒有繼續往裡面切，收球急停跳投，球空心入網。比數，二十三比二十。

「王忠軍的防守還是不太行。」蕭崇瑜一臉扼腕，旁邊的苦瓜微微嗯了一聲，表示贊同。

球場上，魏逸凡底線發球給李光耀，後者把球帶到前場。到了第二節，除了進攻之外，興華防守也做了改變，防守圈擴大，兩名後衛站出三分線外。

興華的防守圈擴大，讓李光耀心癢癢地想要馬上往裡面切，但眼角餘光發現有一雙冒著火的眼睛正盯著他，更精準地說，是盯著他手上的球。

李光耀嘴角上揚，心想，想要把剛剛被突破的面子要回來是吧？好，沒問題！

李光耀用力地把球傳給左側三分線外兩步的王忠軍。

王忠軍一接到球，眼睛看著遠處的籃框，在興華後衛猶豫要不要站前防守時，拿球拔起來，跳投出手。球從指尖飛出之後，王忠軍右手高舉維持出手的姿勢，閉上雙眼，享受那清脆的唰聲帶來的聽覺饗宴。

王忠軍三分球進，空心入網，幫助光北將差距拉開到六分，比數，二十六比二十。

場外的莊子華教練看向回防的王忠軍，雖然已經知道他是一個擅長投三分球的球員，但莊子華沒想到他的射程這麼誇張，這麼遠。

莊子華心想，這樣……可就非常難守了。

在王忠軍投進大號三分球之後，觀眾席上的蕭崇瑜表情也亮了起來，「防守不行，但是王忠軍的三分球，真的夠準！」

場上，大前鋒底線發球給控衛，後者再次利用王忠軍這個防守黑洞，一口氣突破光北的全場壓迫防守，將球帶至前場。

接下來，興華針對王忠軍攻擊，控衛運球切入，但禁區早有準備，魏逸凡、楊真毅、高偉柏都往前站，變相縮小防守圈，讓控球後衛突破之後馬上就要面對光北的長人陣。

然而他們三人上前防守，代表興華有更多開後門的機會。

「底線有一隻！」謝雅淑在場邊大聲提醒。

「有！」高偉柏立刻往下沉退，盯住想溜進禁區的小前鋒。

在楊真毅的防守之下，控球後衛沒有選擇繼續突破，而是把球傳給外圍的得分後衛。

得分後衛面對身材比他高大的李光耀，不敢運球進攻，指揮隊友跑位。

興華第二節上場的三隻禁區鋒線雖然高大，但空手跑位的順暢度卻絲毫不輸給先發陣容，只是光北現在的禁區防守能力讓興華跑不出開後門的機會，最後小前鋒在中鋒的掩護下，勉強在左邊底角跳投出手。

球落在籃框上彈了好幾下，最後幸運地落入籃框之中，三分球進。

比數，二十六比二十三。

光北這一波的防守其實很成功，因為興華在場上的五個球員當中，三分線能力最弱的不是中鋒，而是小前鋒，這次出手前小前鋒自己都沒想過會進，投球後就馬上往禁區衝，想搶進攻籃板，偏偏這次球幸運地彈進去。

這時，謝雅淑又從椅子上站起來，鼓勵場上的隊友，「沒關係，剛剛守得漂亮，有守到位了，這樣守就對了！」

場上，楊真毅底線發球給李光耀。

李光耀運球過前場，看到楊真毅在禁區把小前鋒卡在身後，高高舉起左手要球，心想，楊真毅今天到底是吃了什麼藥？

想歸想，楊真毅今天的表現李光耀自然也看在眼裡，馬上將球高吊過去。

楊真毅接到球，立刻轉身要後仰跳投出手，對位防守的小前鋒剛剛在場下看到他手感火燙，不疑有他地跳起來要封阻楊真毅的投籃，沒想到這只是楊真毅的假動作。

楊真毅騙起小前鋒之後運球往禁區切，見到興華中鋒補防，眼睛看向籃框，但是手卻是地板傳球給無人防守的高偉柏。

高偉柏拿到球，左腳往前一跨，踏進禁區，隨後奮力跳起，雙手把球往背後拉，用力塞進籃框裡！

砰！

可怕的炸響聲傳來，籃球架在高偉柏的轟炸下止不住地搖晃。

高偉柏鬆開雙手，身體落下後繃緊手臂的肌肉，仰天大聲怒吼：「呀啊——！」

比數二十八比二十三，光北的氣勢在高偉柏這次灌籃之後衝了起來，讓興華急於討回一城，但是不僅跑位不順暢，甚至連單擋掩護的時機都沒有抓好，想當然爾，這一次的攻勢無功而返。

高偉柏抓下籃板球，用凶狠的目光瞪著站在他身邊的中鋒與小前鋒，用眼神說，這是我的籃板球！

高偉柏這種充滿氣勢的打球風格嚇退了興華的球員，放棄抄球的念頭，馬上回防。

高偉柏輕哼一聲，把球傳給李光耀。

李光耀運球過了半場，思考這一波進攻之中要傳給誰，掃視自己的隊友，王忠軍第一波進攻就投進三分球，楊真毅第一節表現已經很嚇人，剛剛還傳出助攻給高偉柏完成雙手灌籃，魏逸凡第一節也有不錯的表現。

這一球，就自己來吧！

李光耀左手運球，右手舉起，由左往右一擺，隊友接收到他要單打的手勢，立即往兩邊站，拉開空間。

場邊的莊子華教練馬上把目光集中在李光耀身上，賽前他利用比賽數據與影片徹底研究過光北高中，了解每一個球員的特性，所以他對於楊真毅今天大爆發並未感到特別驚訝，因為他知道楊真毅確實擁有這樣的實力，只是一直把舞台留給自己的隊友而已。

然而，光北卻有一名他始終看不清楚虛實的球員，那就是李光耀。

從數據上來看，李光耀的命中率是光北隊最高的，但是每場比賽的上場時間絕對不會超過十五分鐘，而且出手次數都維持在五次。

光看這樣的數據，莊子華只能勉強猜測李光耀是光北的第六人（註三），可是如果這樣想，卻只能解釋李光耀上場時間只有十五分鐘，以球隊的第六人來說，每場出手五次實在太少。

莊子華接著利用影片觀察李光耀，卻只讓他感到更困惑，原本對於李光耀是因為不擅長防守，所以才被當成板凳第六人的猜想瞬間不成立。

李光耀的防守非常厲害，對進攻球員下一步動作也判斷得很精準，幾乎沒看到他防守時被突破的畫面。除此之外，李光耀在進攻端的表現更是嚇人，動作流暢不拖泥帶水，速度快、爆發力驚人，身體協調性非常好，在空中做出高難度的拉桿挺腰動作也可以保持平衡。

對李光耀來說，得分就像喝水般自然。

看完影片，莊子華心裡不由得浮起一個疑問，這樣一個球員，為什麼一場比賽出手不到五次，上場時間又絕對不超過十五分鐘？

這個問題的答案，莊子華想要在今天這場比賽中，靠自己的雙眼找出來。

李光耀運球緩慢走向三分線，控球後衛踏前對位防守李光耀，見到他球運得很高，伸手想去抄，但就在這一瞬間，李光耀一個胯下運球往右切入，瞬間突破控球後衛的防守。

李光耀速度之快超乎控球後衛意料，連忙回頭想要從後面追上，但是在轉身的時候，他只看到李光耀拔起來，急停跳投出手。

球劃過美妙的拋物線，唰一聲，空心入網，比數三十比二十三。

差距被拉開到七分，興華急欲回敬一波攻勢，卻在這個時候發生失誤，控球後衛突破王忠軍防守之後，傳給大前鋒的意圖被魏逸凡識破，球被抄下來。

魏逸凡球拿穩後直接傳給中場的李光耀，李光耀運球往禁區衝，這時李光耀面前只有兩個防守球員，控球後衛與得分後衛，其他興華的球員都還沒回防。

他的切入吸引兩個球員的包夾，李光耀沒有選擇自己上，而是傳給三分線外的王忠軍。

王忠軍接到球，面前完全沒有人防守，毫無猶豫地跳投出手，閉上雙眼。

清脆的唰聲響起，王忠軍的三分球一口氣把分差拉開到雙位數，三十三比二十三。

莊子華覺得不妙，快步走向紀錄台，比了T的手勢（註四），語氣帶點著急地說：「暫停！」

嗶！尖銳的哨音響起，裁判大聲喊道：「興華請求暫停！」

與此同時，在二樓觀眾席上的苦瓜站起身，「我去外面抽根菸。」

「是，苦瓜哥。」

走到球館外的苦瓜，點起了一根菸，邊抽菸邊走向兩百公尺外的便利商店。

雖然比賽還沒進行到一半，但是苦瓜實在太餓了，最近公司要處理的事情太多，讓他吃飯時間變得非常不正常，有一餐沒一餐，昨天甚至一整天都沒有吃東西，就是為了把事情忙完，今天才可以趕下來紀錄、觀看光北的球賽。

「先生你的咖哩飯好囉。」微波爐傳來嗶嗶的提示聲音，店員確認苦瓜要內用後，將咖哩飯放在托盤上，同時給了幾張衛生紙跟湯匙。

苦瓜找了位子坐下，雖然剛微波好的咖哩飯非常燙，但他實在管不了那麼多，一口接著一口，沒兩下就把咖哩飯吃完，最後再大口灌下剛剛買的瓶裝飲料，冰涼的口感瞬間中和了嘴裡滾燙的感覺。

填飽肚子的苦瓜，走出便利商店抽了根飯後神仙菸，便滿足地快步走回球場。

一回到觀眾席，蕭崇瑜就忍不住興奮地說：「苦瓜哥，你怎麼去那麼久！你錯過最精彩的部分！」

「怎麼了？」苦瓜揚起眉頭。

「剛剛在暫停過後，光北打出一波十二比二的攻勢，比數一下子就拉開，現在已經是中場休息時間。」

苦瓜往下看，紀錄台上的比數顯示四十五比二十五。

「興華在這段時間只得兩分？」

蕭崇瑜說：「是啊，光北把防守圈縮小，減少王忠軍帶來的傷害，大膽放興華投三分，結果都沒進，節奏整個被光北牽著鼻子走。」

這時，低沉的叭聲傳來，中場休息時間結束，在裁判的哨音之下，兩邊球員走上場。

第三節一開始，興華就展現出拉近比分的企圖心，靠著外線三分球與空手切連拿五分，把比分拉近到四十五比三十。但是隨後光北穩定陣腳，詹傑成幾次漂亮的助攻，一箭穿心傳到禁區的魏逸凡與高偉柏，讓兩人持續轟炸興華的禁區。

兩人造成的影響力，讓興華的後衛也不得不沉退到底下包夾，這讓包大偉與詹傑成有大空檔的投籃機會。

雖然他們外線把握度不高，不過詹傑成與包大偉就算投不進，內線的魏逸凡、高偉柏、麥克也拚命地把進攻籃板搶下來，而就在這三節的某一次進攻當中，包大偉甚至連續獲得三次投籃的機會，前兩次外線失手，麥克與高偉柏分別幫他搶下進攻籃板，讓他在同樣的位置出手第三次之後終於投進。

光北隊在下半場完全掌握這場比賽的節奏，雖然防守上仍然沒辦法完全擋下興華的跑位，不過在主宰籃板球與禁區的情況下，第三節一度打出十七比零的攻勢。

而在第四節比賽，雖然比數已經到七十比三十七，差距多達三十三分，但興華的球員絲毫不肯放棄，努力跑位、搶籃板球、跑快攻，反觀光北因為領先分數很大，加上昨晚李明正魔鬼式的訓練累積的疲勞爆發開來，第四節鬆懈下來，被反打了一波十五比五的攻勢。

不過縱使第四節興華的球員努力地追分，光北鬆懈下來之後也給了他們絕佳的機會，無奈前三節累績的比分差距實在太大，難以用僅僅一節的時間補回來。

終場比數八十五比六十三，光北以二十二分之差獲勝。

個人數據：

魏逸凡，十四分，十三投六中，罰球三投二中，十籃板，三助攻，二火鍋，一抄截。

楊真毅，二十一分，十六投十中，罰球三投一中，八籃板，五助攻，二抄截。

高偉柏，十七分，十四投六中，罰球七罰五中，十二籃板，一助攻，二火鍋。

李麥克，兩分，二投一中，二十一籃板，三火鍋。

李光耀，八分，五投四中，三籃板，二助攻，一抄截。

詹傑成，四分，四投二中，二籃板，十助攻，二抄截。

包大偉，十分，十投五中，一籃板，二助攻，四抄截，一火鍋。

王忠軍，九分，三分球五投三中，零籃板，一助攻。

比賽結束之後，蕭崇瑜與苦瓜馬上到場上訪問李明正與莊子華。

苦瓜找上莊子華總教練，並且表明來意，而莊子華也欣然接受苦瓜的訪問，於是苦瓜拿出手機，開啟錄音功能。

「莊總教練，在比賽的第一節，雙方比分是很接近的二十三比十八，可是第二節與第三節光北卻一路把興華壓著打，一口氣拉開比分，莊總教練認為問題出在哪裡？」

「我認為我的球員在攻防兩端的表現已經做到我賽前的要求，但是光北本身的實力與球員素質都比我們好，雖然我有想出辦法利用戰術盡量壓制他們，不過第二節光北習慣我們的防守與空手跑位之後，實力上的差距就跟分數顯現出來的那樣。」

「請問莊總教練認為兩隊差距最大的是哪個地方？」

「主要是禁區，光北在禁區徹底主宰進攻、防守跟籃板球，而且外線還有一個二十號投三分球。光北根本不需要使出全力就可以輕鬆擊敗我們。」

「莊總教練認為光北隊在這場比賽上沒有盡全力嗎？」

莊子華搖搖頭，「光北的每一個球員在場上都很認真，他們的態度我很欣賞。我會這麼說是因為光北的總教練隱藏了實力，整場比賽光北的二十四號只上場了第二節，如果我沒記錯，光是第二節，他就拿下將近十分，我的球員根本防不住他，如果下半場再讓他上場的話，我相信比分不會這麼好看。」

「莊總教練的觀察非常入微，竟然注意到光北球員的上場時間。」

莊子華露出了一抹笑容，「沒辦法，畢竟興華是小學校，招攬不到真正強的球員，平常球員乖乖照我的指示去練球，不管有多累不曾喊苦，而我這個總教練能做的就是從對手的數據著手，找出應對的辦法，讓他們有機會享受贏球的感覺。」

苦瓜看著莊子華睿智的雙眼，不禁對眼前這個已經步入老年的教練肅然起敬，連說話的語氣都變得更恭敬。

「好，謝謝莊總教練。」

「謝謝。」

註一：意指進攻方趁防守方沒注意，從防守方背後空手切入，大多數發生在進攻方從底線空手切進禁區。

註二：進攻方在底線發球後，八秒鐘內沒有將球帶到前場視為違例，計一次失誤，球權轉換。

註三：板凳上最強的球員，甚至實力比先發球員更出色，因此被稱為第六人（先發只有五名球員），對球隊影響、貢獻巨大。

註四：意指Time out，暫停。

第二章

比賽完的隔天，李光耀被鬧鐘叫醒，像蝦子一樣彈起身，按掉鬧鐘，梳洗後便走到籃球場熱身。

昨天李光耀上場十分鐘，整個第二節都在場上。在這十分鐘裡五投四中，拿下八分、三籃板、二助攻、一抄截，如果不是禁區球員表現更搶眼，第二節根本就是李光耀的個人秀。

只上場十分鐘，李光耀無法滿足，所以他昨天晚上睡前就想好，要把昨天剩下的精力花在今天早上的自我練習當中。

熱身完之後，李光耀開始快攻練習，用各種不同的方式上籃，抛投、騎馬射箭、小人物上籃、勾射……等等。

等到太陽露臉之後，李光耀脫下身上的衣服用力一擰，濕透的衣服被擠出了混濁的汗水，接著投完例行的一百顆罰球後，回家沖澡，出發光北高中。

早上七點半，在李光耀離開家不久，李明正也已經起床，正在享用親愛老婆的愛心早餐。

「天啊，老婆，妳做的早餐怎麼可以一天比一天好吃？」大口大口把林美玉做的法式吐司送進嘴裡，配上香濃的拿鐵咖啡，讓李明正不禁大呼滿足。

雖然知道李明正這是故意討好，林美玉還是忍不住露出笑臉，心裡甜滋滋的，「就愛亂說話。」

「我沒有亂說，真的很好吃。」李明正又咬了一口吐司，發出一道長長的滿足讚歎聲。

林美玉被李明正逗得發笑，嘴巴上卻說：「李明正，你都老大不小了，還這麼愛亂說話，是不是平常就靠這招搭訕路邊的美女啊？」

李明正舉起雙手，做出投降的手勢，「怎麼可能，我每一天的行程妳都知道的一清二楚！親愛的老婆，妳就別亂想了。」

林美玉哼了一聲，臉上擺出一副完全不相信李明正的表情，手上卻還是幫李明正的盤中添了幾片吐司，並往快空了的馬克杯倒入咖啡，「還好你不是有錢人，不然我整天光是煩惱就煩惱不完了。」

李明正臉上露出一抹微笑，「老婆，這樣的生活，妳可以嗎？」

林美玉點頭說：「不是每個女人都嚮往錦衣玉食的生活，像這樣每天輕輕鬆鬆的過，做自己喜歡做的事，這種日子很舒服，沒什麼不好。」

「那就好，等到甲級聯賽結束，過年的時候我帶妳回美國探望家人。」

林美玉搖搖頭，「我雖然想家，可是你還是先把你的事忙完吧。不把想做的事做完，你根本沒辦法專心在其他事情上。都結婚這麼久了，你以為我還不了解你嗎？」

李明正哈哈大笑，抓著林美玉用力一吻，「我親愛的老婆果然是這世界上最了解我的人。」

林美玉臉色微微發紅，「好了啦，趕快把東西吃完，你不是還要去醫院嗎？」

李明正看看手錶，「時間也差不多了。」

快速吃完早餐後，李明正站起身來，林美玉幫他拿了一件棉質外套，「醫院裡面冷，帶件外套，碗盤我洗就好了，路上記得買點水果過去。」

「好。」

李明正開了一個小時的車抵達醫院，提著在路上買的精裝水果禮盒，走進醫院。

李明正向櫃檯的醫護人員報上病患的名字，醫護人員很快就查到房號，「C棟，542 號房。左邊走廊直走到底，搭電梯上去就可以了。」

「好，謝謝。」

李明正搭電梯到了五樓，按照天花板上的指標找到 542 號房。

門是敞開的，李明正直接走進去，在靠窗的病床上找到自己要找的病人。

「看來《籃球時刻》的銷量雖好，卻也是一間很辛苦的公司啊。」

蕭崇瑜一見到李明正笑吟吟地朝自己走過來，馬上站起來，「李教練！」

「給你們的。」李明正把手上的水果遞給蕭崇瑜。

「謝謝，李教練你太客氣了。」蕭崇瑜接過水果，放到旁邊的椅子上。

「他怎麼樣了？」李明正看著躺在病床上呼呼大睡的苦瓜。

「醫生說苦瓜哥已經一陣子營養不良、睡眠不足、積勞成疾，才會突然暈倒。醫生打了營養針之後，說讓他好好休息一下就沒事了。不過一定要叫他不要再熬夜，三餐也要正常吃，不然之後可能就不只是暈倒那麼簡單而已。」

李明正點點頭，「那時候他突然倒在場上，還真的把我們都嚇到了。」蕭崇瑜語帶歉意地說道：「真是抱歉，造成你們的麻煩。」

昨天晚上，當苦瓜結束對莊子華的採訪之後，一如往常轉身走向蕭崇瑜，想要確認蕭崇瑜的採訪內容。就在這個時候，砰的一聲，苦瓜突然倒在場上不醒人事。

李明正的反應最快，發現苦瓜倒下後沒有醒來的跡象，馬上打電話叫救護車，當救護人員趕到，確認苦瓜沒有生命危險之後，他才把光北隊帶回去。

「他平常很忙？」

蕭崇瑜嘆了一口氣，「忙翻了，整個雜誌社裡面最忙的就是他了。最近總編輯不知道發什麼神經，每個專欄的人都被他釘得滿頭包，大家後來就找資歷最深的苦瓜哥幫忙。

「別看苦瓜哥這個模樣，他根本就是標準的面惡心善，刀子口豆腐心，有什麼事請他幫忙，雖然會數落你幾句，可是絕對會幫你。一開始只有一、兩個人請苦瓜哥幫忙，後來所有專欄的人都跑來了，苦瓜哥已經忙到幾乎整整一個月都沒有休假了。」

「這麼忙，他還有時間採訪？我記得乙級聯賽每天都有比賽，他該不會忙完還要趕去採訪？」

蕭崇瑜露出苦笑，搖搖頭，「苦瓜哥沒那麼勤勞，他只專門採訪你們光北高中而已，他對你們有一股特別的情感，所以不管前一天的事情有多少，一定會提前做完，這樣他才可以過來看你們的比賽。」

「這樣啊……」李明正看著苦瓜蒼白又掛著兩個黑眼圈的臉，露出沉思的表情。

蕭崇瑜嘆了一口氣，「有時候我真的覺得苦瓜哥是個奇妙的人，懶惰起來可以一整個月都遲到早退，認真起來卻好像在燃燒生命一樣，把自己累到這種程度。」

「你們公司怎麼說？」

「我直接打給總經理，他叫我好好照顧苦瓜哥，不用急著回去。」

「那就好。」李明正點點頭，望向苦瓜蒼白的臉，「沒事就好，我先走了，幫我轉告他，我很謝謝他對光北的用心。」

「好，沒問題。」

當李明正轉身準備離去，幾道咳嗽聲傳來，苦瓜在這個時候醒了過來。

苦瓜艱難地眨眨雙眼，掙扎地想坐起身來，但全身乏力，觀察四周，「醫……醫院？」

蕭崇瑜發現苦瓜的聲音極度沙啞，馬上打開一瓶水遞過去，「苦瓜哥，你昨天晚上採訪的時候突然暈倒，我們叫了救護車送你來醫院，醫生說你最近太操勞，要多休息。公司那邊不用擔心，我已經幫你跟總經理請假了，總經理叫你好好照顧身體，不要勉強。」

「現在幾點？我睡多久了？」

「現在是早上九點半，苦瓜哥你睡了差不多十二個小時。」

苦瓜無力點點頭，嘴巴極度乾渴的他，一口氣把六百毫升的水喝完，「對了，你昨天的採訪內容呢？」

「躺在病床上就別再想工作的事，好好休息比較重要。」看到苦瓜醒來沒多久就開始關心採訪的事，李明正不禁出言勸道。

苦瓜這時候才發現李明正的存在，面露驚訝，「李教練？」

「苦瓜哥，昨天就是李教練第一個反應過來幫你叫救護車的，他剛剛到醫院，特意過來探望你，還送了一盒水果。」

苦瓜看著李明正，眼神裡透露出一抹激動，「謝謝。」

「不用客氣，好好休息，我們之後還要靠你的採訪，讓大家知道光北的厲害。」李明正給了苦瓜一個笑容，「保重，我先走了。」

出乎李明正與蕭崇瑜預料的，苦瓜叫住了李明正，「李教練，我……咳咳……我可以問你一個問題嗎？」

李明正停下腳步，「什麼問題？」

「你在受傷之後，去了哪裡？」苦瓜眼神裡充滿渴求，直直地看向李明正。

李明正臉上露出一抹笑容，「你想知道？這可是一段很長的故事。」

苦瓜連忙點點頭，「想。」

「要我說故事可是有代價的。」李明正對蕭崇瑜伸出食指，「一杯冰咖啡，加糖，不加奶精。」

「是！」蕭崇瑜馬上走出病房外，把空間留給兩人。

李明正在蕭崇瑜的椅子上坐下來，看著苦瓜期盼的表情，「我受傷之後的事情，你沒有靠你們雜誌社的資料庫查到？」

苦瓜搖搖頭，「我只查到你受傷之後去了美國，然後就沒有了，當時我想要繼續調查下去，可是被上面的人阻止，叫我不要浪費時間。」

李明正哈哈大笑，「原來如此，如果我是你的長官，我想我也會阻止你。畢竟一個阿基里斯腱跟十字韌帶都斷掉的高中球員，根本沒有未來可言。好吧，既然如此，我就從去美國之後開始說起好了。」

「好。」苦瓜引頸期盼，眼睛閃爍期待的光芒。

「那時候去美國，除了進一步治療腳傷之外，還有一個原因，那就是我想去籃球的發源地，親眼見證世界最高殿堂的實力。所以在開刀之前，我特地去看了一場NBA，不管是現場的感覺或是球員的實力，真的都非常驚人。我心滿意足地被送進手術房，開完刀，醫生說手術很成功，可是那時候醫術不比現在，醫生也說了，我的腳就算完全好了，最多也只能發揮出原本七成的爆發力而已。

「對於當時的我來說這是個晴天霹靂的消息，尤其在完全復原之前還有長達一年的復健期，一年的時間真的漫長得讓人無法相信，讓我萌生出放棄籃球的念頭。復健過程真的太痛苦了，好險在那段期間，我遇到我的老婆。

「因為復健期太久，我爸媽安排我在美國的高中念書。那時候我需要拄著拐杖，生活上無可避免會遇到很多不方便的情況。班上的同學對我這個黃種人愛理不理，看我遇到困難，很多時候都冷眼旁觀。當時對我伸出援手的只有一個同樣來自台灣的女孩，也就是我現在的老婆。

「我老婆全家是在她國中的時候移民到美國，所以她雖然已經習慣美國的生活，卻還是會想念台灣，因此就跟我這個來自台灣的小子好了起來。正是因為她參與我的生命，才讓我低沉又自我放棄的情緒慢慢好轉。

「經過一年的復健，我的腳恢復狀況並不如預期，醫生對我說，如果我只把籃球當作一種運動，那麼持續復健，按時吃藥就可以，如果想把籃球當成職業，那麼就要再動一次手術。

「我以為我的惡夢跟地獄已經結束，這個消息對我來說又是一次晴天霹靂，再一次的手術代表要再一次經歷漫長的復健，在那個瞬間，我真的聽到夢碎的聲音。後來是我老婆鼓勵我，告訴我不要放棄，再接受一次手術，她會陪在我身邊，不管是開刀或者復健，她都會陪我。

「我花了很大的勇氣跟決心才決定繼續做夢，你可能很難想像當初我是在全身發抖的情況下，對醫生說我決定再開一次刀。醫生給了我一組電話跟地址，說他可以介紹另一個醫生給我。不過那個醫生人在德國，如果我決定要去，他會幫忙安排後續的事。

「原本以為只要在美國開刀就好，突然要跑到德國動手術，對我來說又是一次重重的打擊。後來在家人跟老婆的支持下，我懷著不安的心情到了德國，安置好之後，馬上安排開刀的時間，跟我預料的一樣，開完刀後又有一年的復健期。」

李明正這時嘆了一口氣，「雖然有心理準備，但是聽到醫生親口說出來的時候，我的心情不禁再次沉到谷底。現在想想，那段日子真的非常非常難熬，如果不是我的老婆陪著我，我早就放棄了。

「手術之後，漫長的復健期又開始了。不是我在自誇，除了籃球之外，我的語言天分也很驚人，靠著自學加上語言學校，我三個月就可以簡單地聽、說、讀、寫德文，接著考上德國當地的大學，邊復健邊讀書，我老婆則在當地的餐廳工作，學了一手好廚藝，還被餐廳聘請為正式廚師。

「復健期結束，醫生說我的腳恢復狀況很好，可是要到職業籃球場上跟對手廝殺，非常難。他是人很好的醫生，用很委婉的方式對我說，以我腳的情況要回到籃球場，就算付出比別人多兩倍的努力都不一定能夠成功，而且我因為開刀復健，球技已經荒廢，要回到過去的水準要花很久的時間，他希望我認真考慮一條除了籃球之外的道路。

「其實不用他說，我自己也明白這個道理，手術後我的腳恢復到七成的水準，可是要重回以前那種立定跳就可以灌籃的爆發力，幾乎是不可能的事，更別提還要把身體協調性跟球感找回來，加起來可能要花上一年、兩年的時間，接下來還要習慣球場的激烈碰撞與快速節奏，憑我這條右腿做得到嗎？我在心裡打了一個大大的問號。

「我對語言很有天分，但那只是純粹的興趣，要把它作為職業就免了。所以如果不打籃球，我還能做什麼？我一邊讀大學、一邊打工、一邊思考這個問題，但是我始終想不到答案。後來在我陷入迷茫的時刻，我老婆懷孕了，這個消息沖淡了我對於未來的困惑，這個孩子的誕生，就像是一座燈塔，讓我不再迷失。

「當我跟我老婆討論未來要怎麼教育小孩時，我靈光一閃，雖然我今後沒辦法在籃球場上奔馳，成為一個優秀的職業籃球員，但是我可以當教練，教別人怎麼打籃球。這個念頭一出現，我拚了命地只用了兩年的時間把大學讀完，同時在德國當地考到教練執照，費盡千辛萬苦才申請到願意聘請我的學校，這當中的過程，絕對不比成為職業籃球員簡單。」

這時蕭崇瑜手拿著咖啡回來，李明正一連說了這麼多話，口剛好渴了，接過咖啡就一口氣喝完。

「後來呢，不是我在自誇，我發現我很有當教練的潛力。那間已經超過十年沒拿過前五名的學校，我只花了兩年就帶領他們拿到亞軍。我當教練，老婆當廚師，生活也慢慢穩定下來，然後孩子出生了，就是李光耀。因為德國環境還不錯，我跟老婆也想要在德國多待一陣子，所以就讓李光耀在德國長大。

「如果包含開刀跟復健，我在德國總共待了七、八年的時間。後來決定離開，是因為德國的籃球風氣還不是非常盛行，如果我繼續待在德國，沒辦法獲得突破性的發展，所以就動了回美國的念頭。我跟我老婆討論，畢竟她家人也在美國，所以她同意我的決定，我們就這樣回到美國。

「回到美國，又是一段艱辛的過程，因為德國的教練經驗到了美國，人家根本看不上，尤其我又沒有顯赫的籃球生涯，還是個台灣人，根本沒有學校願意讓我教球。

「不過我運氣真的很不錯，我老婆家附近有間高中剛好成立了籃球隊，正在找教練。因為那間學校沒什麼錢，開出的薪資並不好，所以沒什麼人願意去，而這就是我的機會。我接受學校的薪資條件，學校聘請我當教練。創隊的第二年，我就帶領他們拿到了州季軍。一開始有人說是我運氣好，但隔年我就帶領球隊拿到亞軍，讓那些人閉嘴。

「後來有一間知名大學的籃球隊挖角我，希望我當他們的助理教練。他們開出的薪資非常優渥，而且還是NCAA的一級球隊，說不定自己教球的球員當中，未來就會有一、兩個成為NBA的超級巨星。」

李明正說到這裡，苦瓜突然有一個疑問，「既然如此，為什麼要回來？」

「因為李光耀。」李明正露出一個大大的笑容，「我知道籃球這一條路有多難走，我自己就是一個最好的例子，一旦受傷之後就回不了籃球場。所以老實說，雖然我當上教練，可是我並不希望李光耀走籃球這條路，平常也沒有特別對他說籃球的事。我不會限制他未來的出路，如果他想要畫畫，那就去畫畫，如果想拍電影，那就去拍電影，總之，他想做什麼我都會全力支持。但我沒想到，他跟當初的我一樣，選擇了籃球。」

聽李明正這麼說，苦瓜感到更困惑了，「可是如果留在美國，對李光耀來說不是更好嗎？」

李明正點點頭，「你說的沒錯，美國各方面的資源都比台灣好很多，對體育也更支持，留在美國似乎是一件理所當然的事。不過換一個角度想，如果今天有一個台灣人，他在台灣學習到怎麼打籃球，在台灣打國中聯賽、高中聯賽，代表台灣打亞青盃、U17、U19，一步步成長，然後帶著在台灣所學的一切挑戰美國NBA……」

李明正的眼神散發出興奮的光芒，「這樣不是更酷嗎？」

★

「我越來越可以了解，為什麼苦瓜哥你對李明正這麼執著了。」

蕭崇瑜眼神裡有著由衷的尊重，「李明正真是個不可思議的人，做的決定跟事情都是一般人不會去做的。」

苦瓜默默聽著蕭崇瑜的話，只微微「嗯」了一聲。

「苦瓜哥你也這樣覺得吧，憑他一個亞洲人，沒有顯赫的籃球職業生涯，要說服德國與美國的學校讓他執教，雖然他說得簡單，可是我相信他當初遇到的困難與挫折一定多到我們難以想像，最讓我覺得不可思議的是，他竟然做到讓美國大學主動挖角他當助理教練，太厲害了。

「不僅如此，他竟然還帶李光耀回來，把台灣做為起點，這個決定如果是從別人嘴裡說出口，我一定會覺得他是白痴，可是今天說出這句話的是專門為挑戰而生的李明正，我只覺得滿腔熱血，好像李光耀站在全世界最高殿堂發光發熱已經是指日可待的事！」

蕭崇瑜激動地口沫橫飛，甚至噴到苦瓜手上，讓苦瓜不得不說：「別那麼激動。」

蕭崇瑜訕笑，「抱歉。」

苦瓜雖然看起來很平靜，但內心卻也是波濤洶湧，之前到光北高中採訪，他親眼見到李明正的時候，心裡為李明正重新出現在台灣高中籃壇而感到興奮與欣慰，可是心中某一部分的缺憾卻還是存在，不過就在今天，這樣的缺憾煙消雲散，並被巨大數倍的感動填滿。

原來，李明正在受傷之後，並沒有放棄自己，為了重回球場，連動了兩次手術。

原來，李明正在國外的生活是那樣的艱苦，但他還是在人生地不熟的情況之下，利用籃球找到出路。

原來，李明正一生都在接受挑戰與磨難，而且一步步走了出來。

原來，李明正從未辜負自己的期望，雖然未能站在職業籃球場上展現他驚人的實力，可是一直在籃球這一塊領域上努力著。

原來，李明正比自己想像的還要厲害……

「苦瓜哥，你沒事吧？」蕭崇瑜擔心地搖了搖苦瓜，苦瓜說完話之後就突然呆滯下來，眼眶裡還充滿了淚水，讓蕭崇瑜有了想要請醫生過來的衝動。

苦瓜回過神來，驚覺自己想李明正的事想到出神，「沒事。」撇過頭，用手背擦掉眼裡的淚水。

蕭崇瑜狐疑地看向苦瓜，「真的嗎，要不要我請醫生過來量一下體溫，看是不是發燒了？」

苦瓜立刻拒絕，「我很好，不用擔心。吃完早餐之後，查一下這附近有什麼好玩的。」

「好玩的？」

「老總不是叫我們不用急著回去嗎？我已經連續二十一天沒放過假了，你看外面天氣這麼好，趁這個機會去放鬆一下也不錯。」

如果現在不是在醫院裡，隔壁病床上還有人在痛苦地呻吟，蕭崇瑜一定會跳起來歡呼。

離開醫院的李明正，並沒有馬上回家，而是繞了一點路來到光北高中。門口的警衛認出李明正的車，直接放行。

李明正下車與警衛打聲招呼之後直接走到校長室，伸手敲門。

「誰？」

「我。」

「我怎麼記得這個聲音的主人要進來從來不會敲門？」

李明正在門外大笑幾聲，打開門走進校長室內，只見葉育誠坐在辦公桌後，黑色的西裝外套掛在椅子上，身上淺灰色襯衫的袖子拉到手肘的位置，左手的手指夾著一根菸。

李明正的到來，讓葉育誠放下手邊工作，把菸捻熄，起身走向冰箱，拿出了冰涼的綠茶，把電風扇的方向轉向沙發，「這麼熱的天氣，別跟我說你會想要泡茶。」

李明正接過冰涼的綠茶，一屁股坐在沙發上，「當然不會。」

葉育誠抽出一張衛生紙，抹去額頭上的汗水，「聽說你今天早上去探望那個編輯，他還好吧？」

「還好，沒什麼事，有點過勞，多休息就好。」

「嗯，那就好。」葉育誠打開寶特瓶上的瓶蓋，一連灌了幾口茶，「怎麼會突然找我？」

「找你當然是有事了。」

「什麼事？」

「想跟你討論一下楊信哲的事。」

葉育誠感到意外，「楊老師？他怎麼了嗎？該不會是不想當助理教練了吧？還是開始偷懶了，你覺得不適任？」

「正好相反，楊信哲他當助理教練當得非常稱職，幫了我很多忙。你不要看他總是嘻皮笑臉的模樣就以貌取人，他的能力遠遠超乎你想像，光北請到他算你運氣好。」

「好好好，我知道，所以你今天要討論他的什麼事？」

「我覺得他太累了，帶導師班、教課、當籃球隊的助理教練已經是他的極限了，現在你又叫他搞一個啦啦隊，太勉強他了。」

葉育誠又猛灌了一口綠茶，「這樣啊……他沒跟我反應這個問題，所以我以為他把事情分配得很好。」

「你以為他是超人啊，一次處理那麼多事情，又要把事情做到好，根本不可能。」

「好吧，我等一下找他過來談談，他可能有點誤會我的意思了。」

「那就跟他講清楚，他的個性我很清楚，雖然表面懶散，可是事情他要嘛不做，要嘛就要做到最好。別把他累壞，這樣我會很麻煩。」

「好，我知道，就算不為他著想，我也會為我們共同的夢想，光北籃球隊著想。」

「這才像話。」李明正滿意地點頭，一口氣把綠茶喝完，「先走了。」

「這麼趕？」

李明正站起身，對葉育誠眨眨眼，「當然，我要回家享用我老婆的愛心午餐。」

葉育誠不禁笑罵道：「快滾！」

李明正大笑幾聲，打開門便離開。

李明正離開之後，葉育誠馬上拿起電話，打給祕書，「喂，請楊信哲老師中午吃飯時間過來找我一下。」

楊信哲走到校長室，心想，這個吸血鬼校長又要找我幹嘛，是不是校長當的太無聊，腦子都在轉著要搞什麼新的東西，上上次叫我設計球衣，上次叫我去弄啦啦隊，這次又要叫我做什麼了，哼，你這個可惡的吸血鬼，我這次再怎麼樣都不會屈服的，你休想再叫我做任何一件事！

楊信哲下定決心，這次不管吸血鬼校長用什麼事威脅他，他都絕對不會再妥協。

楊信哲深吸一口氣，伸手敲門，「校長，我楊信哲。」

「請進。」

楊信哲推開門，看到葉育誠埋首在辦公桌的文件當中，「校長，你找我？」

「嗯，先坐。」葉育誠批改文件到一個段落之後，放下手中的筆，從冰箱拿出綠茶，走到楊信哲面前坐下。

「今天李明正教練有來找我，跟我談你的事。」葉育誠開門見山地說：「他說我讓你負責的事太多，會讓你忙不過來。」

楊信哲愣了一下，怎麼今天吸血鬼校長轉性了，難道說是陽光太強，天氣太熱，把吸血鬼的基因燒光了？

葉育誠看楊信哲沒有說話，沒發覺楊信哲愣住，以為他是默認，繼續說：「其實我上次跟你提的啦啦隊，並不是希望你弄出一支競技啦啦隊，或者是拿著彩球跳舞的那種啦啦隊。而是在觀眾席上大聲幫光北加油那種啦啦隊就好，球隊越打越好，支持的學生一定會越來越多，啦啦隊扮演的角色就是一種領頭者，帶領學生一起幫籃球隊加油，你了解我的意思嗎？」

楊信哲思考一會，緩緩點頭，「我了解。」

「嗯，我要說的就只有這樣。這段時間辛苦你了，改天約個時間，我請你吃飯。」

聽到這句話，楊信哲雙眼瞪大，嘴巴張大，不禁大喊：「天啊，世界末日快到了，大家快逃啊！」

「什麼世界末日，嘴巴給我閉起來，還有你那眼神是什麼意思，被別人看到還以為我平常有多剝削你，我可是一個待人和善，體恤部屬的校長。」

楊信哲嘆了一口氣，「校長，你確定要我說出口嗎？」

「確定，不過在開口之前，想一下教師成績考核的事。」

「……」

吸血鬼！

楊信哲離開校長室後不禁鬆了一口氣，一直以來他確實把啦啦隊想的太複雜，今天和葉育誠談完，發現葉育誠要的東西很簡單，那麼他之後要做的事情也少了很多。

楊信哲腳步變得輕快，回到導師辦公室，坐在位子上的他沒有馬上打開便當大快朵頤，而是打開筆記型電腦，進到乙級聯賽的賽程表，查看光北下一場的對手是誰。

「今天才開打啊，我來看看，長憶高中與立德高中，歷年成績……」楊信哲點進歷年成績的連結之中，「長憶是去年的亞軍，前幾年名次也不錯，立德……嗯，五年前才創立的高中啊，難怪成績很普通，去年也才拿下第十二名而已。

「就先蒐集長憶的資料好了。」雖然比賽還沒有開打，不過楊信哲心中已經認定這一場比賽長憶會是獲勝的一方。

二十分鐘後，午睡的鐘聲響起，楊信哲的肚子也開始嚴重抗議，最後他受不了，只能先蓋上筆記型電腦，拿出便當來吃。

當楊信哲打開便當，拆開免洗筷，才發現辦公桌右上角的角落有一疊考卷沒有改，他頓時想起來，那是要發回去給下一節上課的班級訂正的考卷。

楊信哲嘆了一口氣，拿出紅筆，把考卷與便當的位置調換，開始批改考卷。

楊信哲改的速度很快，但在看到某一張考卷上的人名之後，速度慢了下來。

楊信哲再度嘆了一口氣，「這個李光耀，算他運氣好，選擇題被他猜到一點分數，不然需要套用公式的計算題又拿零分了。」楊信哲在李光耀的考卷右上角批上三十，搖了搖頭，「看來補考的考卷要出是非題了。」

噹噹噹噹、噹噹噹噹……，楊信哲改完考卷，正打算繼續把便當吃完，上課鐘聲就響起了。楊信哲只能認命地拿著教科書跟考卷走往一年五班。

「發考卷，叫到名字的請上台來拿。」楊信哲一個一個唱名，五分鐘之內就把考卷全發回去。

「好，現在開始訂正，我先從比較多同學錯的地方開始講，來，大家看單選題第三題……」楊信哲拿起白色粉筆，開始在黑板上講解。講台下的李光耀，卻沒有理會在台上辛苦講題的楊信哲。

「麥克，你考幾分？」

麥克連忙用手蓋住分數，對李光耀搖搖頭，「很低。」

「放屁，怎麼樣也不會有我低。」李光耀把自己三十分的考卷拿起來給麥克看，「快一點，我不會笑你，快拿給我看。」

麥克偷偷瞄了一眼在台上講解的楊信哲，看楊信哲背對著他們，才把蓋在分數上的手放開。

「九十分！」李光耀小小驚呼一聲，「你是怎麼考的？」

麥克害羞地紅了臉，不過因為皮膚實在太黑，根本看不出來，「這張考卷不難啊，我考這樣算很低。」

「不難？」李光耀看著自己大半面的考卷都被楊信哲畫了叉，而答對的選擇題全部都是靠運氣猜中的，基本上整張考卷，根本就不存在他會的題目。

麥克點點頭，「你聽老師說，就知道根本不難。」

李光耀半信半疑，看向黑板，認真聽楊信哲講解……

叩叩叩！

「嗯？」李光耀從桌子上抬起頭來，映入眼簾的是楊信哲的臉。

「老師好。」李光耀對楊信哲露出訕笑。

「睡得很舒服是吧，我站在最前面都可以聽到你的打呼聲了。」楊信哲看著李光耀睡眼迷濛的模樣，不知道該哭還是該笑，自己花了整個午休，放棄吃便當的時間才改完的考卷，在李光耀的口水攻勢之下已經濕了大半。

全班因為李光耀的睡臉而哄堂大笑，楊信哲彎下腰，低聲對李光耀說：「你的成績太爛，這學期我再怎麼加分你都一定會被當，過幾天我拿一份考卷給你，你把考卷的內容讀熟了，這次的補考就一定可以過。」

李光耀聽到楊信哲這麼一說，眼睛一亮，精神都來了，「謝謝老師！」

楊信哲點點頭，準備走回講台時，想起了什麼，又說：「下次睡覺，拜託別打呼，還有，擦擦口水。」

李光耀趕緊抹去嘴角的口水，搔搔頭，有些不好意思，這時，下課鐘響，在楊信哲的一聲「下課」之後，一年五班裡的聊天聲此起彼落。

「剛剛老師有發作業嗎？」李光耀轉頭問麥克。

麥克點頭，「作業就是把考卷訂正完。」

「就這樣？」

「嗯。」

「太好了，考卷拿來，借我抄。」

回到辦公室的楊信哲，累得癱軟在椅子上，一坐下來眼皮就越來越重，連忙喝了幾口黑咖啡。楊信哲看了一眼放在桌上右上角的便當，不禁在心中嘆了口氣，打開筆記型電腦，繼續蒐集長憶高中的資料。

整天下來，楊信哲又是教書又是蒐集資料，到了下午第三節體力已經耗盡，全靠意志力在撐著，好險最後一節他沒課，得以小睡二十分鐘。

休息片刻後，體力稍有恢復的楊信哲，把整理好的資料印出來之後，走到教練辦公室。

晚上六點半，李明正與吳定華已經坐在辦公室裡，討論今天訓練的內容。

楊信哲拿著筆記本，放在吳定華與李明正面前，「這是長憶的資料。」

李明正疑惑地說：「比賽結果不是還沒出來嗎？」

「以歷年的成績來看，長憶贏得這場比賽的機會比百分之九十九還要高，長憶是去年的亞軍，立德去年的成績則是第十二名，而且那已經是隊史最好的成績。」

李明正點點頭，翻開筆記本，看著楊信哲做的圖表，與吳定華討論著要用什麼戰術對抗長憶。

半個小時過後，到了練球時間，李明正與吳定華便往操場移動，準備再次讓球員們陷入地獄之中。

而楊信哲因為實在太累了，和教練請假後，並沒有參與晚上的訓練，把便當吃完便直接回家。

到家後，楊信哲本來只打算躺在沙發上小憩一下，當他驚醒，整個人從沙發上彈起來，拿起手機一看發現已經是晚上十點多，不禁懊悔著自己浪費了幾個小時的時間在睡覺上。

楊信哲立刻站起身，想去沖個澡，突然想到長憶跟立德的比賽應該打完了，便用手機連上了乙級聯賽的官網。

「長憶今天會贏幾分呢？」

突然，楊信哲瞪大雙眼，「怎麼可能！」

楊信哲的手機螢幕上，顯示著九十比八十五，立德五分險勝長憶！

第三章

「四十五分、二籃板、八助攻、六抄截。四十五分是這一季乙級聯賽單場最高得分，六抄截也是最多，簡單來說，這是目前乙級聯賽最誇張的數據。」楊信哲一口氣說完，把筆記本與光碟片放到李明正與吳定華面前。

昨晚看到比賽結果後，楊信哲為了雪恥，開始埋頭瘋狂查找立德的資料。他利用一個晚上的時間，把可以查到的一切數據做成圖表印出來，而乙級聯賽當晚上傳到官網的比賽影片，也幫了楊信哲不少忙。

「蔣思安，高二，身高一百七十公分，體重六十五公斤，國三才開始打籃球，在這之前接觸的運動是田徑。如果世界上有天才型球員，那麼他一定是其中之一，接觸籃球僅僅三年的時間，就可以帶領立德擊敗長憶。筆記本跟光碟片裡面都是立德的資料，我這一節有課，先回去了。」

「好，謝了。」李明正目送楊信哲離去之後，馬上把光碟放進電腦裡，吳定華則是翻開筆記本。

「四十五分、八助攻、六抄截，就算是在乙級聯賽，這種數據也夠驚人了。」吳定華不禁皺起眉頭，「而且面對的還是去年的亞軍長憶高中，長憶的防守在乙級聯賽也是相當有名，沒想到竟然被一個球員這樣搞垮了。」

李明正對吳定華招手，「過來看看昨天比賽的影片。」

吳定華把椅子拉到李明正身旁，兩人肩靠肩，觀看楊信哲剪輯的影片。

影片裡，蔣思安在第一節比賽就大發神威，一個人遠投近切帶罰攻下了十二分，並傳出兩次助攻，外帶一抄截，除了搶籃板球之外，幾乎無所不能。

「速度好快，切入像把刀一樣穿進去，長憶的二三區域聯防完全對付不了他，就算縮小防守圈，蔣思安也擁有一定的外線能力，長憶的後衛根本拿他沒辦法。」吳定華雖然不想這麼說，卻不得不承認，「好強。」

李明正點頭，「動作很俐落，打球也不會猶豫，對自己非常有自信。戰術明顯圍繞著他打轉，其他四名球員專心負責防守，他完全承擔進攻的責任，是立德的進攻發動機。」

吳定華說：「他們的內線球員除了進攻之外，不管是防守、搶籃板、單擋掩護都很拚命，球風非常強悍。」

「除了蔣思安之外，場上其他四名先發球員的進攻能力都不是特別強，大部分時間都是靠蔣思安吸引包夾之後，把球傳給他們大空檔出手，基本上球隊沒有特別的戰術，就是靠蔣思安一個人殺進殺出，分球給隊友。」李明正右手摸摸下巴，身體靠在椅背上，「不過這種簡單到極點的戰術，有時候反而最難以抵擋。」

吳定華看向李明正，「某些程度上來說，這也不太能算是一種戰術，只是球員個人能力的展現而已。」

李明正搖搖手指，「不，這確實是一種戰術，而且是最直接的戰術，要贏立德很簡單，就是把蔣思安守死，可是在這種情況之下，蔣思安卻撕裂防守連連得分，這樣除了被得分之外，球員的氣勢跟心態上都會承受非常大的打擊，尤其是心智發展還沒有那麼成熟的小球員，面臨這種情況很容易全面崩潰。」

聽李明正講得如此嚴重，吳定華問：「有什麼方法對付這種戰術嗎？」

「立德用最簡單直接的方式進攻，最有效率的方法，就是用最簡單直接的方式防守。」李明正看著螢幕，沉思了一下，「大偉進步得很快，可是憑現在的他，絕對守不住蔣思安，一定會被耍得團團轉。」

「那怎麼辦，派光耀去守他？」

李明正搓搓下巴，「目前隊上能夠對付蔣思安的，以位置上來說確實只有光耀，可是……」

「可是什麼？」

「可是我想要藉這次機會讓大偉好好磨練一下。」

吳定華驚訝道：「什麼！你該不會真的想讓他去守蔣思安吧？」

李明正點點頭，「確實有這個想法。」

「你剛剛也說了，隊上能夠對付蔣思安的只有光耀，叫大偉去守蔣思安的話一定會被打爆，而且你還說了什麼『心智發展還沒有那麼成熟的小球員，面臨這種情況很容易全面崩潰』，你忘啦？」

「我知道，別激動，畢竟這種等級的球員不會天天出現在乙級聯賽裡面，如果能讓大偉趁這個機會好好磨練，以後對光北絕對大有幫助，不過別擔心，我目前只是有這個想法而已。」

「認識這麼久了，難道我還不了解你最喜歡把想法變成現實的這點嗎？」

李明正輕笑一聲，「別緊張，我現在不就努力在看立德的弱點嗎？只要找出他們的弱點，那麼就算蔣思安把大偉打爆，我們也可以贏立德，我不會為了培養一個球員，而賠上球隊的勝負。」

吳定華這才放下心，畢竟李明正的瘋狂事蹟可不少，光是高中打球時期，吳定華就有幾次被李明正嚇得差點連魂都飛了。

「那你有看到什麼弱點嗎？」

李明正微微皺起眉頭，「有，可是以光北目前的實力，沒有辦法有效攻擊那個弱點。」

「什麼弱點？」

「蔣思安跟另一名後衛的防守，就我觀察，雖然數據上他們兩個人在這場比賽裡面合力貢獻了十次抄截，但是他們兩個人身高不高，防守也沒有特別優秀，是一個可以攻擊的點。」李明正說：「傑成的切入能力勉強可以做到，不過他終結籃框的能力還不夠強，大偉則是完全沒辦法。」

「光耀可以吧。」

「他一場比賽我只讓他出手五次，所以基本上你可以忽略他。」

「那還有其他弱點嗎？」

「別急，我正在看。」李明正聚精會神地看著影片，但是一直到蔣思安與幾位先發球員打完第一節下場休息，李明正都沒有看到光北可以趁虛而入的漏洞或弱點。

李明正眉頭緊皺著，讓大偉防守蔣思安的念頭開始動搖。但當第二節比賽開始沒多久，李明正的眉頭就舒展開來，「搞什麼啊，原來是一支靠先發在撐場面的球隊啊！」

「什麼？」

李明正哈哈大笑，「簡單說，立德就是完全靠先發在贏球的球隊，替補球員一上場，第一節的領先優勢馬上被長憶追回來，好啦，你可以放心了。」

吳定華翻開筆記本，上下掃視著楊信哲的資料，「信哲筆記本裡面也有寫，立德的先發跟板凳的實力落差很大，所以板凳球員上場的時間並不多，每場比賽大概只有四分鐘而已。」

「四分鐘而已嗎？」李明正從吳定華手中接過筆記本，看到楊信哲的註記：立德板凳球員上場時間約四分鐘，**分別是第二節一開始兩分鐘，還有第三節最後兩分鐘**。

看到這段註記，李明正馬上把影片拉到第四節，觀察一陣子後說道：「立德體能很好，到了第四節球員也沒有顯現出疲勞的樣子，尤其是蔣思安，還是一樣在殺進殺出。」

李明正表情有點嚴肅，喃喃自語：「看來這場比賽，只能硬碰硬了……」

★

早上第一節下課，楊真毅坐在位子上讀書。當他讀得正認真時，桌上突然出現了一瓶可樂，轉移了他的注意力。

「這麼認真，下課還看書。」魏逸凡把可樂推到楊真毅面前，「給你。」

楊真毅笑道：「該不會有下藥吧？」

「放心，我對你的身體沒有興趣。」魏逸凡順手比了中指。

楊真毅笑了幾聲，喝了一口，遞給魏逸凡，「怎麼了？」

魏逸凡喝了一大口後，大大「哈」了一聲，「慶祝。」

「慶祝什麼，交到女朋友了？」

「慶祝我們球隊裡面沉睡的獅子，總算在上一場比賽醒了過來。」魏逸凡說：「你上一場球打得漂亮。」

楊真毅笑了笑，「剛好手感不錯。」

「那之後就像上一場比賽那樣打吧，讓大家看看你真正的實力，別總是把球傳給我跟高偉柏。」

「論實力，有打過甲級的你跟高偉柏都比我強，為了球隊的勝利著想，把球交給你們我認為是最有效率的打法。」

「才怪，上一場比賽你一個人就把對手打得落花流水。」

「那是因為現在遇到的對手比較弱，等之後遇到更強的對手，我就應付不來了。」

魏逸凡翻白眼，「你怎麼對自己這麼沒有自信。」

楊真毅笑了笑，「我不是對自己沒自信，我這是有自知之明，而且我跟你一樣都想贏球，只是我們兩個人用的方式不一樣而已。」

魏逸凡揮揮手，表示不想再和楊真毅討論這個問題，話鋒一轉，「你還記得我跟你的第一次比賽嗎？」

楊真毅點頭，「國中聯賽。那時候你就已經很強了。」

「你錯了。」魏逸凡搖搖手指。

「在比賽之前教練跟我們說對手不強，我們這一場比賽可以輕鬆獲勝，唯一一個前提，就是要守住對方的九號，也就是你。」魏逸凡食指指著楊真毅說道。

「教練派我去守你，結果我根本守不住，分數一直拉不開，後來教練受不了，我們才改變戰術，只要你一拿球就去包夾你，但還是擋不住。

「在那場比賽之前，我一直以為我是全國中最強的前鋒，直到遇見你。雖然那場比賽我們大獲全勝，可是教練在離開球場之後把我叫過去，對我說了一段話，你知道是什麼嗎？」

「他說什麼？」

「他說只要打球可以像你一樣冷靜又成熟，那麼我絕對可以成為全高中最強的前鋒。」魏逸凡拍拍楊真毅的肩膀，「我聽了教練的話，只要上場就告訴自己要冷靜打，每當練球鬆懈時就會想起你，想著如果不努力練球，永遠都會有個楊真毅擋在我面前。

「就這樣，我在高一被教練拉拔成為先發前鋒，那時候在榮新，先發陣容只有我一個高一生。我在國、高中聯賽打了超過一百場比賽，讓我印象最深的就是跟你打的那一場。那時候你一個人撐起了整支球隊，在我看來，那才是真的你。」

楊真毅沉默，魏逸凡繼續說：「昨天練習結束後，我回家上了乙級聯賽的官網，看一下我們下一場比賽對手的資料，結果對方有一個球員攻下了四十五分，帶領球隊打贏了去年的亞軍長憶高中，下一場比賽是硬仗，球隊需要你。」

魏逸凡說完就要離開，但楊真毅的話卻讓魏逸凡停下腳步，「這是我最後一年打籃球了。」

「你說什麼！」魏逸凡驚訝地走回楊真毅身邊，「你剛剛說什麼！」

看著魏逸凡激動的表情，楊真毅臉上顯得很平靜，「這是我最後一年打籃球了。」

「你是認真的？」

楊真毅點點頭，「嗯。」

魏逸凡不敢置信地問道：「為什麼是最後一年？」

「我要出國念書，大學跟研究所。」

「所以就不打籃球了嗎？你爸安排的？」

楊真毅搖搖頭，「是我自已的決定。不管怎麼樣，今年會是我最後一年打籃球。」

魏逸凡驚嚇到說不出話來，雙眼瞪大。楊真毅笑了笑，「我知道有點突然，但沒必要這麼驚訝吧。」

魏逸凡緊握拳頭，全身緊繃，看著楊真毅堅定的眼神，嘆了一口氣，全身像是洩了氣的皮球一樣失去氣力，「我了解了。」

看著魏逸凡失落的模樣，楊真毅說：「我只是沒有要繼續往籃球這條路走而已，沒必要露出這種表情吧？」

魏逸凡搖搖頭，「如果可以的話，我真的很想跟你一起打球，不管你是隊友或對手，都想一直跟你打下去。」

此時上課鐘響，魏逸凡心裡仍有很多話想說，但他在離開教室之前，卻只能留下這一句話——

「在最後一場比賽結束之後，我一定會讓你親手拿起甲級聯賽的冠軍獎盃！」

晚上六點五十五分，吳定華、李明正、楊信哲一起走到操場，而所有的球員跟往常一樣，分散在各個球場裡面練球。

球員們一看到教練走過來，馬上放下手邊的球，跑到操場集合。

李明正滿意地看著球員，大聲說：「今天練習的主要重點一樣是防守，熱身好了嗎？」

「好了！」球員們精神抖擻地回應。

「很好，今天跑十五圈，去！」

李明正一聲令下，球員們像是飛箭一樣往前衝，而楊信哲也在這個瞬間按下碼錶。

接近晚上七點的秋天，太陽已經完全隱沒在西方，漆黑一片的夜空中看不到幾顆星星。即使如此，李明正仍抬著頭看天空看到入神，鼻頭皺了皺，露出深思的表情。

吳定華問：「在想什麼？」

「我在想，等一下會不會下雨。」李明正低下頭，看著在操場上努力奔跑的小球員們，「如果下雨，就沒辦法練球了。」

「你少在那裡烏鴉嘴。」吳定華抬頭往上看，露出擔憂的神情。

李明正的雙眼在楊翔鷹捐贈的燈柱照耀之下炯炯發光，眼神裡流露出懷念，「你還記得以前我們練球遇到下雨天的時候嗎？」

吳定華點頭，「當然記得，我們就到走廊練運球，或者練伏地挺身、仰臥起坐，增加身體對抗性。你總是說就算沒有籃球場，沒有籃框，甚至沒有籃球，一樣有方法可以變強。」

「哈哈，我有說過這種話嗎？」

吳定華非常篤定地說：「有。」

一滴水順著李明正的額頭滑落，李明正還沒有意會過來，頃刻間大雨滂沱，嘩啦嘩啦地傾盆而下。

★

鈴鈴鈴、鈴鈴鈴……，惱人的鬧鐘聲響起，李光耀啪一聲按掉，沒有跟平常一樣彈起身，而是把鬧鐘往後調了一個小時，翻了身，繼續找周公打籃球。

其實在鬧鐘響之前李光耀就已經醒了，滂沱大雨打在窗戶上，啪嗒啪嗒的聲音實在擾人清夢。這一夜大雨打亂了光北的練球計畫，而且持續不停，絲毫沒有停歇。

李光耀默默嘆了口氣，昨晚李明正說如果今天早上雨還沒停，早上的練習一樣取消。照現在這個情況看來，雨一時是停不了了。

李光耀在床上翻來翻去，發現怎樣都睡不著，最後關掉鬧鈴，起床換上運動衣褲，走進客廳旁邊的小房間。

小房間不大，大約只有七坪大小，裡面放了一台跑步機跟複合式的健身器材。

李光耀簡單熱身後站上跑步機，把跑步機小跑道的坡度調高少許，這麼做除了可以模擬在山坡上跑步，增加心肺能力之外，還可以有效減低對膝蓋的負擔。

在跑步機上跑了半小時，又利用複合式健身器材鍛鍊腹部跟後腰的核心肌群之後，李光耀結束今天早上的自我訓練。考量到晚上的比賽，他今早的訓練量並沒有很多。

李光耀走到廚房倒了一杯豆漿，此時李明正剛好也走進來。

李光耀有些訝異地問：「爸，今天怎麼這麼早起？」

李明正打開冰箱，同樣倒了豆漿，「雨下那麼大，起床載你這個臭兒子上課。」

「這場雨下真久。」李光耀看著窗外，雨水依然不斷打在窗戶上。

「下點雨也好，南部秋冬不會下什麼雨，如果又沒有颱風，夏天可能會缺水，麻煩得很。」李明正拿出吐司與果醬，「要不要吃點東西？」

「我可以指定吃老媽煮的嗎？」

李明正笑罵道：「你的意思是我煮的不好吃就對了，你老媽還在睡覺，很抱歉，你只能吃我做的。」

李光耀自己拿了兩片吐司，「那我自己做就好。」

李明正又笑罵一聲：「臭小子。」

「老爸，今天的對手真的很強嗎？」

李明正點頭，「強，尤其是陣中的零號蔣思安，他的切入速度跟爆發力可能比你還強，基本上以乙級聯賽的等級，應該沒有人守得住他的切入，破壞性非常大，擁有無限開火權，其他四個人專注防守，是一支非常團結的球隊。」

聽到李明正這麼說，李光耀血液都沸騰起來，「老爸……」

李明正在李光耀把話說完之前，就打斷道：「我知道你在想什麼，但你上場時間一樣會壓縮在十五分鐘以內，這場比賽也只能出手五次，這是對你跟對光北的考驗，現階段我在意的是光北的防守跟團隊默契。你要相信你的隊友，魏逸凡跟高偉柏對球賽的影響力不會比你少，除了他們兩個人之外，上一場比賽楊真毅不也展現出主宰比賽的能力了嗎？」

李光耀雖然洩氣，卻也點頭承認，「我明白，我只是好想要跟那個蔣思安交手。」

「就算限制你的上場時間跟出手次數，你還是可以跟蔣思安一對一正面交手。」李明正臉上勾起笑容，看著李光耀發亮的眼神說：「第四節最後五分鐘，好好把握。」

雨勢一直到中午才漸漸變小，烏雲密布的天空微微透出一些光亮，雲層明顯由厚變薄。雨水順著風勢隨意飄灑，讓光北每一棟大樓的走廊此刻都積水了。

球隊訓練被這場大雨打亂，光北完全沒有演練防守，今天晚上的對手又是強敵立德，只靠團隊默契去打球，這讓光北的部分球員略微感到不安。

當中不安指數最高的就屬麥克，越接近比賽的時間，麥克就越是慌張。

第七節下課。

「麥克，你怎麼了？」感受到麥克不穩定的情緒，李光耀左手手肘靠在桌上，手撐著頭，「上課動來動去，不像平常的你。」

麥克看李光耀一臉輕鬆的模樣，聲音有些顫抖地說：「緊張。」

「緊張，為什麼？」

「因為教練昨天晚上說今天的對手很強，可是因為下雨，昨天跟今天都沒有練球，我怕到時候上場的表現會很糟糕。」因為不安，麥克講話又變得很小聲。

李光耀哈哈大笑，「麥克，你想太多了，你的實力不會因為兩天沒有練球就不見，就算你今天在場上表現不好，那也只是因為你心理作祟，讓你變得畏首畏尾。」

雖然李光耀這麼說，麥克依然感到不安，李光耀拿麥克沒辦法，從後背包拿出籃球，丟給麥克。

「既然那麼擔心，就到後面練運球。」

麥克真的拿著球，走到教室的最後方開始練球，李光耀就坐在位子上看著麥克，而讓李光耀驚訝的是，王忠軍手裡也拿著球，默默地站在麥克旁邊，跟他一起練習運球。

李光耀忍不住發出笑聲，「沒想到你也是會緊張的那種人，還真是讓我意外。」

王忠軍緊抿著嘴，不說話。

同一時間，詹傑成與包大偉也站在走廊傳接球，不過因為人來人往，傳接球的距離只有五公尺。

「有信心嗎？」詹傑成問。

「如果你是指守住在上一場面對長憶的防守還得到四十五分的蔣思安的話，當然沒信心。」包大偉直接承認，「以我現在的防守能力，還沒有辦法守住他。」

「那你打算怎麼辦？」詹傑成接到包大偉的傳球，用力回傳。

感受到詹傑成傳球的力量，包大偉也用力傳了回去，「就盡量不要讓他拿到球，只要他手上沒有球，他就不可能得分。」

「難道你要全場黏著他？」

「沒錯。」

「這樣你的體力會消耗得很快。」

「我知道，可是也只有這樣做，我才有那麼一點機會阻止他得分。一對一防守，絕對只有被他電爆的份。」

詹傑成用力傳球，「好險這場雨下得夠久，昨天跟今天都沒有練習，讓你的身體有充足的體力可以應付今天的比賽。」

「沒錯。」

★

比賽時間是晚上七點，球員們換好球衣，吃完便當後，便在巴士裡略做休息。有些人戴上耳機，讓音樂放鬆身心，有些人闔眼休息，有些人就這麼靜靜地看著窗外。小巴士裡異常安靜，在比賽開始之前，每個人都打算把說話的力氣節省下來。

光北隊抵達球場的時間是晚上六點半。當他們走出小巴士的時候，赫然發現下了將近一天的雨總算停了，西邊的殘陽發散橘紅色的光芒，把天上的雲朵染成了蘋果般的紅色。

因為這連綿不絕的雨停了，光北隊本來有些鬱悶的心情也有了轉變。

他們走進球館裡，抵達籃球場後開始熱身，練習投籃與跑位。

整整一天沒有練習，光北隊根本不受影響，投籃跑位跟平常一樣順暢。

十分鐘後，立德高中也抵達了籃球場，在另外一邊的半場練習投籃，而二樓觀眾席上，苦瓜蹺著二郎腿坐在椅子上，蕭崇瑜正忙著架設錄影機。

架設好了錄影機，蕭崇瑜從後背包中拿出相機，開始補捉球員的身影，而他今天的第一位拍攝對象，反常的不是光北隊的球員，而是立德的零號，蔣思安。

「天啊，苦瓜哥，蔣思安真的好矮。」雖然早就已經知道蔣思安的身高，但在現場看到蔣思安時，蕭崇瑜還是不免感到驚訝。

苦瓜淡淡地說：「嗯。」

「這麼矮還能得到四十五分，是怎麼辦到的？」蔣思安身旁的隊友最少都高他半顆頭，蕭崇瑜很難想像以蔣思安的身高，是怎麼在長憶的防守下打出這麼驚人的數據。

「你等一下就可以知道了。」苦瓜看向光北，猜測光北會怎麼防守蔣思安，是一對一盯防，或者是利用團隊默契去封住他？不過不管是哪一種防守方式，絕對都沒辦法完全限制住蔣思安。

苦瓜又想，面對這種強敵，李明正還會繼續限制李光耀的上場時間跟出手次數嗎？

比賽開始前兩分鐘，李明正把在場上練習的球員全叫到自己身前。

「注意了，防守端，盡全力守住蔣思安，如果大偉被突破，後面的一定要立刻對上去，立德其他四名球員都會不斷替蔣思安掩護，交換防守的時候一定要交待清楚，不要給蔣思安輕鬆出手的機會。」

「是，教練！」

「他們防守很強悍，很喜歡抄球，今天進攻端要注意保護球，攻勢跟上一場一樣主要集中在禁區，我們的內線很有優勢，傑成，要好好利用禁區牽制他們的防守。」

「是，教練！」

「好，比賽就要開始，上場去吧！」

李明正話說完之後，謝雅淑馬上跳出來，舉起手，「隊呼！」

所有人在謝雅淑身邊圍成一圈，手放在謝雅淑高舉的手上。

謝雅淑大喊：「光北！」

「加油！」

「光北、光北！」

「加油、加油！」

「光北、光北、光北！」

「捨、我、其、誰！」

完成隊呼之後，裁判的哨音響起，示意兩邊球員上場。

光北先發球員，包大偉、詹傑成、李麥克、楊真毅、魏逸凡。

麥克走到中場的圓圈，與立德的中鋒準備跳球，裁判見兩邊球員已經準備好，吹響哨音，將球拋起。

麥克與立德的中鋒同時跳起，麥克的彈跳速度略勝一籌，把球往前拍，想直接把球拍給隊友，完成一次快攻。

只不過麥克這個想法很快就落空，因為儘管他把球拍向詹傑成，但立德的得分狂人蔣思安反應速度快得嚇人，一個箭步，手往前一伸，就把球抄掉，以驚人的速度往前場衝。

沒預想到蔣思安會抄到球，光北的內線球員來不及反應，後場沒有人來得及回防，眼看蔣思安雙腳就像裝了馬達，一下子就收球準備上籃取分，此時身穿十二號的球員從後面追上，在蔣思安放球時狠狠地送給他一個大火鍋！

球直接飛出界外，場邊哨音響起，「出界，立德球權。」

蔣思安驚訝無比地回頭往後看，看著包大偉的身影，完全沒想到他竟然追得上，心裡湧現出滿滿的不爽與屈辱。

場邊，謝雅淑眼睛一亮，立刻站起來，拍手叫好，「包大偉，好球！」

球賽繼續，立德中鋒發邊線球，包大偉立刻貼上蔣思安，不讓他輕易接球。

蔣思安一時間擺脫不了包大偉，擔心會發球違例（註五），手指著得分後衛，「先傳球！」

中鋒把球傳給得分後衛，蔣思安直接跑向得分後衛，包大偉跟了上去，但蔣思安突然停下來往後退，得分後衛傳高吊球越過包大偉頭頂，他反應不及，球便落入弧頂三分線外的蔣思安手裡。

包大偉立刻貼上去，緊緊貼著蔣思安，不給他瞄籃的空間。

剛剛才被蓋一顆大火鍋的蔣思安，面對包大偉的貼身防守，大有扳回一城的意思，身體往下一沉，運球往右切，一個充滿爆發力的踏步就這麼突破包大偉的防守。

包大偉驚覺，蔣思安竟然比李光耀更快！

包大偉被突破之後，光北的防守圈動了起來，詹傑成早猜到包大偉守不住，立刻上去補防，但是蔣思安實在太快，詹傑成完全跟不上。

很快，籃框彷彿就近在蔣思安眼前，也就是在這個時候，麥克、楊真毅、魏逸凡同時上前，要封死蔣思安。

蔣思安見此，沒有繼續往禁區切，直接收球，左腳一踏，騎馬射箭高拋投出手。

球高高越過麥克、楊真毅、魏逸凡的頭頂，落在籃板上正方型的紅框中，直接彈進籃框裡，激起清脆的唰聲。

蔣思安這次騎馬射箭的動作之漂亮，讓場邊的李光耀都差一點跳起來替蔣思安喝采。

雖然有了心理準備，但是蔣思安的速度還是讓光北全隊感到驚訝，而二樓的蕭崇瑜，也瞭解為什麼蔣思安能夠在長億的防守下拿到四十五分了。

「苦瓜哥你有看到嗎？蔣思安的速度太誇張了吧，而且高拋投時機點也抓得很好！」

苦瓜微微點頭，贊同道：「真的很快。」

場上，詹傑成把球帶過半場，對位防守的是蔣思安。

詹傑成一邊運球一邊觀察隊友的跑位，想要立刻還以顏色，突然間，一道人影飛竄而來。

蔣思安發現詹傑成眼睛沒有看著自己，大膽地想要抄球。

然而，詹傑成其實一直有在注意他，一個俐落的轉身閃過蔣思安，運球往禁區衝，吸引立德的防守注意力後，眼睛看向左邊，雙手卻利用隱蔽的地板傳球，把球交給從右邊開後門的魏逸凡。

立德的防守球員被詹傑成的眼神假動作所騙，魏逸凡接到球後輕鬆上籃得手。

比數二比二。

立德的總教練對球隊這波防守極為不滿意，站起身來，在場邊大喊：「怎麼會漏人？不是說了要看好嗎！」

場上，光北高中馬上回防，除了死死黏在蔣思安身邊的包大偉之外。

包大偉按照策略，使盡全力不讓蔣思安拿球，要逼立德把球傳給別人。

然而，蔣思安速度實在太快，左右晃肩之後的變檔加速甩開包大偉，立德中鋒立刻把球傳過去。

包大偉沒有氣餒，在蔣思安拿到球的瞬間貼上去，但是蔣思安就像條魚一樣，一個轉身就從包大偉身邊溜走。

儘管如此，包大偉還是沒有放棄，從後面又追了上去。

蔣思安發現包大偉跟在自己身後，剛剛被包大偉蓋火鍋的陰影還沒有消失，過了前場之後就停了下來。

蔣思安心想，比賽才剛開始，如果衝得太快隊友不一定跟得上，自己的體力說不定也會過度消耗。

包大偉則完全不去考慮體力的問題，積極地上前壓迫蔣思安。

蔣思安壓低重心運球，不讓包大偉有機會抄走，發現隊友都已經準備好，馬上發動攻勢，一個變向換手運球晃開包大偉，迅速地往禁區切。

詹傑成跟楊真毅連忙要上前防守，但是蔣思安卻把球傳給右邊側翼大空檔的得分後衛。

得分後衛馬上跳投出手，力道過大，球落在籃框後緣彈了出來。

魏逸凡抓下籃板球，落地後立刻找到詹傑成，沒有多想就直接把球傳給他。當他看到一道矮小的身影從一旁掠過，心中頓時閃過不妙的感覺。

魏逸凡這一球傳得太不小心，沒有注意到蔣思安就在詹傑成附近虎視眈眈，球就這麼被抄走了。

蔣思安抄球抄得突然，光北全隊反應不及，只能眼睜睜看著他在弧頂三分線外拔起來，跳投出手。

唰！清脆的進籃聲響起，比賽一開始，蔣思安個人連拿五分。

註五：進攻方在場外發球時，發球者在五秒內無法將球發進場內，即為發球違例，球權轉換。

第四章

蔣思安連得五分之後，光北隊也不甘示弱，詹傑成運球快速推進到前場後，傳球給楊真毅，楊真毅假投真傳，把球交給空檔的魏逸凡，後者切進禁區，靠在中鋒身上打板得分。

嗶！哨音響起，裁判喝道：「立德八十二號，打手犯規，球進算，加罰一球！」

魏逸凡把握住加罰的機會，個人也連拿了五分。

比數五比五。

球權轉換，包大偉目光堅定地盯著蔣思安，繼續亦步亦趨地跟在他身邊。

限制蔣思安的得分，消耗他的體力，是包大偉這場比賽給自己的目標。縱使壓制不住蔣思安，但隨著比賽進行體力的消耗也會累積，只要讓他在最關鍵的第四節沒辦法像現在這樣展現出驚人的破壞力，包大偉在這一場比賽的目標也就達成了。

蔣思安好不容易甩開包大偉，接到大前鋒的底線發球，包大偉卻又如影隨形地貼了上來。

蔣思安繼續利用充滿爆發力的第一步突破包大偉，把球帶到前場後，他沒有停下腳步，竟然就直接往禁區切，不讓包大偉追上，詹傑成立刻上前站在蔣思安面前，不顧這麼做會讓得分後衛有超大空檔。

只不過，詹傑成的防守對蔣思安完全構不成威脅，一個跨步就被過，蔣思安隨後收球拔起來，在三分線與罰球線之間準備跳投，楊真毅整個人撲了上去，但蔣思安在空中把球傳給得分後衛。

得分後衛接到球就跳投出手，球落在籃框上轉了兩圈，還是進了。

比數，五比七。

場邊的吳定華跟楊信哲同時皺起眉頭，蔣思安展現出來的實力比他們兩個想的還要厲害，上一場蔣思安的數據已經很誇張，但現場見到他打球，不管是切入的速度或分球的能力，都讓人真正感受到數據呈現不出來的影響力。

蔣思安雖然矮，在球場上的影響力卻像是巨人。

場上，光北隊的球權。

詹傑成控球，現在場上光北禁區有著優勢，李明正在賽前也說今天主打的是禁區，甚至連立德也自知如果不做點什麼，禁區一定會被光北打爆，已經默默地把防守圈縮小。

詹傑成見立德擺明就是要封鎖禁區的樣子，突然收球拔起來，出乎所有人意料之外地在三分線外跳投。

詹傑成這個突如其來的出手連隊友們都嚇了一跳，麥克、魏逸凡、楊真毅心頭一驚，馬上跑到禁區卡位，但是他們的想法卻是多餘的。

唰的一聲，球劃過一道美妙的拋物線，空心入網！

光北在比賽開始之後第一次取得領先，比數，八比七。

包大偉沒有因此鬆懈，繼續纏著蔣思安，讓他沒辦法立刻接到中鋒的底線發球。

中鋒只能把球傳給跑過來接應的得分後衛，得分後衛接到球隨即望向蔣思安，後者以手勢示意，「先過半場！」

得分後衛馬上把球帶到前場，在中線前站定，看著不斷試著擺脫包大偉防守的蔣思安。

此時，在二樓的蕭崇瑜皺起眉頭，「苦瓜哥，立德的打法好單調，好像沒了蔣思安，他們就不會打球一樣。」

苦瓜瞄了蕭崇瑜一眼，「不然你以為立德是怎麼贏的？」

看著底下拿到球，又開始殺進殺出的蔣思安，苦瓜說道：「從這場比賽就可以看出來光北防守上能力的落差，光北想真正成為甲級的球隊，防守一定要再加強。」

「苦瓜哥，你是說包大偉嗎？」

「不只是他，詹傑成跟王忠軍都是。以區域聯防來說，後衛是抵擋對方攻勢的第一道關口，如果後衛球員輕易就被突破，禁區球員就必然要上前補防，但是一上前補防底線就有可能會漏人。所以在區域聯防當中，後衛的防守扮演非常關鍵的角色。」

蕭崇瑜看著蔣思安再次突破包大偉的防守，在詹傑成面前急停跳投，球進。

「真的太強了，光北完全守不住蔣思安，包大偉的防守對他根本起不了作用。」蕭崇瑜不禁讚歎。

苦瓜搖搖頭，「雖然包大偉的防守腳步還不成熟，不過蔣思安能夠這麼容易就突破防守，這種實力已經超越乙級了，可惜身邊的隊友實力差太多，不然立德一定是更高層次的球隊。」

場上，詹傑成把球傳給楊真毅，楊真毅利用投籃假動作把小前鋒騙起來，切入禁區，面對中鋒的補防，收球轉身，輕巧上籃得手。

比數，十比九。

球進後，包大偉再一次貼上蔣思安，又讓他無法接到底線發球，得分後衛不得不跑過來接應，將球帶過半場，等待蔣思安把包大偉甩開。

這時，李明正走到紀錄台，「暫停。」

紀錄台人員點頭，馬上對裁判示意，裁判比了大姆指，接著把注意力放回場上。

包大偉似乎抓到黏住蔣思安的訣竅，把他逼到不得不直接跑到得分後衛身旁把球拿到手中，除了成功消耗蔣思安的體力之外，也拖延了立德的進攻時間。

蔣思安一拿到球就要切入突破，這一次卻被包大偉成功擋了下來。這是在蔣思安個人連續拿到七分，比賽進行到現在為止，包大偉第一次擋下了蔣思安的切入。

可惜，包大偉還來不及高興，蔣思安一個轉身，像隻泥鰍一樣從他身邊滑過去。

接二連三被蔣思安突破防守，包大偉卻沒有任何的挫敗感，心裡只想著趕快追上蔣思安，再從後面賞他一個大火鍋。

蔣思安突破防守之後繼續切入禁區，面對楊真毅與魏逸凡雙人補防，把球高高往上一拋，大喊：「籃板球！」

但是光北禁區有身高優勢，加上又有專職搶籃板球的麥克，蔣思安雖然已經提前大喊，但當球彈框而出時，卻只見到一個又黑又高的身影像是占據了整片天空一樣把籃板球抓下來。

「麥克！」當蔣思安把球拋出的瞬間，包大偉已經轉頭往前場跑。

麥克聽到包大偉喊聲，立刻把球甩到前場。

球落在包大偉前方，他一個加速追到球，輕鬆上籃得分，比數十二比九，光北漸漸建立起領先優勢。

包大偉上籃得手，喘著大氣，滿頭大汗，又跑到蔣思安身邊黏住他，但這次包大偉某些動作顯得過大，裁判吹哨，「光北十二號，阻擋犯規！」

包大偉馬上舉起手，緊接著尖銳的哨音響起，「光北隊，請求暫停！」

李明正看著走回來的球員，「你們表現的不錯，但是在限制蔣思安方面還沒有做到很好，讓蔣思安太容易進到心臟地帶得分。傑成，大偉在防守蔣思安的時候不要離太遠，放對位的得分後衛空檔沒關係，寧願讓得分後衛投球，也別讓蔣思安切入。」

「是，教練。」

「真毅、逸凡，你們兩個人直接上前防守，站到罰球線兩邊，禁區交給麥克，不用擔心立德的禁區球員，首要目的是把蔣思安守住。」

「是，教練。」

李明正交待完之後，拍拍手，「記得，防守一定要講話，要溝通，用腳去防守，不要用手。」

「是！」先發球員喝了幾口水，拿毛巾擦去汗水，聽到裁判哨音響起，又走回球場。

一站上場中，包大偉立刻找上了蔣思安，站在後場的球員也擺出了李明正所說的防守陣式，詹傑成站在弧頂，魏逸凡、楊真毅站在罰球線兩側，麥克站在籃框底下。

觀眾席上的苦瓜見到光北隊的防守陣式，哦了一聲，「一二一區域聯防，李明正竟然直接放棄外圍的防守，要全力阻擋蔣思安的進攻。」

苦瓜臉上勾起了一抹笑容，這一場比賽越來越精彩了。

蔣思安利用快速的變向動作晃開包大偉，接到中鋒的邊線發球馬上往前場衝，就算光北的防守陣式已經改變，蔣思安心裡面沒有任何的猶豫，面對詹傑成的防守，壓低重心直接往左切。

蔣思安的爆發力展現出來，詹傑成完全跟不上，一個晃眼就被過，接著兩個高大的人影朝蔣思安撲過去，他沒有繼續硬切，把球傳給右邊大空檔的大前鋒。

大前鋒接到球就跳投出手，球雖然沒有進，卻遠遠彈出去，落在左邊側翼的小前鋒手上，小前鋒帶一步跳投，這次進了。

比數，十二比十一，第一節兩隊比數咬得死緊。

在立德這波進攻之後，兩邊的籃框似乎裝上隱形的蓋子，兩隊命中率嚴重下滑，尤其在第一節比賽最後三分鐘，雙方命中率都不到三成。

光北在第一節比賽的後段，攻勢一樣倚賴禁區，表現最搶眼的魏逸凡，光是第一節就五投四中拿下九分，是光北的得分主力。

立德方面，得分狂人蔣思安第一節個人得了十五分，是目前全場得分最高的球員，除了他之外，其他球員只有零星的外圍投射得手。

第一節比賽結束，比數二十二比二十四，光北落後兩分。

球員們滿身大汗回到休息區，尤其是整場防守蔣思安的包大偉，球衣完全黏在身體上，喘著大氣，光是為了跟上蔣思安，包大偉就不得不卯足全力，短短十分鐘的第一節比賽就讓他感到疲累不已。

「等一下逸凡、大偉下，偉柏跟光耀上。」李明正把握時間下達指示，「按照上一場比賽的調度，第二節一開始蔣思安不會上場，所以防守回到二三區域聯防，等到蔣思安上場，光耀，你來防守他，然後防守轉換成一二二聯防。」

「好。」

「你們剛剛也看到了，立德進攻端只有一種戰術，那就是把球交給蔣思安處理，第二節一開始蔣思安不在場上，他們一定會打得很亂，要把握這個機會！

「偉柏、真毅，立德的防守雖然強悍，不過我相信以你們的實力要應付綽綽有餘，尤其是偉柏，利用你身材上的優勢，多打禁區！

「傑成，你剛剛有投兩顆三分球，時機抓得很好，如果有機會就投沒關係，立德沒有一個人籃板搶得過麥克。麥克，你剛剛籃板球搶得漂亮，做得很好！」

李明正說完話的當下，裁判哨音響起，手勢示意兩邊球員上場，而正如李明正所說，蔣思安第二節比賽一開始並沒有上場。

球員上場之後，李明正對坐在板凳上的包大偉說：「大偉，等一下如果蔣思安上場，注意看光耀是怎麼防守他的。」

包大偉點頭，「是，教練。」

第二節比賽一開始，光北的球權，李光耀站在界外，從裁判手中接過球，直接傳給詹傑成。

詹傑成把球帶過半場，看到精力旺盛的高偉柏已經卡好位向他要球，雙眸中閃動著「把球給我」的火燄，立刻將球高吊過去。

高偉柏一拿到球，立德的中鋒馬上過來包夾，但是高偉柏完全沒有把球傳出去的打算，硬是切入禁區，左碰右撞之下，在大前鋒與中鋒的包夾之間上籃得手。

比數，二十四比二十四，第二節開始不到二十秒，高偉柏就利用一記上籃幫助光北扳平比數。

高偉柏球投進之後，光北隊準備退回後場防守，李光耀卻在這時大喊：「不要退，全場壓迫性防守！」

一聽到李光耀大喊，光北隊員全部停下往後退的腳步，很有默契地動了起來，李光耀、詹傑成站在前場，高偉柏、楊真毅站在中線，唯一退回後場的是站在弧頂位置的麥克。

立德一時間不知道該怎麼反應，在底線持球的中鋒找後衛傳球，但是得分後衛跟控球後衛被李光耀及詹傑成跟得緊緊的，讓他不敢直接把球傳出去。

最後在發球五秒違例之前，勉強把球傳給被李光耀防守的得分後衛，不過球還沒有到得分後衛手上，就被李光耀抄了下來。

抄到球之後，李光耀直接把球傳給從中線一路衝過來的高偉柏。

中鋒看到高偉柏拿到球，本來想站上去阻擋，但是高偉柏的氣勢太可怕，讓中鋒心裡產生怯意，讓到一旁。

高偉柏一個運球之後左腳用力一踏，高高跳起來，雙手把球拉到背後，然後用力地塞到籃框裡。

重重的砰一聲，整個籃球架在高偉柏灌籃之下止不住地搖晃。

灌籃得手後，高偉柏興奮地繃緊手臂的肌肉，仰天大吼：「啊！」

光北超前比數，二十六比二十四。

立德對於突如其來的全場壓迫性防守顯得不知所措，在高偉柏灌籃得手後，中鋒拿球站到底線外，不知道該傳給誰，控球後衛與得分後衛對於該怎麼突破詹傑成與李光耀的防守也毫無頭緒。

中鋒再次在發球五秒違例之前把球傳出去，這一次控球後衛接到球，想要突破到前場時，卻被詹傑成逼到邊線，讓他不得不把球傳出去。

但是傳球卻沒有傳好，被楊真毅抄走，直接運球上籃得手。

比數，二十八比二十四。

看到光北突然擺出全場壓迫性防守，而且球員完全沒辦法應付，場邊立德的總教練臉上出現焦躁的表情，原本想要讓蔣思安休息三分鐘再上場的他，現在動搖了。

緊接著立德的控球後衛運球發生失誤，詹傑成撿起球，傳給最接近籃框的李光耀，但是出乎大家預料的是李光耀竟然沒有出手投籃，反而把球往上一丟。

此時衝進禁區的高偉柏，奮力跳起，空中接住李光耀的傳球，再次用力把球塞進籃框之中。

「吼啊！」高偉柏仰天大吼，展現激動之情。

比數持續拉開，三十比二十四，場邊立德總教練受不了，「思安，上場！」

蔣思安馬上跑到紀錄台請求換人，但是場上目前沒有死球狀態，蔣思安沒辦法馬上回到球場。

球場上，控球後衛在詹傑成與李光耀的包夾之下又掉球，李光耀拿到球直接傳給詹傑成，詹傑成運球上籃，但是出手卻被中鋒毀掉。

尖銳的哨音響起，「立德八十二號，打手犯規，罰兩球！」此時紀錄台鳴笛，裁判哨音再響，「換人！」

詹傑成站在罰球線上，注意到蔣思安走上場，心中閃過危機感，不過隨即把專注力放回場上，專心罰球，但兩罰僅一中。

比數，三十一比二十四。

在詹傑成第二罰投進之後，李光耀又大喊：「區域聯防！」

既然蔣思安回到場上，光北也有三位球員從第一節到現在都沒有下場休息，為了避免隊友在第二節後段體力不支，李光耀馬上放棄全場壓迫性防守。

詹傑成、高偉柏、楊真毅、麥克在後場站出一二二區域防守，李光耀則是站在中線，等待蔣思安的到來。

蔣思安在接球的時候少了一個像是蒼蠅一樣在身邊干擾的人，不由得感到輕鬆許多，接過中鋒的底線發球，看著李光耀在中場的位置明顯在等待自己，手還對著自己勾了勾。

蔣思安心裡想，這個板凳球員還真是有自信，竟然敢挑釁我？

蔣思安運球準備過半場，李光耀退了幾步，壓低重心，認真地看著蔣思安，而場邊的包大偉，也正專注地看著這場對決。

蔣思安運球來到李光耀面前一步，瞬間啟動引擎，往右邊切。

蔣思安的速度飛快，一眨眼就突破李光耀的防守，但是當他想要繼續往前衝時卻發現球掉了，此時他才察覺李光耀剛剛是故意讓開讓他突破，再趁機從他身後把球拍走。

詹傑成拿起球，正準備把球丟到前場讓李光耀完成快攻時，場邊哨音響起，「光北二十四號，打手犯規！」

李光耀驚訝地看向裁判，雙手抱頭，顯得不敢置信，但是最後還是苦笑地舉起右手。

這一球，不管是抄球的李光耀或者被抄球的蔣思安都知道，李光耀根本沒有打到手，抄得非常乾淨。

然而，有些裁判對於從後方抄球的動作很敏感，不管有沒有打到手都一定會吹判犯規，對此，李光耀也只能摸摸鼻子。

因為不是出手時的犯規，光北的單節犯規次數也還不到五次，所以蔣思安並沒有賺到罰球機會。

立德邊線發球，想當然爾，球交到蔣思安手中。

蔣思安在右側三分線外兩大步的距離接到球，看到李光耀在自己面前蹲低身體，下球，心裡唯一的想法就是打爆他。

蔣思安身體猛然一沉，飛速往右切，卻被李光耀擋了下來。

李光耀剛剛在場下不斷觀察蔣思安的動作，發現蔣思安切右邊的機率比切左邊大很多，雙方第一次交手，蔣思安對他還不熟悉，一定會往最有自信的右邊切。

雖然被李光耀擋下來，蔣思安反應很快，一個背後運球變向往左切，不過李光耀這時展現出遠優於包大偉的防守能力，右腳一跨，再次擋下了蔣思安，右手順勢一撈，想要把蔣思安的球抄走。

蔣思安的右手擋下了李光耀的抄截，右腳奮力一踏，身體往後跳了一大步。

李光耀發現蔣思安的意圖，連忙撲上去，但是蔣思安在往後跳之後直接後仰跳投，投球的弧度又拉得非常高，李光耀反應雖快，還是來不及封阻蔣思安的投籃。

球劃過一道高高的拋物線，唰一聲，空心入網。

比數，三十一比二十六。

球進之後，蔣思安特意看了李光耀一眼才跑回後場防守，用眼神表達，不管你們派誰出來防守，都擋不住我！

被蔣思安投進一顆高難度的退一步後仰跳投，李光耀臉上卻找不到任何挫折或挫敗的神色，取而代之的是興奮與期待，在他完全把進攻路線封住的情況之下，蔣思安竟然還可以用這種高難度的方式得分，真的是太強了！

李光耀胸口熱血洶湧，很想要馬上回敬一波攻勢，可是李明正的規定，讓他只能硬是壓抑出手欲望，把球傳給詹傑成。

詹傑成把球帶過半場，這時高偉柏已經在禁區右側卡好位，高高舉手再次向詹傑成要球，但見識過高偉柏實力的立德禁區球員馬上包夾過來，讓詹傑成沒辦法把球傳給高偉柏。

就在這個時候，詹傑成看到楊真毅利用麥克的單擋掩護在左側跑出空檔，馬上把球交給楊真毅。

楊真毅一接到球直接跳投出手，唰的一聲，精準地打板進籃。

比數，三十三比二十六。

蕭崇瑜見到楊真毅這次跳投，不禁讚歎道：「楊真毅的跳投真的好穩。」

立德的球權，中鋒底線發球，把球交到蔣思安手中，李光耀雙手叉腰站在中場，再次等待蔣思安的到來。

場邊，立德與光北看著蔣思安與李光耀的一對一對決，立德很清楚要贏球就是要靠蔣思安撕裂對手的防線，而剛剛李光耀展現出來的防守能力讓立德可說是吃了一驚，乙級聯賽以來，他們從未見過有防守球員可以完全擋下蔣思安的切入，逼蔣思安不得不用後仰跳投出手。

在立德，蔣思安毫無疑問是練球最勤奮的球員，總是第一個到球場，最後一個離開，主要練習項目是切入跟高拋投，但是有一天蔣思安卻開始練習後徹步（註六）跳投，立德的隊友開玩笑說：「幹嘛練後徹步，你切入都已經那麼快了，這麼怕被蓋喔？」

蔣思安卻非常認真地回答：「對，因為我早晚會遇到跟得上我切入的人，我要為那一天做準備。」

本來隊友們認為要遇到那樣的對手至少要等到甲級聯賽，沒想到這才乙級聯賽的第四場比賽，就出現了李光耀這一號人物。

然而，光北看著蔣思安，心裡面的驚訝絕對不亞於立德，剛剛蔣思安在李光耀頭上投進高難度的跳投，在旁人眼裡可能是蔣思安個人能力的展現，但是在深深了解李光耀真正實力的光北隊眼裡，卻是李光耀在一對一對決的情況之下，被人當面拿了兩分。

此時，成為所有人目光焦點的蔣思安與李光耀，再次交手。

李光耀看著蔣思安運球過來，蹲低身體，往後退了幾步，蔣思安同時也將重心放低，準備做動作。

蔣思安運球到李光耀身前一步的位置，李光耀雙手像是大鵬展翅般往兩旁張開，想要製造壓迫感。蔣思安不為所動，再次往右切，但是右腳踏出去之後，一個快速的變向換手運球往左切。

在大多數情況下，蔣思安都可以藉此突破防守球員，但是今天碰到的對手，顯然與平常不同。

李光耀快速移動腳步，再次擋下蔣思安。

蔣思安沒有因此驚慌，繼續發揮他刁鑽的運球能力，以左腳為軸心大轉身，擺脫李光耀的防守。

然而，蔣思安轉身之後看到的光景卻是另一名光北球員。

詹傑成抓準時機撲了上來，蔣思安沒預料到第二波防守來得這麼快，嚇了一跳，動作因此停頓下來，李光耀立刻貼上來，與詹傑成一起包夾他。

蔣思安面對包夾，運球往旁邊退，這時楊真毅也上前準備把蔣思安完全封死。

陷入包夾的情況之下，蔣思安卻完全不顯慌亂，跳起來將球傳給底線的大前鋒。

麥克看到大前鋒拿到球，馬上從禁區衝出去要防守，但是時機太晚，大前鋒沒有猶豫地跳投出手。

球落在籃框內緣彈了幾下，最後還是進了。

比數，三十三比二十八。

觀眾席上的蕭崇瑜看到蔣思安這個助攻，不禁充滿敬意地說道：「蔣思安那麼矮，都被包夾住了，竟然還找得到隊友，好厲害。」

場上，詹傑成接過麥克的底線發球，運球過半場後把球傳給李光耀，因為平常在練習時如果被人當面投進球，李光耀必定會在下一波球權中討回來。

站在李光耀面前的是蔣思安，蔣思安知道自己的身高與身材處於絕對劣勢，心想只要有機會就嘗試抄球。

然而，眾人以為的對決卻沒有發生，李光耀掃了隊友站位一眼，將球傳給左邊底線的楊真毅。

楊真毅接到球就往禁區切，收球跳起來，吸引立德大前鋒與中鋒跳起來封阻，在空中把球交給高偉柏，讓高偉柏在無人防守的情況下輕鬆上籃得分。

比數，三十五比二十八。

縱使蔣思安展現出驚人的個人能力，但是光北靠楊真毅與高偉柏聯手主宰禁區，穩穩控制住比賽，蔣思安上場雖然順利止血，卻也沒有辦法拉近比分。

上一場比賽見識到楊真毅實力的蕭崇瑜，看到楊真毅又傳出一次助攻，說：「苦瓜哥，上一場比賽楊真毅大飆分，我以為那已經是他的極限了，可是我現在才發現，他說不定比我想像的還要強很多。」

苦瓜嗤笑一聲，「是啊，光北都打了幾場比賽，你現在才發現，觀察力倒也比我想像的驚人。」

蕭崇瑜豈會聽不出苦瓜是在挖苦自己，「苦瓜哥，別這樣，我看球沒有你久，一開始會注意到的當然是場上表現比較亮眼的球員。」

苦瓜微微點頭，算是接受蕭崇瑜的解釋，「嗯哼。」

蕭崇瑜說：「追了光北隊這幾場比賽下來，我發現楊真毅的球風很細膩，處理球冷靜又專注，不只自己可以得分，還可以助攻給魏逸凡與高偉柏輕鬆得分。

「苦瓜哥，我這樣說對不對？」

苦瓜望了蕭崇瑜一眼，輕輕哼了一聲，「嗯。」

場上，李光耀黏著蔣思安，後面的高偉柏與楊真毅也很快包夾上來，把蔣思安的進攻路徑完全封死，讓他只能選擇把球傳給外圍的小前鋒。

不過小前鋒並沒有把握住空檔投籃的機會，球彈框而出，籃板球被麥克抓下來，很快地送到了詹傑成手中。

詹傑成想要快速推進，正準備大聲吆喝叫隊友跑快攻時，蔣思安卻像是鬼魅一樣從後面把他手中的球拍走。

詹傑成連忙想要撿球，但是立德的得分後衛卻早一步把球拿走，眼睛看向蔣思安，詹傑成以為他要傳球，馬上退到蔣思安身邊，但是得分後衛卻運球往後退到三分線外，大空檔跳投出手。

球劃過一道美妙的拋物線，唰的一聲，空心入網。

比數，三十五比三十一，立德緊咬比數，不讓光北拉開。

詹傑成咬牙，心裡暗恨自己怎麼這麼不小心，竟然被蔣思安抄球。

他快速拍手示意麥克趕快發球，拿到球之後迅速地推進到前場，而立德明顯加強禁區的防守，縮小防守圈以利禁區的包夾防守。

詹傑成不敢冒險把球塞到禁區，看向李光耀，見他還是一副沒有進攻欲望的模樣，忍不住在心中大罵，如果教練不要限制李光耀的出手次數，光北早就把分數拉開了！

詹傑成想歸想，也知道李明正不會突然就給李光耀無限開火權，自己身為光北的指揮官，要想辦法突破目前的情況。

——如果這個時候換成自己的偶像，他會怎麼做？

詹傑成眼神閃過一道光芒，收球，突然在三分線外拔起來跳投。

唰一聲，空心進網，詹傑成回敬了一顆三分球。

比數，三十八比三十一。

球進之後，光北很快回防，等候蔣思安的大駕。

這時，李明正對包大偉說：「大偉，看清楚光耀是怎麼守蔣思安的嗎？」

包大偉沒有預料到李明正會突然問這個問題，有些手足無措。

李明正並沒有等待包大偉的回答，繼續說道：「注意看，光耀他本身防守能力雖然比你好，可是他不完全是靠個人的防守能力去守蔣思安。」

場上，蔣思安正試圖擺脫李光耀的防守，蔣思安一連做了轉身、背後運球、換手運球來突破李光耀，但都一一被擋了下來，而這時詹傑成上前包夾，蔣思安被逼到沒辦法，只好把球傳給外線的得分後衛。

得分後衛在相同的位置接到球，毫不猶豫地再度出手。

球落在籃板上，在籃框上彈了幾下，帶點幸運成分地又進了。

比數，三十八比三十四。

李明正看向包大偉，「看清楚了嗎？」

包大偉一臉茫然。

李明正解釋道：「你跟他在防守蔣思安這件事上，有一個很大的不同點，那就是光耀防守蔣思安的時候，常常讓蔣思安陷入包夾的情況之中，逼他不得不把球傳給外線的隊友，這就是我們的目的，不讓蔣思安出手。

「那他是怎麼做到的呢？第一，因為蔣思安爆發力實在太快，所以光耀防守的時候總是會故意退後半步，增加自己的反應時間；第二，他會逼蔣思安不斷變換方向，這會讓立德的球員不敢上前幫蔣思安掩護，因為他們不知道蔣思安要朝哪一邊進攻；第三，他一旦擋下蔣思安第一次切入，就會利用腳步讓蔣思安沒辦法發揮全速切入，這幫助身後的詹傑成，甚至是高偉柏或楊真毅可以更好判斷包夾的時機。

「光耀打過的比賽比你多很多，所以他在防守上的經驗值得你學習，他是用腳步去防守，這是最紮實的防守方式，要像他那樣防守只有一個方法，那就是苦練。

「現在好好看著光耀防守，第三節換你上場。」

聽到李明正的話，包大偉心中充滿鬥志，「是，教練！」

場上，詹傑成把球帶到前場，看到立德的防守還是一樣沉退，運球到三分線前收球，馬上拔起來出手。可惜這一次的出手彈框而出，麥克高高躍起想要抓進攻籃板，但是這一球彈的太高又太遠，就連麥克都只能眼睜睜地看著球從他頭上飛過。

球好巧不巧落在全場速度最快的蔣思安手中，蔣思安運球毫不猶豫地往前場衝，來得及回防的只有李光耀跟詹傑成，但蔣思安縱使運球卻還是跑得比他們兩個人快，迅速推進到前場後，在三分線外拔起來出手。

李光耀與詹傑成跑到籃底下想要抓籃板，但清脆的唰聲傳來，球空心入網。比數，三十八比三十七，立德追到只剩一分落後。

場邊的楊信哲與吳定華不禁露出緊張的表情，但是李明正卻顯得老神在在。

光北此時陷入只要這一波進攻沒有得分，就有可能被立德超過比分的情況，壓力倒在光北這一方。

李光耀撿起球站到界外，把球傳給詹傑成，詹傑成運球過了半場，感受到立德球員飢渴的眼神，像是恨不得馬上把球從他手中搶過去似的。

上一球三分失手之後，這一次詹傑成不敢再投外線，而就在他又不知該把球傳給誰的時候，楊真毅繞到三分線外要球。

詹傑成立刻把球傳給楊真毅，楊真毅一拿到球，小前鋒就跟了上來，站在他面前防守。

楊真毅看都不看防守自己的小前鋒，身體壓低往底線切，一次運球之後突然拔起來跳投，球的軌道明顯偏移籃框之外，籃底下頓時擠滿了人，但球卻乾淨俐落地打板進籃。

楊真毅的帶一步跳投幫助光北隊拉回安全的三分領先，比數四十比三十七。

立德的球權，蔣思安過了半場之後就發動攻勢，但是這次的進攻被李光耀完全擋了下來，不用詹傑成的補防，李光耀就把蔣思安逼到不得不把球傳出去。

外圍的得分後衛又在三分線外拿到球，同樣的位置，前兩次出手都進帶來的信心，他再次選擇出手。

然而這一次出手卻彈框而出，籃板球被麥克掌握住。

麥克迅速地將球傳給詹傑成，詹傑成快速過了半場，把球交給右邊底角的楊真毅。

楊真毅拿到球就遭遇包夾，立刻回傳給詹傑成，球沒有在詹傑成手中停留太久，馬上到左側三分線外的李光耀手裡，李光耀則直接塞給禁區的高偉柏。

傳球的速度永遠比腳移動的速度快，高偉柏拿到球時，立德來不及包夾，面前只有中鋒一個防守球員。

高偉柏豈會放過這種大好機會，一個運球直接將中鋒頂開，跳起來出手，中鋒為了阻止高偉柏得分也跳起，兩人身體在空中碰撞，哨音立刻響起，而高偉柏靠著更強壯的身體，硬是把球擺進籃框。

「立德八十二號，阻擋犯規，進球算，加罰一球！」

高偉柏沒有放過加罰的機會，穩穩把球投進，完成三分打。

比數拉開，四十三比三十七。

因為高偉柏這個三分打，光北的氣勢大盛，相反的因為比分再次被拉開，立德高漲的氣勢消退。

這時立德的靈魂人物蔣思安大聲喊話：「沒關係，這一波打回來！抬起頭，現在才第二節而已！」

簡單幾句話，立德的球員眼睛裡再度閃過亮光，馬上跑到前場，在自己命中率最高的地方站好。

蔣思安運球過了前場，知道這一球一定要打進，不然對球隊的氣勢又是一次打擊，深深吸了一口氣，運球向前，準備對付李光耀的防守。

蔣思安面對李光耀，壓低身體往右切，但讓他意想不到的是，李光耀早就已經擋住他的進攻路線，而且手還伸進他的懷中把球拍走。

蔣思安想要把球撿回來，只不過當他轉頭的瞬間，只看到詹傑成從身旁衝過，拿到球之後完成快攻上籃。

光北再把比分拉開，比數四十五比三十七。

蔣思安用手抹去臉上的汗水，氣喘吁吁。

觀眾席上，苦瓜淡淡地說：「蔣思安累了。第二節根本沒休息到多久的時間，而且進攻端一個人包辦一切，就算是鐵人也會累。」

在第二節後半段，因為蔣思安體力流失嚴重，立德的進攻大當機，最後兩分鐘一分未得，反觀光北則是在楊真毅的中距離攻勢帶動之下，打出一波六比零的小高潮，幫助光北在第二節結束取得兩位數的領先。

比數，五十五比四十三。

「苦瓜哥，比賽該不會就這樣結束了吧？」

苦瓜站起身，掏出口袋裡的菸，迫不及待拿出一根叼在嘴上，「還早，中場有十五分鐘的休息時間，對於底下那群青春期的小毛頭來說，十五分鐘已經足夠恢復很多體力了，下半場還有得打！」

苦瓜走出球館，拿出打火機，點燃叼在嘴巴上的菸，第一根很快燃到盡頭，下意識地打開菸盒，想要拿出第二根。

只不過，苦瓜在這時候突然想起上次暈倒的情況。

上次在採訪完興華總教練後突然暈倒，在醫院裡好好睡一覺之後，與蕭崇瑜兩個人來到一個遠離城市喧囂、很鄉下的地方走了走。

附近看不到城市的高樓大廈，只有鄉下地方一棟一棟的透天厝，甚至還有紅磚蓋起的三合院，幾間古色古香的柑仔店，讓苦瓜印象特別深刻的是其中一間柑仔店的老闆養了一隻黑色的貓，在他經過的時候喵了一聲，跑到他腳旁磨蹭。

「呵呵呵，看起來牠很喜歡你唷。」老闆搖了搖手中的扇子，露出和藹的笑容。

「是嗎？」苦瓜也露出笑容。

那一天，苦瓜獲得充分的休息，回到家洗完澡之後躺在床上，過不到五分鐘就安然入眠。

想起當初的放鬆感，苦瓜右手食指把菸推回去，決定不再讓廢氣汙染身體，轉身走回球館。

回到觀眾席時，蕭崇瑜連忙對他招手，「苦瓜哥，快一點，第三節比賽要開始了！」

★

球場上，裁判的哨音響起。光北在第三節的陣容，讓觀眾席上的蕭崇瑜與苦瓜大感意外。

「魏逸凡、高偉柏、詹傑成、包大偉、王忠軍？」苦瓜皺起眉頭，「李明正打的究竟是什麼算盤？」

接著光北擺出的防守陣型，又讓苦瓜微微吃了一驚，「防守改成一二二區域聯防？有趣，我就看李明正想要做什麼。」

場上，立德大前鋒發球，傳給蔣思安。

第三節比賽，正式開始。

註　六：後徹步(step back)，在持球進攻時往後跳，拉開與防守者的距離，爭取更大出手空間的一種進攻腳步。

第五章

經過十五分鐘的休息，蔣思安體力有所回復，看到光北第三節派上來防守自己的是十二號而不是二十四號，心裡默默鬆了口氣，但很快卻因為自己出現這樣的念頭感到憤怒。

我是蔣思安，不管是誰擋在自己面前都可以擊倒對方的蔣思安！

蔣思安在心裡大吼一聲，馬上加快節奏。

包大偉蹲低身體退了幾步，回想剛剛在場下觀察李光耀的防守方式，想要依樣畫葫蘆。

但是理論歸理論，實際歸實際，當蔣思安啟動引擎切入的時候，包大偉完全跟不上，一個晃眼就被蔣思安突破防守。

詹傑成與王忠軍馬上衝了過來，不過蔣思安很聰明地利用急停跳投，避開被包夾的危機。

球在空中劃過一道彩虹般的軌跡，唰的一聲空心入網，第三節比賽開始不到十秒鐘，蔣思安漂亮進球，比數五十五比四十五。

板凳區，吳定華微微皺起眉頭，蔣思安難纏的程度真的超越他的想像。

高偉柏撿起球，底線發球給詹傑成。

詹傑成很快過了半場，指揮隊友跑位，把球傳給上中（註七）來到罰球線的魏逸凡。

魏逸凡拿到球，高偉柏馬上到禁區卡位，卻很快被兩名立德禁區球員包夾。

禁區太擁擠，魏逸凡把球回傳給詹傑成，詹傑成接到球傳給包大偉，包大偉把球舉高，想要吊給高偉柏或魏逸凡，但立德看防得很緊，於是把球傳給王忠軍。

上半場兩節都沒有上場的王忠軍早就手癢到不行，一接到球就立刻出手，不過因為太久沒有上場而手感冰冷，第一球落在籃框上彈了出來。

籃板球被立德的中鋒抓下來，蔣思安直接到中鋒身旁把球拿到手中，立刻往前場飛奔。

蔣思安眼神堅決，就算光北已經有三個球員回防，卻沒有停下來的打算，背後運球突破包大偉的防守，在詹傑成面前拋投出手。

球高高飛起，精準地落在籃框中心，唰聲響起。

蔣思安連得四分，把比數追到個位數差距，五十五比四十七。

觀眾席上的蕭崇瑜，看到蔣思安這次出手，露出不敢置信的表情，心中隱隱浮現出一個念頭，「該不會，蔣思安一個人就要把比數壓過去吧……」

場上，包大偉底線發球給詹傑成，後者運球過半場，眼睛不斷掃向禁區。

禁區頓時變成一個肉搏戰場，魏逸凡與高偉柏想要拿球，努力卡位，立德的球員知道實力上有落差，拚命阻擋魏逸凡與高偉柏，不讓他們接球。

詹傑成於是轉移目標，眼睛看著禁區，雙手卻把球傳給弧頂的王忠軍。

王忠軍接到球，從傳球的力量，王忠軍知道詹傑成透過這顆傳球想要表達，你就放心出手吧！

王忠軍毫不猶豫地拔起來，出手投籃。

球從手中飛出後，王忠軍右手依然高舉，維持出手姿勢，閉上雙眼。

詹傑成與包大偉見此，馬上跑回後場防守，據王忠軍所說，當他出手之後閉上雙眼，就是他準備享受那清脆的聲音。

唰！

「因為這個唰聲，就像是救贖我靈魂的天堂之音，讓我感到重生。」當時的王忠軍是這麼說的。

王忠軍三分球進，澆熄蔣思安連得四分帶起的氣勢，又將差距拉開到雙位數，五十八比四十七。

蔣思安運著球，眼神顯露不屈的意志，散發出逼人的魄力，身上的光芒耀眼到完全把四名隊友都掩蓋住，像是單槍匹馬地面對光北。

蔣思安一次胯下換手運球後又突破包大偉的防守，利用隊友的掩護在外線找到機會，急停跳投出手，球劃過一道漂亮的拋物線，進！

蔣思安連續投進三球，個人連得六分，又將比分追近到個位數差距，五十八比四十九。

不管是誰，都可以很明確地看出來包大偉對於蔣思安的防守是失敗的，縱使包大偉已經很努力想要去防守，但是當蔣思安完全發揮實力，彼此的差距就無情地顯露出來。

這就是籃球場殘酷的地方，就算有態度、有鬥志、有心，但是沒有實力，你就會被啃蝕，這是一個弱肉強食的舞台。

但是在籃球場上，沒有人是孤軍奮戰。

王忠軍把蔣思安展現個人能力的三投三中完全抵消掉，下一波進攻，在左邊底角接到包大偉的傳球，又投進一顆三分球。

比數再度回到雙位數差距，六十一比四十九。

蕭崇瑜看著比數又重回到十二分的差距，吞了一口口水，「三分球真的太可怕了，蔣思安那麼努力三投三中得到六分，但是王忠軍在外線三投二中也是一樣得到六分。」

苦瓜淡淡地說：「所以現在全世界籃球的走向都是越打越外面。以效率值來說，A球隊專門投兩分球，命中率高達百分之五十，B球隊專門投三分球，只要命中率略高於百分之三十三，總體的比分就會比A球隊還高，這就是三分球恐怖的地方。

「籃球是活的，到了如今依然在演變，三分球漸漸取代過去的中距離跟禁區得分。」

苦瓜看著球賽，又說：「可是我不認為兩分球的藝術會就此消失，三分球確實威力強大，但是兩分球也有它比起三分球更優異的地方。」

苦瓜話才說完，蔣思安又突破包大偉的防守，在詹傑成與王忠軍的防守下高拋投出手，場邊哨音響起的同時，球空心進籃。

「光北二十號，打手犯規，進球算，加罰一球！」蔣思安隨後把握住進算加罰的機會，又將比分追回到個位數的差距。

比數，六十一比五十二。

完成三分打的蔣思安往後回防，氣息開始粗重，不過眼神炯炯發亮，見到詹傑成過半場後收球想要傳給王忠軍，便看準機會往前衝想要抄球。

然而，詹傑成眼睛看著王忠軍，手卻把球高吊給禁區，又是一次眼神假動作。

蔣思安回頭一看，只見魏逸凡底線溜衝進禁區開後門，高高跳起來接到球，在空中把球放進。

詹傑成與魏逸凡完成一次漂亮的空中接力，比數六十三比五十二。

即使蔣思安充滿鬥志，可是現在也不禁出現挫敗的情緒。

他拚了命地努力把比分拉近到個位數差距，但是王忠軍的三分球加上詹傑成的助攻，卻一次又一次把他的努力抹煞掉，這場比賽頓時成為考驗兩邊球員心理素質的拉鋸戰。

立德的球權，蔣思安繼續快速的進攻節奏，衝擊光北的防線，運球突破包大偉，面對詹傑成與王忠軍的雙人包夾，選擇把球傳給左側的小前鋒。

小前鋒在距離籃框約六公尺的地方接到球，這是他最擅長的地方，馬上跳投出手，打板進籃。

比數六十三比五十四，立德再次追到個位數差。

小前鋒投進之後與蔣思安擊掌，蔣思安用力拍手，大聲喝道：「守一波！只要把光北擋下來，我就可以得分，我們就可以贏球！」

立德其他四名球員也大聲回應，「好！」

一時間，立德的氣勢大盛。

一支球隊最可怕的地方不在於集結了五名最強的球員，而是場上五名球員都強烈的有著共同目標，當向心力達到最高點的時候，這支球隊將可以發揮出超越極限的力量。

而這樣的力量，把立德的防守帶到了一個更強的境界，也讓他們擋下高偉柏的強大禁區宰制力。

高偉柏在這一波進攻之中對詹傑成要球，而且態度非常強烈，於是詹傑成把球傳過去，高偉柏拿到球就往禁區衝，甩開了大前鋒的防守，面對中鋒的補防毫不猶豫地投籃，但是大前鋒卻從後面把他的出手給蓋了下來。

中鋒彎身接到球，立刻傳給得分後衛，得分後衛又馬上傳給蔣思安。蔣思安就像一台超級跑車，運球往前場衝，沒有任何人追得上。

蔣思安完成快攻上籃，比數六十三比五十六。

場邊的立德總教練大喊：「好球！很好，繼續守下去！」其他板凳球員也站起來，為場上的隊友加油打氣。

場上，包大偉撿起在地上彈跳的球，站到底線外，把球交給詹傑成。

詹傑成運球過半場，感受到立德的氣勢，像是有一塊大石頭壓在心上一樣，讓他連呼吸都變得急促了些。

但如果就這樣被立德壓倒，這場比賽會很危險！

詹傑成感受到危機，想要找尋一個穩定的得分點，首先看向王忠軍，蔣思安正虎視眈眈地盯著王忠軍，如果傳給王忠軍，球可能會直接被蔣思安的快手抄走，不能傳。

他又看向包大偉，但是包大偉除了快攻上籃之外沒有其他進攻能力，傳給他根本沒用。

詹傑成評估形勢，禁區的高偉柏與魏逸凡是目前最可靠的得分點，他們兩個人都是具有甲級實力的前鋒，傳給他們是最保險的決定。

基於高偉柏剛剛被蓋了一顆火鍋，性子較急的考量，詹傑成決定將球傳給魏逸凡。

魏逸凡在左邊邊線接到球，運球往左切，見到包夾過來，運球往右轉身，避開被包夾的危機，面對籃框後比了一個假動作，晃起跟上的防守者，等到他身體落下後才拔起來，跳投出手。

球在籃框內緣快速地彈了兩下，帶點幸運成分地進了。

比數，六十五比五十六。

觀眾席上，苦瓜輕呼一口氣，「打得真辛苦。」

「因為蔣思安嗎？」

苦瓜微微點頭，「在台灣，我是第一次看到這麼矮卻這麼強的球員，他根本是把立德整個扛在肩膀上，現在立德才落後光北九分，全部都是他的功勞。我真的很難相信他國三才開始接觸籃球，如果再給他多一點時間，一定會是一名震撼台灣籃壇的超級新星。」

此時，蔣思安又突破包大偉的防守，面對詹傑成與王忠軍的包夾，蔣思安沒有繼續往裡面切，而是把球傳給右邊底角的得分後衛。

得分後衛早已站在底角等候許久，接到球就拔起來出手投籃，唰一聲，空心入網，三分球進！

「好球啊！」蔣思安指向得分後衛，激動地大吼一聲，帶起球隊的士氣。

比數，六十五比五十九，第三節比賽開始到現在，立德的命中率是百分之百，沒有投失任何一次球，沒有放過任何一次可以得分的機會。

六分的分差，壓力重回光北隊身上。

詹傑成緊咬牙根，立德緊追在後的氣勢實在太可怕，讓他感到有些喘不過氣來，畢竟這是只要輸一場就要打包回家的戰場。

這個時候，有一隻大手落在詹傑成的肩膀上，「等一下把球傳給我。」

魏逸凡撿起球，底線發球給詹傑成之後，越過詹傑成往前場跑。

詹傑成看著魏逸凡的背影，心裡湧現出踏實感，這時他才真切地感受到，隊上有魏逸凡在是一件多麼值得慶幸的事。

運球過半場後，詹傑成很快把球交給上中的魏逸凡，不過這一次立德有備而來，魏逸凡一拿到球，兩名球員就直接包夾。

魏逸凡立刻將球傳給外線無人防守的王忠軍，不過這次空檔三分球卻沒有進，立德中鋒抓下籃板球，光北隊員就怕又被蔣思安打一次措手不及的快攻，馬上回防，除了包大偉之外。

蔣思安伸手想要接中鋒的傳球，卻發現有一個人跟在自己後面，回頭一看才發現是包大偉。

蔣思安心裡冷哼一聲，煩人的傢伙又要故技重施了。

包大偉在接連被蔣思安突破之後，決定使用第一節的防守方式，緊緊黏住蔣思安，讓他連拿球都要費一番功夫。

然而蔣思安與包大偉實力上有著巨大的差距，當蔣思安拿到球之後，包大偉就完全拿他沒辦法，而且包大偉的防守在後場就被蔣思安甩開，讓詹傑成與王忠軍必須站到三分線外阻擋蔣思安，與底線的魏逸凡、高偉柏距離變遠，防守陣式因此被打亂。

蔣思安把包大偉甩在身後，面對詹傑成與王忠軍，選擇往右切，突破詹傑成的防守。

高偉柏見蔣思安衝過來，剛剛被蓋火鍋的心情還沒有平復，想要討回顏面，認定蔣思安這一球一定會使出最擅長的高拋投，整個人撲了上去，想要蓋蔣思安一個大火鍋。

高偉柏的預測是對的，但是蔣思安的動作卻比他想像的更快，在他撲出去的瞬間蔣思安就把球拋出去，而他無法停止自己的身體，在空中撞上蔣思安。

蔣思安整個人被撞倒在地，球打板進的同時，哨音響起。

「光北二十一號，阻擋犯規，進球算，加罰一球！」

★

蔣思安躺在地板上，雙手握拳，激動大叫，迅速彈起身來，用這樣的舉動告訴隊友他沒事，同時帶起球隊的士氣，深呼吸了幾次，站到罰球線上，利用罰球這短暫的時間回復體力。

看到光北與立德球員在兩旁站好，蔣思安也在罰球線站定，裁判把球傳給蔣思安，「罰一球！」

蔣思安拿到球，低著頭，把額頭靠在籃球上，嘴裡喃喃自語著，像是在低聲祈禱，深深吸了一口氣，大大吐出，膝蓋彎曲，雙腿微微出力，雙腿的力量一路從腿、腰、手，最後抵達了最輕柔的手指上。

球一出手，蔣思安就知道一定會進。

唰的一聲，球空心入網，蔣思安完成三分打，比數，六十五比六十二。

蔣思安右手握拳，鼓舞自己，也展現出自信與企圖心。

在蔣思安帶領之下，立德狂追猛打，把比分追到只剩下三分差，龐大的壓力籠罩在光北頭上，就在此時，場邊傳來了宏亮的聲音。

謝雅淑從椅子上跳起來，大聲嘶吼：「嘿，全部都給我抬起頭來！現在是怎樣啊，我們落後三十分是不是，你們臉上那是什麼表情？搞清楚，現在領先的是我們，立德追上來又如何，你們沒看到蔣思安已經累得像條狗嗎？立德的教練過不久就會馬上把他換下場，不然我看他們第四節怎麼打！」

謝雅淑繼續說：「包大偉，你要相信你身後的隊友，你守不住蔣思安沒關係，李光耀剛剛還不是照樣被過，但是場上並不是只有你一個人在防守蔣思安，你身後還有四個隊友，你一個人守不住，但是五個人一起總守得住了吧！你自己好好思考一下！」

在謝雅淑的獅子吼之下，籠罩在光北隊頭上的烏雲瞬間消失得無影無蹤。

「喂，有沒有聽到，聽到的話是不會回『是，隊長！』嗎？」

光北場上的球員馬上齊聲大喊：「是，隊長！」

謝雅淑這才滿意地坐回椅子上，哼了一聲，「真是欠罵。」

李明正心裡默默地對謝雅淑說了聲謝謝，就算不能上場，謝雅淑依然可以在最適當的時機扮演好「隊長」這個角色。

光北的球權，詹傑成控球，發動一次奇襲，面對得分後衛的防守，身體一壓低向右切入，因為詹傑成大部分時間過了半場就開始找隊友傳球，就算出手也只在三分線外，所以得分後衛根本沒有預料到詹傑成會突然切入，瞬間就被突破。

詹傑成一路切入到心臟地帶，逼得立德內線球員不得不出來防守他。

詹傑成沒有蔣思安那種高超的拋投技巧，但是論傳球的功力，他有絕對的自信。

詹傑成在狹小的縫隙中把球交給魏逸凡，立德的內線球員立刻往魏逸凡包過去，魏逸凡卻在這時把球傳到外圍。

王忠軍在左側的三分線外接到球，立德的球員全部都擠在禁區裡，外圍完全空檔。

王忠軍跳投出手，唰的一聲，這一次球空心入網。

王忠軍的三分球再度幫助光北拉開比分，比數六十八比六十二。

接下來立德進攻，蔣思安切入吸引了包大偉與詹傑成的包夾，傳給外圍的隊友，不過隊友的手感下降，浪費蔣思安吸引包夾的大空檔出手機會。

高偉柏抓下籃板，把球交給詹傑成，後者加快比賽節奏，快速衝到前場，切進禁區後，背後傳球給拖車跟進（註八）的高偉柏。

詹傑成這球傳得非常漂亮，完全出乎立德回防球員的意料之外，讓高偉柏在籃下輕鬆放進兩分，幫助光北打出一波五比零的小高潮。

比數，七十比六十二。

接下來蔣思安發揮超人的實力，突破光北的防守，利用隊友的掩護在魏逸凡面前高拋投得手，把比數拉近到七十比六十四，但這也是蔣思安在第三節最後一次進球，在這之後的三次出手全數落空，隊友也只進了一次中距離。

反觀光北，在第三節的後半段控制住了比賽，詹傑成利用禁區做為牽制，將高偉柏、魏逸凡與王忠軍的能力最大化，打出一波八比零的攻勢。

比數，七十八比六十六，比分來到雙位數差距，就在此時，立德換人。

蕭崇瑜驚訝地說：「苦瓜哥，立德竟然在這個時候把蔣思安換下場了！」

「看來立德的教練打算賭一把。」

蕭崇瑜臉上顯現疑惑，「什麼賭一把？」

「剛剛蔣思安連續三投沒進，代表他的體力已經下滑，立德現在把他換下場是為了在第四節拚一把。不過這是很危險的賭注，如果這時候光北把比分拉開，第四節蔣思安上場的時候面臨的情況會更嚴峻。」

「不過這也是沒辦法的決定吧，蔣思安也累了，如果繼續勉強他打，也無法發揮出他百分之百的實力。」

苦瓜微微點頭，「你說的沒錯，可是你是站在旁觀者的立場才能夠說得這麼輕鬆。如果你現在是立德的教練，這場比賽一輸就等於打包回家，明年再來，為了這次乙級聯賽所投入的一切努力，可能會因為你個人的一次決定全部白費，這樣你還敢把話說得這麼簡單嗎？」

蕭崇瑜設身處地一想，連忙搖頭，「不敢。」

苦瓜輕哼了一聲，但是心裡卻很喜歡蕭崇瑜的誠實。

蕭崇瑜看著球場，又說：「越是了解籃球，越是發現籃球沒那麼簡單。」

場上，蔣思安下場之後，幸運女神似乎幫了立德一把，在光北的籃框上加了蓋，王忠軍兩次三分線外出手都沒有投進，就連魏逸凡與高偉柏的禁區強打球都從籃框上滾了出來，甚至罰球也沒能把握住，在第三節比賽結束時，兩隊的比分竟然就這樣維持在七十八比六十六。

第四節開始前的休息時間。

李明正宣布上場球員，「麥克、真毅、偉柏，第四節禁區就交給你們了。麥克，第四節是關鍵，籃板球要掌握好，不能給立德第二波進攻籃板的機會。」

「是，教練。」

「真毅、偉柏，有機會就在禁區強打，你們的實力比他們的禁區強，不要放過任何機會。」

「是。」

「第四節後場組合，傑成跟大偉。現在我們領先立德十二分，等一下蔣思安上場一定會開始追分，大偉，盡你所能擋下蔣思安。」

「是，教練。」

「傑成，等一下控球就交給你了，不要被立德影響，打出我們自己的節奏就好。」

「是，教練。」

李明正拿出了戰術板，開始指點第四節的防守，「大偉你站在這裡，中線與三分線中間，傑成站在弧頂三分線，偉柏跟真毅守住罰球線兩邊，麥克你站在禁區，把防守範圍拉大，盡量逼蔣思安把球傳給隊友，不要讓他出手。」

「是，教練！」

此時，裁判哨音響起，示意兩邊球員上場。

在這最重要的第四節比賽，立德派上了全先發陣容，很明顯就是要在最後一節當中把比分追回來。

第四節比賽第一波球權掌握在光北隊手裡，詹傑成接過麥克的底線發球，快速過半場，指揮隊友跑位，接著把球交給楊真毅。

整個第三節比賽都沒有上場的楊真毅，拿到球卻絲毫不畏懼，壓低重心往禁區切，甩開防守自己的小前鋒，在大前鋒的補防之下小球（註九）傳給高偉柏，後者把握住輕鬆得分的機會，在籃下放進兩分。

比數，八十比六十六，光北開節第一波進攻順利得手。

比分被拉開到十四分，蔣思安臉上卻見不到一點緊張的神色，指揮隊友往前場跑，這樣的表現，不管是苦瓜或李明正，都不約而同地在心中大讚：「真是一名擁有大將之風的球員！」

蔣思安經過充分休息之後再度發揮非比尋常的切入速度，直接突破包大偉的防守，接著收球大轉身擺脫詹傑成，在高偉柏與楊真毅面前高拋投，打板得分！

這一次高拋投得手，蔣思安只用了不到十秒鐘的時間，比數八十比六十八。

得分之後，蔣思安退到後場防守，大喊：「防守，這是最後一節了，大家拚命防守，我們絕對可以逆轉比賽，就像上一場比賽一樣，我們一定會贏！」

立德全體球員大喊：「一定會贏！」

此時，觀眾席上的蕭崇瑜雙手握拳，渾身因為興奮而顫抖，「天啊，太熱血了吧！苦瓜哥，快點阻止我，我快忍不住想幫立德加油了！」

苦瓜睨了蕭崇瑜一眼，「無聊。」

然而，幸運女神似乎也被立德的鬥志感染，再次幫了立德一把。

在這一波攻勢之中，詹傑成選擇切入，在亂軍之中把球交給楊真毅。

楊真毅利用試探步晃開防守球員，旱地拔蔥式地跳投出手，落在籃板上彈跳了好幾下，然後在光北球員盼望的目光下，掉了出來。

立德的大前鋒高高跳起來搶下籃板球，立刻傳給蔣思安。

光北隊很快跑回後場防守，看著蔣思安與其他四名立德球員攻過來，繃緊神經。

蔣思安利用胯下運球把包大偉晃開，飛速往左邊切，吸引包夾後把球傳給三分線外的得分後衛，後者直接拔起來跳投出手。

得分後衛出手明顯太小力，球落在籃框前緣高高彈起，卻幸運地滾入籃框。

比數回到個位數差距，八十比七十一。

接下來光北的進攻，高偉柏中距離失手，麥克搶到進攻籃板，但是放球時又沒有放進，自己再搶到進攻籃板，卻因為第一次補籃沒進而不敢再出手，然後在傳球時發生失誤，被得分後衛抄走。

得分後衛抓下球後就直接往前場丟，因為他深信現在全場最快的人，正努力往前場飛奔。

蔣思安沒讓他失望，擺脫包大偉的糾纏，在罰球線追到球，踏兩步上籃取分。

比數八十比七十三，差距越來越近，立德氣勢也越來越強。

此時在場邊，李光耀站起身來，「老爸，差不多了吧？」

李明正微微點頭，「嗯，上吧，換大偉。」

李光耀脫掉身上的外套，臉上展露自信的笑容，「是時候結束這場比賽了。」

他將外套丟在椅子上，充滿信心地大步走向紀錄組，「請求換人。」

紀錄組點頭，向裁判示意。

這時詹傑成把球帶過前場，眼睛看著楊真毅的跑位，手卻把球傳給高偉柏。

高偉柏接到球就往禁區切，利用身材上的優勢頂開大前鋒，面對中鋒的防守硬是在他頭上出手，高偉柏出手的感覺很好，認定這一球一定會進，可是偏偏球卻落到籃框後緣彈了出來。

「怎麼可能！」高偉柏不敢置信地大吼，跳起來想要搶下進攻籃板，球卻從他頭上飛過，落入立德小前鋒手裡。

球很快到了蔣思安手中，光北五人迅速回防，不過蔣思安卻一個人帶球往前衝，把隊友拋在腦後。

光北看蔣思安竟然一個人衝過來，下定決心一定要擋下他，包大偉與詹傑成率先黏上去，麥克、高偉柏、楊真毅則坐鎮禁區。

然而蔣思安非但沒有停下來，反而一股腦地往前衝，往右切突破包大偉之後，直直撞入禁區三人的包夾之中。

麥克、高偉柏、楊真毅三人包圍住蔣思安，徹底封鎖住他的投籃空間，儘管如此，蔣思安表情依舊冷靜，在深陷包夾的情況下，連看都沒看地把球往後一甩。

所有人順著球的方向一看，發現拖車跟進的立德小前鋒接到這顆球，並且立刻傳給這場比賽投進最多三分球的得分後衛手裡。

得分後衛接到球，看著遠處橘紅色的籃框，眼神帶著堅定，在弧頂三分線外跳投出手。

球在空中劃過一道美妙的拋物線，朝著籃框中心落下。

唰，三分球進！

比數八十比七十六，立德在第四節比賽剩下五分三十九秒的時候把比分追到了只剩四分差，在蔣思安的率領之下，立德吹響了反攻的號角，氣勢大盛，每個人眼睛裡都燃燒著熊熊鬥志，深信蔣思安可以帶領他們前往勝利。

反觀光北，被立德急起直追之後失去氣勢，壓力如海嘯般撲面而來，詹傑成受到影響，傳球差一點被蔣思安抄走，被他拍出界外。

球滾出場外，尖銳的哨音馬上響起，「出界，光北隊球！」

這時，紀錄組鳴笛，裁判哨音也響起，「換人！」

李光耀走進球場內，指了指包大偉，後者會意，與李光耀擊掌後走回板凳區。

李光耀一上場，其他四人都露出了如釋重負的表情，特別是麥克。而高偉柏雖然隱藏得很好，鬆一口氣的表情只出現短短一瞬間，但在他心裡其實已經接受事實。

——關於李光耀是球隊王牌的事實。

所有人望向李光耀的目光裡，都帶著希望他帶領球隊走出困境的期望。

李光耀一上場就展現出企圖心，對詹傑成說：「把球給我。」

詹傑成點點頭，從裁判手裡拿過球後，直接發球給李光耀。

李光耀運球過半場，舉起右手，由左往右一擺，見到李光耀做出這個手勢，光北其他四名球員立刻往兩旁站，清出空間給李光耀。

立德球員感到困惑，清開空間很明顯就是要讓現在持球的二十四號單打，可是明明他在前三節比賽一次出手也沒有，上場時間也不多，不就只是一個防守比較好的板凳球員嗎？在這種關鍵時刻竟然把球交給他單打，光北隊是燒壞腦子不成？

可是想歸這麼想，立德的球員現在心裡竊喜，因為光北選擇把球交給一個上場時間不多的板凳球員，就是他們反擊的大好機會。

李光耀左手運球，看著紀錄台顯示的進攻秒數。

十、九、八、七……

在二十四秒進攻時間（註十）只剩下最後六秒鐘的時候，李光耀動了，在三分線外兩步的地方往左切，得分後衛往右邊退，心裡想著這個板凳球員一定是太緊張了，竟然在這麼遠的地方就開始做動作，這樣防守實在太容易了。

然而李光耀沒有讓對位的得分後衛高興太久，一次運球之後在三分線外直接拔起來，帶一步跳投出手。

因為出手位置離籃框很遠，李光耀這次出手也很大力，立德球員看到球的高度完全超過籃板，認定這一顆球一定不會進，馬上在籃下卡位，而球的軌道也跟他們想的一樣完全偏離，但是在下一個瞬間，球正好擊中籃板的紅色方框，彈入籃框裡。

李光耀大號三分球進，一上場就將比分拉開！

比數八十三比七十六，光北領先七分。

投進三分球後，李光耀並沒有得意忘形，退到中線後保持專注，等待蔣思安的到來。

另一邊，蔣思安眼裡閃過一絲憂慮，他不害怕分數拉開，他比較害怕隊友會因此喪失鬥志，真正宣判一支球隊死刑的不是在第四節比賽剩下五分鐘的時候落後七分，而是失去了對勝利的執著與打死不退的鬥志。

因此，蔣思安急於用個人的表現帶動全隊，讓球隊不會因為那顆大號三分球而陣腳大亂，接過小前鋒的底線發球運球往前場衝，面對李光耀的防守，壓低重心向右切，速度之快，連李光耀也擋不下來。

蔣思安擺脫李光耀後，面對後頭的詹傑成，利用俐落的轉身動作擺脫，堅決地切入禁區，看著籃框前的高偉柏，收球高拋投出手，想要躲火鍋。

然而，蔣思安的如意算盤卻失敗了，因為高偉柏在經歷整場比賽之後，已經抓準他的出手節奏，這次毫不客氣地賞了他一個大火鍋。

「禁區是我的天下！」這一個火鍋，讓高偉柏鬱悶的情緒總算獲得發洩。

高偉柏把球拍得老遠，詹傑成知道這一波的球權至關重要，拚命跑，硬是在立德小前鋒與得分後衛面前把球搶下來，緊緊抱在懷裡。

立德見沒有機會搶到球，只能不甘心地退回後場防守。

「好球。」李光耀對詹傑成露出笑容，雙手放在胸前，做接球的手勢。

詹傑成立刻把球傳給李光耀，只要李光耀一開啟進攻模式，就是他在場上最輕鬆的時刻。

李光耀很快運球過半場，看了紀錄組台上的電子計時器。

距離比賽結束還有四分多鐘，而距離二十四秒進攻時間結束還有十七秒。

李光耀一樣左手運球，讓時間慢慢流逝，而這一次不用他做手勢，其他四名隊友馬上讓出空間讓他盡情發揮。

這時立德終於察覺李光耀或許跟他們想的不一樣，並不是那一種因為實力弱所以才被當成板凳球員的人。

蔣思安無法忍受李光耀這種高高在上的姿態，從三分線衝到李光耀身前防守他。

李光耀接受蔣思安的挑戰，身體猛然一沉，展現出驚人的第一步爆發力，壓低身體向右切，直接突破蔣思安的防守。

蔣思安心中瞬間閃過一道念頭，好快！

李光耀在弧頂三分線前停下來，不管撲過來的得分後衛，直接拔起來，跳投出手。

球落在籃框內緣，直接彈進。

李光耀右手握拳，正打算發出吼聲慶祝自己連續投進兩顆三分球時，場邊裁判指著他的腳邊，「腳踩線，兩分球！」

李光耀訝異地低頭看了自己的腳，想當然爾，他早已看不出自己當初站的地方，只能聳聳肩，往後小跑步回防，眼神裡面帶著十足的信心。

李光耀連得五分，幫助光北高中再次拉開差距，比數八十五比七十六。

場上，蔣思安最擔心的事情出現了，在李光耀個人連得五分後，立德的氣勢減了大半，隊友眼神裡的火燄逐漸熄滅。

「我們還有機會，不要擔心，這一波打進去，下一波守住，我們還可以逆轉比賽！」蔣思安對著隊友大吼。

在蔣思安的激勵下，立德其他四名球員眼神裡的火燄這才又勉強燃燒起來，但蔣思安自己知道現在的情勢越來越險峻，比賽剩下三分多鐘的時間，雙方比數差九分，如果要逆轉勝，每分鐘至少要追回三分，而且要守下光北的李光耀。

這絕對不是一件容易的事，光北的陣容太強，李光耀手感又這麼好……

蔣思安腦中出現許多負面的念頭，不過他很快咬牙，將這些念頭拋在腦後，因為這對球隊的勝利一點幫助都沒有！

蔣思安接過底線發球後，快速地運球過半場準備攻擊，但是現在他面對的不再是包大偉，而是李光耀。

李光耀重心壓低，往兩旁張開雙手，散發出強大的壓迫力。

這場比賽到了第四節尾端，完全變成李光耀與蔣思安兩人的戰爭，兩人都有扛下比賽勝負的使命感，也都有無比的鬥志與信心，不過在籃球場上，沒有所謂的平手，兩個超級球員一定要分出高下。

蔣思安想要利用速度跟胯下運球突破李光耀，但是卻被李光耀跟住，最後蔣思安沒有選擇，身體頂住李光耀的壓迫防守，右手用力一個運球，身體急停，右腳用力一踏，身體往後跳，收球大後仰跳投出手。

李光耀早就預料到蔣思安會來這一招，人也立刻跟著撲上去，但是卻沒有蓋到蔣思安的火鍋，因為他把投球的弧線拉高到他能力的極限。

縱使李光耀已經使勁全力跳起，籃球還是從他手指上方飛過，下個瞬間，球場上傳來這場比賽最響亮清脆的唰聲。

蔣思安高難度出手進！再次依靠個人能力追近差距，比數八十五比七十八，比賽時間剩下最後的三分三十秒。

球權轉換，球到了李光耀手裡。

李光耀把球運過半場，打算在進攻時間剩下六秒鐘的時候再發動攻勢，不過蔣思安並不打算讓李光耀拖延時間。

李光耀看到蔣思安防守過來，立刻壓低重心，晃肩加上快速的換手運球擺脫蔣思安，運球往左邊切，蔣思安沒有放棄，努力從後追上。

李光耀怕被蔣思安從後面抄球，在三分線前停了下來，得分後衛見機不可失，衝了上來，想要跟蔣思安一起包夾李光耀。

當立德全部球員的眼睛都在注視著李光耀時，就代表光北其他球員有了機會。

李光耀在包夾還沒到位之前把球傳了出去，立德五名球員的眼睛隨著球移動，發現球到了走底線開後門的楊真毅手上，這時候立德的禁區球員要去防守已經太遲，楊真毅籃下打板得分。

李光耀第四節唯一一次助攻，卻無比關鍵。

比數八十七比七十八，比分回到九分差，時間剩下三分十秒。

立德中鋒趕快把球發給蔣思安，蔣思安往前場衝，吸引了李光耀、詹傑成、楊真毅的三人包夾。蔣思安把球傳給三分線外絕對空檔的得分後衛，得分後衛接到球立刻出手。

然而，這場比賽為立德投進最多三分球的他，卻在這一刻失手了。

球落在籃框內緣往外彈出，立德想要搶進攻籃板，可是麥克卻為光北高中掌握住了這一顆重要的籃板球。

此時，比賽剩下兩分五十五秒。

球，當然到了李光耀手上。

在比賽剩下兩分五十秒，雙方差距九分的情況下，這很可能是決定這一場比賽勝負的最關鍵進攻。

在這種關鍵時刻，李光耀當然不會把球交給別人，他最享受的就是這種被關注的感覺，享受在比賽最後時刻掌握勝負的優越感。

而最能體現出一個球員價值的，就是在比賽最關鍵的時刻。

在被李光耀連續突破防守兩次之後，蔣思安不敢冒險再跑上前，跟得分後衛一左一右站在三分線外，等到李光耀靠近就馬上雙人包夾伺候，絕對不給他切入攻擊的機會。

只不過李光耀接下來的舉動卻超乎蔣思安，甚至是全場人的預料之外。

李光耀過了中線之後停下腳步，刻意放慢進攻時間，然後往前走了兩步，在蔣思安完全來不及反應的情況下，三分線外兩步的距離收球拔起來，跳投出手。

蔣思安站在原地，李光耀的動作讓他心裡閃過了非常不妙的預感，轉頭看著球。

而那不妙的預感，很快成真。

唰！球空心進籃，李光耀超遠三分球進！

比數，九十比七十八，差距來到十二分。

在李光耀三分球進的瞬間，立德的鬥志與氣勢完全潰散，比賽在這一刻分出了勝負。

雖然蔣思安奮戰到了比賽最後一秒，但是他的隊友早就跟不上他的腳步，而楊真毅與高偉柏最後在禁區接管比賽，幫助光北連連取分，相較於蔣思安的孤立無援，光北的多點開花，讓他們在比賽結束的哨聲響起時，帶走了這場比賽的勝利。

最終比數，九十七比八十二。

註七：進攻方的禁區球員跑到罰球線周圍的位置向外圍的後衛要球，稱之為「上中」。

註八：快攻常見戰術之一，指進攻方跑快攻時，未持球的人跟在運球的隊友後面，衝進禁區。

註九：意指在禁區裡面距離很短，又相當隱蔽的傳球。

註十：每一波進攻時間都有二十四秒，如果進攻方沒有在進攻時間結束前出手投籃，計違例一次，球權轉換。

第六章

比賽結束之後，苦瓜與蕭崇瑜很快來到籃球場上，分別找上立德的總教練與李明正。

「黃總教練，你好，我是《籃球時刻》雜誌社的編輯。」苦瓜說話的時候，順手把名片遞了上去，「想借用黃總教練一點時間做採訪。」

黃總教練接過名片，掃了一眼，點點頭，「好。」

苦瓜拿出手機開啟錄音功能，「黃總教練，今天這場比賽跟上一場很相似，在第四節一開始都處於落後，接著蔣思安率隊急起直追，上一場面對長憶逆轉比賽，跌破所有人的眼鏡，但是這一場比賽卻不幸落敗，請問黃總教練認為落敗的主因在哪裡？」

黃總教練稍稍思考之後回答：「光北很清楚自己優勢在哪裡，整場比賽也看的出來他們戰術圍繞內線在打，不過相對的我們也有自己的強項。我們都有各自擅長的地方，而且都利用的非常徹底，落敗的主因，我認為並不在整體實力差距，而是兩隊球員的心理素質。

「在第四節比賽，我們承受落後的壓力，光北承受被追上的壓力，我們兩邊面對的壓力是對等的，甚至我們還帶有一點優勢，因為氣勢在我們這一邊，不過光北在第四節後半段成功頂住壓力，打出一波攻勢，我們的球員因此動搖，蔣思安雖然夠努力了，可是其他隊友的鬥志卻因為比分拉不近而消失，這就是我們跟光北的差距。」

黃總教練補充道：「蔣思安這場比賽的表現一樣讓我滿意，可是其他隊友跟不上他，而光北雖然球員的實力有落差，可是每一個人的態度跟鬥志都在同一個水平上，我想這就是決定這場比賽勝負的關鍵。」

苦瓜又問：「蔣思安接觸籃球僅僅三年的時間，球技就如此出色。雖然今天輸了，可是個人表現上絕對是全場最亮眼的球員。據我所知，有幾間甲級聯賽的球隊已經對蔣思安提出邀請，請問蔣思安接下來的路會怎麼走，他會繼續留在立德嗎？」

黃總教練深深吸了一口氣，停頓了一會，說：「立德只是一座小池塘，但是蔣思安卻是一條大鯨魚。我已經以立德總教練的身分答應啟南高中的邀約，明年蔣思安就會轉學到啟南，成為啟南的正式球員。」

黃總教練看向坐在椅子上，頭上蓋著一條毛巾看不清楚臉面的蔣思安，「啟南才是真正適合他的地方，立德跟乙級聯賽對他來說……真的太小了。」

苦瓜關掉手機錄音功能後，說道：「雖然這麼說有些不好意思，可是我也是這麼認為。」

黃總教練露出笑容，「沒關係，這是事實。」

「謝謝黃總教練。」

「謝謝。」

結束採訪之後，苦瓜看了低著頭的蔣思安一眼。啟南嗎，要成為啟南的一軍球員可沒那麼容易，不過如果是蔣思安的話，我相信一定辦得到。

這時，同樣結束採訪的蕭崇瑜來到苦瓜身邊，把手機遞給苦瓜，「這次李明正話很少，可是都有回答問題。」

「嗯。」苦瓜接過手機，馬上就按下播放鍵。

「李教練你好，首先恭喜光北隊擊敗立德，又往前邁進一步。」

「謝謝。」

「這場比賽裡光北依然有內線上的優勢，而且也利用這一點在比賽一路保持領先到最後。可是比賽中卻可以看到光北數次被立德追近比數，李教練認為這是光北的防守還有所缺陷，或者是哪方面的螺絲還未轉緊？」

「各方面都還有需要加強的地方，不過團隊跟後場球員的防守是比較大的問題。」

「今天在防守布陣上光北做出幾次調整，請問是為了立德的蔣思安所因應的防守嗎？」

「是的，沒錯。」

「這是在賽前就想好的，或者是在比賽當中看到蔣思安不斷利用切入撕裂防守，才臨時想出的主意？」

「臨時想的，這兩天下大雨，球隊沒有任何機會練球。」

「好，謝謝李教練。」

「謝謝。」

錄音結束。

苦瓜將手機還給蕭崇瑜，「走了，回去了，這場比賽之後，可以開始籌備『那個』了。」

蕭崇瑜臉上露出興奮的表情，「是，苦瓜哥！」

光北球員個人數據：

李光耀，八分，五投三中，二籃板，二助攻，二抄截。

高偉柏，二十四分，十七投十中，罰球六罰四中，五籃板，一助攻。

魏逸凡，十五分，十投六中，罰球四投三中，六籃板，二助攻。

楊真毅，十九分，十四投九中，罰球一罰一中，六籃板，七助攻。

詹傑成，十二分，十一投五中，罰球五投二中，一籃板，十一助攻。

包大偉，三分，二投一中，一籃板，一火鍋。

李麥克，四分，五投二中，十七籃板，零助攻。

王忠軍，十二分，三分球八投四中，零籃板，零助攻。

比賽結束後，光北隊坐在椅子上略微休息，在李明正與吳定華聯絡好小巴士的司機之後，拿起背包準備離開球場。

李光耀在離開球館前看了蔣思安一眼，蔣思安坐在椅子上，白色的毛巾依然蓋在頭上，身邊圍繞著隊友，似乎正在安慰他。

坐在椅子上的蔣思安肩膀微微顫抖著，淚水不斷從臉龐上滑落，他努力不讓自己哭出聲來，故意低垂著頭，用毛巾遮著臉，不讓隊友看到他狼狽的模樣。

蔣思安在這一場比賽中又拚盡全力，幾乎是一個人抵抗光北，帶領球隊數次追近比分，如果沒有蔣思安，比賽可能在第一節就結束了，甚至根本沒有這次比賽的機會，因為沒有蔣思安，他們在上一場比賽就會輸給長憶了。

氣氛無比沉悶，蔣思安告訴自己要堅強，站起身來，用毛巾擦去臉上的汗水，順勢抹過眼角，嚴肅地說：「對不起，我沒有說到做到，是我太弱了，沒有辦法帶你們繼續往上走，是我的錯……」

蔣思安話說到一半，喉嚨裡卻好像被什麼東西塞住，讓他說不出話來，眼眶裡好熱好熱，蔣思安還來不及反應，眼淚就流了下來。

蔣思安抹去臉上的淚水，用力吞了一口口水，「對不起，我說過……說過要帶你們前往甲級……甲級聯賽，之……之後才會到啟南，可……可是……」

看到蔣思安紅了眼眶，眼淚不斷落下，圍繞在他身邊的隊友也全都哭了出來，得分後衛伸出手搭在蔣思安的肩膀上，「你已經為我們做的夠多了，去啟南之後也要繼續加油，我們相信你一定會成為啟南的王牌！」

其他隊友紛紛把手放在蔣思安的肩膀上，「你一定可以的！」

「我相信你！」

「你是最強的！」

「你的比賽我們一定都會去看的！」

「成為啟南王牌之後，接受採訪時要記得提起我們！」

「不管發生什麼事，我們都會在你的背後支持你！」

「就算你離開，你還是我們的主將！」

「對，你是我們永遠的隊友，就算你離開了，你還是在我們心中帶領著我們！」

到了後來，立德每一位球員都泣不成聲，所有人抱在一起，為這一場球賽的結果，也為蔣思安即將離去的事實而哭泣，同時他們也為蔣思安獻上真心的祝福，他們知道蔣思安的才能不該被困在立德。

蔣思安給他們的已經夠多，現在他們唯一能夠給蔣思安的就是祝福，讓蔣思安心中不要有任何負累，帶著滿滿的祝福飛入啟南的天空之中。

★

隔天早上凌晨五點，李光耀右手抱著籃球站在庭院籃球場，大大吸了一口清晨時分的清新空氣，享受這寧靜的氛圍，在這種寂靜無聲，沒有任何人、事、物打擾的情況下練球，讓李光耀感到非常愉悅。

因為昨天才剛比完一場激烈的比賽，所以李光耀今天的自我訓練集中在罰球與運球上。

自我訓練結束後，李光耀回到家裡沖了熱水澡，揹上後背包上學去。

跑到學校之後，不知道為什麼，李光耀覺得今天肚子特別餓。到廁所換上制服之後，他邊走邊吃著豬肉三明治，希望今天放在桌上的早餐多一點。

但事情總不會如想像般順利，當李光耀走進一年五班的時候，沒有看到預想中的豐盛早點，倒是出現了一位從沒看過的人坐在他的位子上。

李光耀不禁在心裡嘆了口氣，為什麼總是會有不認識的人坐在自己的椅子上，這是光北的傳統嗎？

坐在李光耀椅子上的人看到他走進教室，目光凶狠地站起來，快步走到他面前，「你就是李光耀？」

李光耀從制服上的學號知道眼前是高三的學長，心裡感到十分疑惑，「我是。」

高三學長伸出右手，抓住李光耀的衣領，「很好，我是劉晏媜的男朋友，警告你，你最好離劉晏媜遠一點，不然我就要你好看！」

李光耀頓時愣住，高三學長以為李光耀是怕了，臉上露出得意的表情，用力推了李光耀一把後，表情囂張地離開一年五班。

「他有什麼毛病嗎？」李光耀看著高三學長走下樓的背影，抓抓頭，走回座位上。

「你剛剛跟那個學長……怎麼了？」麥克怯生生的聲音從旁邊傳來。

李光耀聳聳肩，「哦，他就說他是劉晏媜的男朋友，叫我離劉晏媜遠一點。」李光耀右手食指在腦袋旁邊轉了轉，「我個人是覺得他腦袋有點問題啦，你認識他嗎？」

麥克連連搖頭，「不認識，但是我知道他是誰。」

「你怎麼這麼厲害，這所學校還有沒有你不知道的人？你根本是光北裡的情報王，太強了。」李光耀問：「所以他是誰？」

「他是全光北高中成績最好的人，從高一到高三每個學期都是全校第一名，很多人都說他是全光北，甚至是光北高中史上最聰明的人。」

「全光北最聰明？不見得吧。」李光耀把嘴巴裡的食物吞下，再一口氣把剩下的奶茶全喝完。

「他很聰明啊，不然怎麼能每個學期都拿全校第一名，而且他爸爸是醫生，媽媽是律師，全家都是聰明人。」

「麥克，我問你，在籃球場上最強的人，會是那個身高最高的人嗎？」

麥克搖頭，「不會，場上最強是像你一樣，最努力練球的人。」

「那就對了啊，同樣的道理，成績最好的也不會是最聰明的人，而是最努力用功念書的人，而且他是高一到高三每一個學期都拿全校第一，如果不是每天都很認真念書，根本不可能做到這種程度。」

麥克恍然大悟地點頭，「有道理。」

李光耀失笑，「什麼有道理，不管做什麼事都一樣，你想要成為頂尖的人，不是靠一顆聰明的頭腦，也不是靠傲人的天分，而是靠比任何人都還要多的努力，並且不斷堅持下去。」

麥克聽了李光耀的話，用力地點頭，但李光耀卻突然在麥克面前舉起食指。

「不過還有一件比努力更重要的事情，你知道是什麼嗎？」

麥克搖搖頭。

「那就是一顆充滿熱誠的心，這樣不管遇到多少困難、挫折、挑戰，你才可以一次又一次的跨過去，否則一定很快就想放棄，而且越努力越痛苦，就像那個學長一樣。」

「那個學長，他怎麼了嗎？」

「哈哈，這只是我的猜測而已，他的爸爸是醫生，媽媽是律師，就算他的爸媽沒有給他壓力，可是身邊的人一定會用嚴格的眼光看著他，如果成績不好，大家就會開始品頭論足，然後他就只能每天讀書讀到很晚，讀到兩隻眼睛都有黑眼圈。」李光耀嘆了一口氣，「真是個可憐人。」

麥克噗嗤一聲，笑了出來，「說不定他自己也很喜歡念書，只是他鼻子不好，所以容易有黑眼圈而已，你的想像力也太豐富了。」

「你這麼說也對，是我想太多了，不會有人不喜歡念書，卻可以把自己逼到連續三年都拿全校第一名。」李光耀哈哈大笑。

「對了，你知道他為什麼會為了劉晏媜特地過來找我嗎？」

「他之前有跟劉晏媜交往過，而且還是劉晏媜歷任男友中交往最久的。」

「最久？交往一年嗎？」李光耀覺得口很渴，順手拿起別人送的奶茶，插了吸管喝了一口。

「一個月。」

李光耀差點把嘴裡的奶茶噴出來，「一個月是交往最久的？」

「是啊，劉晏媜換男友的速度非常快，而且她又漂亮又主動，歷任男友都是她主動告白的，命中率百分百，從來沒有人拒絕她……」麥克看著李光耀，「除了你之外。」

「什麼！？劉晏媜這麼厲害？」

麥克擺出一副你怎麼這麼大驚小怪的表情，「你該不會現在才知道吧？」

「可是那關我什麼事？我不是早就擺明我非謝娜不可嗎？他幹嘛為了劉晏媜過來找我，還自稱是劉晏媜的男朋友？」李光耀更感到疑惑。

「這我就不知道了，學長是劉晏媜的前任男友，說不定他覺得劉晏媜是因為你才跟他分手，所以把氣出在你身上也說不定。」

李光耀一聽，大大贊同，「有道理，天啊，天生帥氣難自棄，長的帥又迷人也不是我願意的啊……」看到李光耀又開始自信過剩，麥克從書包裡拿出早餐，開始細嚼慢嚥。他心想如果自信是種物品就好了，這樣李光耀就可以把多到滿出來的自信分一點給他。

當麥克吃完早餐的時候，早自習的鐘聲響了，沈佩宜拿著一疊考卷走到班上，「開始考試，課本都收起來。」

考卷發下來之後，李光耀不到三十分鐘就寫完，之後又拿出一張白紙，準備簡單畫下籃球場的圖形，但是白紙卻很快被抽走。

「考卷寫完了嗎？」沈佩宜的聲音從身旁傳來。

「嗯，寫完了。」李光耀把考卷的正反兩面翻給沈佩宜看。

「檢查過了嗎？你確定沒有任何錯誤？」

「應該不會有任何錯誤，但就算有也無所謂，我沒有追求一百分。」李光耀聳聳肩。

沈佩宜深吸一口氣，李光耀總是可以輕易地挑動她的理智線，偏偏他的英文成績又是全班最高，讓她沒辦法多說什麼。

「如果考卷寫完了，可以拿其他科目的書出來看，不要發呆。」

「我沒有發呆。」

沈佩宜不想繼續跟李光耀爭辯，她發現每次只要跟李光耀講話，就會有股莫名的怒氣。

「總之，不要把時間浪費在不重要的事情上，好好讀書就好！」沈佩宜話說完後，把紙還給李光耀，轉身走回講台上，試著壓抑自己的怒火。

噹噹噹噹、噹噹噹噹……，下課鐘響，沈佩宜拿著收回的考卷走下樓，回到導師辦公室。

一到辦公室，沈佩宜就看到楊信哲已經坐在位子上喝飲料，心想，吊兒郎當的態度，看了就討厭。

楊信哲大大喝了一口冰涼的梅子雪碧，見沈佩宜一大早臉色就不是很好，馬上表示關心，「沈老師早，怎麼啦，心情看起來不太好？」

「沒事。」

「要不要來一杯冰涼的梅子雪碧，梅子是我弟從台東寄來的，滋味超棒！」

「不用，謝謝。」

楊信哲聳聳肩，「好吧。」這時劉晏禎走進辦公室，見到楊信哲便走上前來，「老師，你找我。」

「哦，對，啦啦隊的事情我大致想好了，主要是想在開始之前跟妳這個隊長討論一下。另外我有為啦啦隊設計衣服，所以也要請妳幫我調查看看每一位隊員的衣服尺寸。」

「好，沒問題！」

「啦啦隊是為了籃球隊而創立，因此隊員們都需要對籃球隊的成員有所了解，我整理了一些資料，內容不多也不複雜，更沒有任何專業術語，我相信只要花一點時間就記得起來。」楊信哲從抽屜裡拿出裝有資料的文件夾，遞給劉晏禎。

劉晏媜接過，「謝謝老師。」

「我記得妳說過啦啦隊裡有熱舞社跟熱音社的團員，剛好妳們可以討論一下口號跟動作，越簡單越好，舉例來說，可口可樂、Nike、adidas、麥當勞他們的口號都非常簡單，卻讓人印象深刻，動作也不用太難，以帶動氣氛為主，這樣大致理解了嗎？」

劉晏媜專心聽完楊信哲說的話後，點點頭，「沒問題，給我一個星期的時間。」

楊信哲訝異道：「一個星期？」

劉晏媜點頭，「會太久嗎？」

「其實不需要這麼急……」

劉晏媜直接打斷楊信哲，「老師，你儘管放心好了，雖然我不太會讀書，但是這種小事我還有能力處理好！」

「哦。」楊信哲一時間被劉晏媜的氣勢所震，愣愣地點頭。

「老師還有其他的事情要說嗎？」

楊信哲愣愣地搖頭。

「好，那我先走了。」

楊信哲站起身來，「慢走。」

看著劉晏媜離去，楊信哲失笑道：「這小妮子，啦啦隊會不會真的給她搞出些什麼名堂來。」

劉晏媜離開辦公室後，沒有直接回到自己的班上，而是走上樓，腳步輕快地來到一年五班。

一到一年五班，就見李光耀坐在座位上不知正畫著什麼東西，而讓她又驚又喜的是，李光耀一看到她就站起來，筆直地走向自己。

劉晏媜感動萬分，以為李光耀總算想通，決定拋下謝娜，投入她的溫暖懷抱，便迫不及待地張開雙手，想要給李光耀一個深情擁抱。

李光耀伸出雙手放在劉晏媜的肩膀上，阻止她繼續朝自己前進，「妳幹嘛？」

劉晏媜理所當然地說：「抱你啊。」

李光耀在劉晏媜如此直白的言語攻勢之下，竟然招架不住，臉微微一紅，輕輕推開劉晏媜，「不要鬧了。」

劉晏媜直直盯著李光耀的臉，露出陽光般的溫暖笑容。一年五班的男生全都不自覺地停止手邊的動作，目不轉睛地看著劉晏媜。

「原來你也會臉紅啊，真可愛。」

聽到這句話，麥克跟王忠軍都不禁轉過身來看李光耀，因為他們從來沒有見過李光耀臉紅的模樣，就連李光耀在全隊跟教練面前大聲說出「如果別的星球也有外星人在打籃球，我會用我的實力告訴他們，全宇宙最強的籃球員在地球的台灣！」這樣不切實際的話，都沒有臉紅過。

李光耀輕咳兩聲，「妳之前是不是有跟那個全校第一名的學長交往過？」

劉晏媜絲毫不扭捏地承認，「是啊，我上一任男朋友，怎麼了嗎？」劉晏媜眼睛轉了轉，古靈精怪地看著李光耀，「你在意我的前男友嗎？不用擔心，我的心屬於特別的你。」

一年五班的男生在心裡哀嚎，多希望劉晏媜這句話是說給他們聽的，如此簡單的一句話，就可以把他們的心給融化了。

李光耀卻只是搔搔頭，「也不是說在意，只是他今天早上突然過來找我，說他是妳的男朋友，要我離妳遠一點，讓我覺得非常莫名其妙，希望妳可以跟他解釋一下。」

劉晏媜聽了臉上馬上沒了笑容，「他真的這麼對你說？」

「是啊。」

「好，我等一下就去找他說清楚，我之前已經明確地跟他說過我們結束了，真的很討厭這種糾纏不清的人。」

「我看的出來他也只是很喜歡妳，沒必要把話說成這樣吧。」

「你不懂，我原本以為他斯斯文文的，很會讀書，跟他交往感覺應該不錯，沒想到他根本就是一個占有欲過剩的可怕書呆子。」

李光耀擺出一副有那麼誇張嗎的表情，「這樣妳還可以跟他在一起一個月？」

「誰跟他在一起一個月，才一個星期我就提分手了，只不過他一直煩我，拖了一整個月才分手，真是累死我了。」

聽到劉晏媜把分手講得這麼輕鬆容易，李光耀表情突然間變得有些嚴肅，劉晏媜發現李光耀的表情變化，咯咯笑了幾聲，「放心吧，對我來說你是特別的，我不會這樣對你。」

李光耀搖搖頭，「妳誤會了，我只是覺得妳該找一個懂得疼妳愛妳的男生交往，一直換男友這樣不好。」

劉晏媜伸出食指搖了搖，「我一直換男友並不是花心，我只是想要找到值得我去愛的男生而已，那些熱舞社的社長，熱音社的社長，全校第一名都不夠特別，他們都缺少了某一種特質，但是我卻在你身上找到了，而且你跟別的男生不一樣。」

「哪裡不一樣？」

「你有種獨特的堅定氣質，很吸引人，有那種讓人想要依靠的感覺，好像在你身邊任何事都有可能成真。」說著說著，劉晏媜伸出雙手，又想要擁抱李光耀。

李光耀連忙抓著劉晏媜的肩膀，繼上次樓梯事件之後，再一次祈禱上課鐘聲趕快響起，「別亂來。」

劉晏媜嘟起嘴，模樣真是可愛極了，但偏偏李光耀完全不動心。

李光耀轉移話題，「妳上來找我幹嘛？」

「剛剛你們的助理教練找我過去，說了一些啦啦隊的事情，然後我馬上有了一些想法，就跑過來問你了。」

「什麼想法？」李光耀露出半信半疑的表情。

「因為參加了啦啦隊，我現在看電視都會轉到體育頻道看籃球比賽，我發現在比賽開始前，每一隊的球員都會聚在一起，喊一些聽不懂的話，或者做出特別的手勢，光北也有這種東西嗎？」

「當然有，這是一定要的啊！」

「那你們的是口號嗎?還是手勢?」

李光耀臉上顯露興奮的表情,「把妳的右手舉起來,麥克,你過來!」

麥克站起身來,看了劉晏媜一眼,很快低下頭,劉晏媜實在太美麗,美麗到麥克根本不敢看她。

麥克躲在李光耀身後,小小聲地問:「怎麼了?」

「劉晏媜是我們光北籃球隊的啦啦隊隊長,我們來示範隊呼給她看。」李光耀把麥克從身後拉出來,「不要怕,把手放到她手上。」

「哦……好……」麥克小心翼翼地把手臂靠在劉晏媜纖細的手臂上。

李光耀看著劉晏媜,「因為妳不清楚流程,所以我簡單說明一下,在比賽開始之前,隊長會跳出來喊隊呼,她會高高舉起右手,我們其他人就會圍繞在她身旁,接著把手像這樣靠在她的手上,然後她會開始隊呼,我示範一次給妳看。」

「麥克,等一下我當謝雅淑,你跟平常一樣喊隊呼,可以嗎?」

麥克點頭,李光耀深吸一口氣,大喊:「光北!」

「加油!」

「光北、光北!」

「加油、加油!」

「光北、光北、光北!」

「捨、我、其、誰!」

李光耀把手拿開，看著嚇傻的劉晏媜，「大概就是這樣，現場音量更大，因為是所有人一起大喊。」

劉晏媜回過神來之後，顯得非常興奮，「太酷了！這樣我更知道該怎麼做了，一個星期絕對就可以有成果出來。」

相較於劉晏媜的興奮，李光耀很平靜，「其實不需要急，就算有成果出來，目前我們在打的乙級聯賽根本沒有人看，沒有電視轉播、沒有球迷、沒有觀眾、什麼都沒有，就算啦啦隊到了現場也沒事可做。」

「什麼，那幹嘛成立啦啦隊？」

李光耀勾起自信的笑容，「很簡單，學校是為了進軍甲級聯賽做準備，到了台灣高中籃球最高殿堂，一場比賽至少都會有上千個人看，到了冠亞軍外現場更是突破萬人，那個時候，比賽的氣氛會很重要，這時就需要你們啦啦隊上場了。」

劉晏媜心想，整個光北也才將近一千個人，到了甲級聯賽，照李光耀所說，不就是每一場比賽都會有跟光北差不多人數的觀眾進場看球嗎？媽呀，這也太恐怖了吧。

「怎麼了，怕了嗎？」

劉晏媜直挺挺地看著李光耀，「我可是大名鼎鼎的劉晏媜，怎麼可能會怕，我只是覺得很興奮而已！」

李光耀哈哈大笑，「那就好，到了甲級聯賽，雙方都會有支持的觀眾跟球迷，到時候就麻煩啦啦隊大聲幫光北隊加油了。」

「沒問題。」

劉晏媜眼睛狡黠地轉了轉，「不過在這之前，你這星期六有沒有空？最近有一部很不錯的電影要上映了，我們一起去看？」

「我沒空，我要去公園練球。」

「那我去公園陪你練球。」

「啊！？不要啦，我已經習慣一個人練球，妳陪我我會覺得很奇怪，沒辦法專心。」

「為什麼？你練你的球，我在旁邊看，不會吵你。」

李光耀堅決地搖頭，「妳約妳的朋友去看電影就好啦，幹嘛來陪我？」

「很簡單啊，雖然我跟謝娜是不同類型的女生，可是我們都一樣是很有眼光的人，我怕她一旦看出你的特別就會立刻愛上你，這樣我會很危險，所以我當然要抓緊機會主動出擊啊！」

★

噹噹噹噹、噹噹噹噹……，李光耀期待已久的上課鐘聲總算響起，不過面前的劉晏媜卻絲毫沒有要離開的意思。

李光耀食指往上比了比，「妳幹嘛，鐘聲響了，回教室上課吧。」

劉晏媜張開雙手，「抱我，不然我就一直站在這裡不回去。」

李光耀瞪大雙眼，嘴巴張大，這是怎麼一回事，還有這麼威脅人的嗎？

「幹嘛擺出這種臉，你都不知道有多少人想要抱我，真是身在福中不知福！」劉晏媜回頭看了看樓梯口，「快一點唷，不然等一下老師在場面會更有趣，你可別以為老師到了我就會回去，在愛情面前我可是很大膽的，就算老師來我也會等到你抱我才離開。」

李光耀突然覺得頭很痛，「麥克，這一節是什麼課？」

「化學。」

李光耀覺得頭更痛了，以楊信哲的個性，一定會站在講台上看好戲，而不是叫劉晏媜回去上課。

感受到全班同學的目光，李光耀終於接受自己被劉晏媜擊敗的事實，站前一步，彎低身體，雙手輕輕抱著劉晏媜，但是身體卻沒有任何接觸。

只不過劉晏媜可不接受這種摟空抱，腳步向前，緊緊抱住李光耀，「這才叫做擁抱！」

感受到李光耀溫暖的體溫，劉晏媜露出滿意的表情，但是李光耀馬上把劉晏媜推開，「這樣可以了吧，趕快回去上課。」

「哪有這麼快，人家都還沒有好好聞聞你的味道。」劉晏媜嘟囔著，但是一看到李光耀滿臉通紅的模樣，臉上馬上出現新奇的笑容，「難道說這是你第一次抱除了媽媽之外的女生！？」

李光耀的臉更紅了。

劉晏媜笑的更大聲，「天啊，竟然是真的！怎麼樣，感覺應該不錯吧？我對我自己的身材可是很有自信的。」

這時楊信哲從前門走進一年五班，看到劉晏媜跟李光耀站在教室最後面，李光耀滿臉通紅，劉晏媜則是笑得很開心，露出好奇的表情，「我剛剛錯過了什麼精彩的畫面嗎？」

劉晏媜說：「老師，我只是過來找李光耀同學討論一下球隊的事情而已，畢竟我可是啦啦隊的隊長，多少也要跟籃球隊隊員有一些交流。」

楊信哲哦了一聲，目光在劉晏媜與李光耀之間轉來轉去，露出曖昧的表情，說話時故意拖了長音，「原來如此，是過來跟李光耀同學做交、流、啊，不錯不錯，很認真。」

「是啊，上課了，我先回教室。」劉晏媜抵擋不了楊信哲的目光，快步從後門離開，走出門口後回過頭來，送給李光耀一個飛吻，還用唇語說：「我愛你。」

李光耀差點暈倒在地，扶著教室最後方的布告欄，搖搖晃晃地回到座位上。

「李光耀同學，你還好嗎，是剛剛太刺激了，所以受不了嗎？」楊信哲用惡作劇的眼神看向李光耀。而楊信哲古怪又曖昧的語氣，讓麥克都差點笑了出來。

李光耀趴在桌上，搖搖手，「我只是覺得有點累，讓我休息一下就好。」

經過劉晏媜這麼一鬧，緊接著又是完全聽不懂的化學課，李光耀根本沒辦法專心，整節課五十分鐘一直心不在焉，好幾次差點睡著，如果不是楊信哲在最後說了幾個笑話，李光耀可能就直接趴在桌上呼呼大睡不醒人事了。

當下課鐘聲響起，楊信哲宣布下課的瞬間，李光耀從椅子上跳起來，從後背包裡拿出籃球，拉著麥克一起到最後面練習運球，想要藉由最愛的籃球擺脫煩悶的心情。

麥克蹲在李光耀身邊練習運球，擔心地說：「我覺得……」

「覺得怎樣？」

「剛剛的事很快就會傳出去……」

李光耀大大嘆了一口氣，「我知道，所以我才會覺得很煩。」

麥克輕聲地說：「也可能傳到謝娜耳裡。」

李光耀球運到腳上，遠遠彈開，「對，我怎麼沒有想到，糟糕！」

這時的謝娜，坐在自己的座位上，身邊跟往常一樣圍繞著一群人。

「娜娜，妳覺得呢？」

「啊，什麼？」謝娜回過神，挑高眉毛，看向問話的好姐妹。

「娜娜妳最近怎麼了，一直心不在焉的，是生病了嗎？」好姐妹關心地問。

「啊?有嗎，沒有吧。」謝娜連忙否認。

其他人卻一致點頭，「有，妳最近常常恍神。」、「剛剛上課老師問妳問題，也是問了兩三次妳才有反應。」、「我昨天跟妳說話的時候，也是連續問了幾次，妳才回應我。」

「真的假的，有那麼誇張嗎？」

「一點都不誇張。」、「妳發生什麼事了，是不是有什麼煩惱?可以跟我們這群好姐妹說啊。」、「我知道了，是不是因為那個魔術社社長跟妳告白了？」、「是魔術社社長嗎?我怎麼聽說是高三那個帥帥的學長？」

「我沒事，可能是最近有點失眠，沒有睡飽。」謝娜隨便用了一個理由搪塞。

「對了，妳剛剛問我什麼？」

「哦，就我們想說這星期六一起去看那部剛上映的電影，看預告片感覺很不錯耶！」、「娜娜一起來嘛，大家一起出去玩感覺超棒的唷。」

「妳們去就好，這星期六我們家族聚餐，所以我沒辦法去。」謝娜不想跟這些朋友出去，隨口說了一個理由，但是心裡卻想著星期六早上叫福伯載她去公園散步。

圍繞在謝娜身邊的人頓時露出惋惜的表情，「好啦，娜娜沒辦法去就別勉強她。」、「對了，那個魔術社社長是怎麼對妳告白的啊？」、「是不是變魔術給妳看，最後變出一張寫著我愛妳的紙條？」、「天啊，光想就覺得好浪漫哦。」、「可是我覺得那個高三的學長比較適合娜娜，痞痞壞壞的，超帥！」

謝娜覺得悶，她已經對類似的對話感到厭煩。

就在謝娜打算要用上廁所當藉口暫時離開這群「姐妹淘」的言語轟炸時，小君匆匆忙忙地跑了進來，「娜娜，不好了！」

謝娜疑惑地問：「小君，怎麼了？」

「剛剛一年五班的人說李光耀跟劉晏媜在一起了啦！」小君哭喪著臉，一年七班的人都知道小君瘋狂暗戀李光耀，之前小君寫給李光耀的卡片遲遲沒有收到回信時，謝娜還替小君到一年五班找李光耀理論。

「什麼？」

小君眼眶裡充滿了淚水，「他們說剛剛劉晏媜跟李光耀還在教室後面擁抱！李光耀怎麼可以這樣！他不是說只喜歡妳嗎？」

小君說的話，讓謝娜宛如晴天霹靂，整個人呆愣住，一會兒後才回過神來，很勉強地勾起笑容，「男生都是這樣，看到漂亮女生就會把自己之前說過的話全部忘記，好了好了，別哭，李光耀那種人不值得妳哭。」

小君嗚嗚咽咽地落下淚來，「不是啊，之前李光耀說他喜歡妳，這我可以接受啊，因為娜娜妳是很棒的女生，又漂亮又溫柔又有氣質，所以如果娜娜妳跟李光耀在一起，我會覺得你們很登對，可是李光耀怎麼可以這樣！」

謝娜站起身，拿出面紙擦去小君臉上的眼淚，「乖，別哭了，像李光耀這種男生，不值得妳哭。」

導師辦公室。

「太好了，好久沒有這種悠閒的感覺了。」楊信哲滿意地喝了一口梅子雪碧。

考卷、作業都改完，備課資料也很完善，E-mail 裡面除了垃圾訊息之外沒有新信，昨晚準備的笑話也足夠應付接下來的課堂，啦啦隊的事情也都上了軌道，已經沒有任何雜事堆積。

楊信哲一口氣把剩餘的梅子雪碧喝完，打開筆記型電腦，連上乙級聯賽的官網。

「下一場比賽的對手，是弘益或者松苑其中一間學校嗎，我來看看……」楊信哲開始搜尋這兩所學校的資料。

「弘益是去年的季軍，松苑的歷年成績相對比較差，去年是第八名，不算好也不算壞，失分很高，看來是一間不擅長防守的學校。這場比賽，弘益贏面比較大。」

楊信哲從公事包裡拿出筆記本，準備開始蒐集弘益的資料，突然想起上一次他也是這樣，花了好幾個小時的時間結果做白工。

楊信哲把筆記本放了回去，「等今天晚上比賽結果出來之後再查也不遲。」

楊信哲轉而拿出便條紙，開始在網路上搜尋笑話。利用二十分鐘的時間挑選好了適合的笑話，楊信哲身體靠著椅背，打算閉眼休息一下。坐在他身旁同樣沒課的沈佩宜改完考卷，看著眼前的教科書跟講義，不自覺地接連嘆氣。

楊信哲發現沈佩宜一臉憂愁，偷偷觀察她好一陣子，數她的嘆氣聲到第十六次之後，用非常輕柔的口氣說：「沈老師，我可以問妳一個問題嗎？」

不行！你給我走開，討厭鬼！沈佩宜在心裡大罵楊信哲，不過礙於小小辦公室之間的同仁情誼，只能勉強自己說：「請問。」

「妳真正想做的事是什麼？」

沈佩宜愣了一下，「什麼？」

「其實妳並不是真的想當老師吧，我看不到妳對老師這份職業有任何的熱誠，總覺得妳對教學缺少了那麼一點……動力。」楊信哲語氣和緩，但問題卻是一針見血。

沈佩宜瞪著楊信哲，「你說這話是什麼意思，你是說我教得不好嗎？」

楊信哲抬起雙手，做出冷靜的手勢，「不，我沒有那個意思，我只是覺得沈老師妳真正想做的應該不是教書，而是別的事情。妳只是把教書當成一種職業，一種賺錢的工具，所以妳並不喜歡它，對吧？」

楊信哲的話就像是一把劍，直直穿進沈佩宜內心深處最脆弱的地方，猝不及防的她反應因此變得激烈，「你懂什麼！你憑什麼這麼說，你是我的誰？我爸、我媽、還是我的好朋友？如果我哪裡做錯了請你直說，不要拐彎抹角，我聽不懂！」

看沈佩宜生氣得耳根都紅了起來，楊信哲一開始只是想閒聊，沒有預料到自己竟然會踩到沈佩宜的地雷，連忙道歉，「沈老師，對不起，我只是看妳最近很不開心，所以才想以過來人的經驗跟妳聊聊而已，沒有別的意思。」

沒想到沈佩宜的怒氣絲毫沒有消滅，反而更爆炸，「過來人？你這個幸運考上教師執照的人竟然對我說過來人？你、到、底、以、為、你、是、誰？」

相較於沈佩宜的憤怒，楊信哲顯得非常平靜，語氣更加和緩，「沒想到沈老師妳記性這麼好，竟然還記得我之前跟妳說的話，不過其實之前我是騙妳的，我並不是幸運考上教師執照，我是經過萬全充分的準備才考到的。」

「所以呢？你到底想說什麼？我說了，對我有意見的話就直接說，不用拐彎抹角！」

「沈老師，我對妳沒有任何意見，只是我覺得如果教書並不是妳本來的志向，妳的心之後只會越來越累而已……」楊信哲話說到一半，發現自己再也說不下去，因為沈佩宜眼眶裡已經充滿淚水，而且不斷流下。

楊信哲這才驚覺自己一定說到了沈佩宜的痛處，馬上從抽屜拿出衛生紙遞給沈佩宜，但沈佩宜直接把楊信哲的手拍開，「對，你說的對！我的志向不是教書，所以我教得很爛！這樣你滿意了吧！？」

沈佩宜摀著嘴，大步離開導師辦公室。

看著沈佩宜離開，楊信哲當場愣在原地，不斷回想起剛剛對話的內容，但是卻始終搞不清楚自己到底哪裡說錯了話。

離開辦公室的沈佩宜，跑進女廁內，打開水龍頭，洗去臉上的淚水，抬頭看著鏡子裡的自己，對於眼前這副狼狽的模樣感到不敢置信。

為什麼不是別人，偏偏是楊信哲對自己說出這番話！

「小翔，為什麼你要離開我？沒有你的日子，真的好難過，如果你還在，一定可以幫我教訓楊信哲那個混蛋！

「小翔！我求你回來好不好，我只想要在你身邊，我不想要教書，我覺得好累……好累……好累……」

一直到鐘聲響起之前，沈佩宜都躲在廁所裡無聲地哭泣。

第七章

晚上九點半，籃球隊的訓練結束。球員們都累癱在球場上，唯有李光耀一個人拿著球，繼續練習罰球。

這時楊信哲走向李明正，在他身旁悄聲說：「比賽結果出來了，又是跌破大家眼鏡的比賽，松苑打贏弘益，今年奪冠的熱門球隊又落敗了。」

李明正點點頭。

楊信哲又說：「這一場的比數很誇張，如果我沒有記錯的話，這一場比賽創下今年乙級聯賽的兩個紀錄，一是松苑攻下單場最高的一百零五分，二是兩支球隊比分合計兩百零五分，今年最高。」

李明正微微皺起眉頭，「一百零五分？看來松苑是一支進攻能力非常強的球隊，我知道了，接下來就麻煩你了。」

楊信哲豪氣地說：「沒問題，包在我身上！」

等到球員把水喝完之後，李明正宣布今天的練習結束，與楊信哲、吳定華兩人開車送球員回家。

凌晨四點，鬧鐘一如往常響起，李光耀立刻彈起身來，到庭院籃球場完成自我訓練後，回家裡沖了個熱水澡，準備前往光北上學。此時，住在大豪宅內的千金大小姐謝娜也起床了。

吵人的鬧鐘在床頭櫃上響起，謝娜從被窩中伸手把鬧鐘關掉，翻個身，繼續睡覺。

五分鐘後，鈴鈴鈴、鈴鈴……，另一台放在梳妝台上的鬧鐘響了。

謝娜大大噴了一聲，起身走到梳妝台把鬧鐘關掉，然後把自己摔到大大的床上，繼續呼呼大睡。

又過了五分鐘，門外傳來規律的敲門聲與福伯和藹的問候，「小姐，妳起床了嗎？」

謝娜躺在床上，緊閉著雙眼，大聲說：「醒了。」然後繼續睡。

「小姐，妳今天早餐想吃些什麼？」

「隨便，都可以。」

「鮪魚三明治、煙燻鮭魚沙拉、新鮮牛奶。」

「好。」

「煙燻鮭魚沙拉搭配塔塔醬可以嗎？還是小姐想要加日式和風醬？」

「塔塔醬。」

「牛奶要喝熱的還是冰的？」

「溫的。」

「要順便來一杯咖啡嗎？」

「不用。」

「昨天廚師有煮小姐最愛喝的紅豆湯，需要當成飯後甜品嗎？」

「不用。」

「請問小姐醒了嗎？」

謝娜頭埋在枕頭裡低聲抱怨，「讓人家多睡一下又不會怎樣……」

「小姐？」

謝娜心不甘情不願地把頭抬起來，「醒了啦！」

「那可以請小姐把窗簾拉開嗎？不然我怕我一離開小姐又要睡著了。」

謝娜費了九牛二虎之力讓自己離開棉被的溫暖懷抱，走到窗戶邊把幾乎不透光的窗簾拉開。

聽到窗簾拉開的聲音，福伯這才放心，「早餐在二十分鐘之後會準備好。」

「嗯。」謝娜隨便應了一聲，打了一個大大的哈欠，走到浴室裡面開始梳洗。

二十分鐘後，謝娜走下樓，換好一身制服，手裡拿著書包，臉上還是帶著明顯的睡意。

謝娜強忍住打哈欠的衝動，在飯廳坐下來準備享用早餐。

她拿起玻璃杯，一口氣就把牛奶喝了一大半，卻對眼前的早餐興致缺缺，手拿著筷子不斷撥弄沙拉與三明治，卻一口都沒吃，心裡浮現出一個身影。

聽說李光耀每天早上都會收到很多早餐，應該都有吃完吧，畢竟他每天都要練球，體力消耗一定很多，在大太陽底下跑來跑去，光想就覺得很累。

有那麼一瞬間，謝娜心裡出現一個衝動，想把眼前的早餐打包帶到學校給他吃，可是這股衝動很快化成憤怒。

帶給他吃幹什麼，根本就只是一個大混蛋而已，謝娜啊謝娜，妳昨天對小君說根本不值得為他流淚，妳現在卻擔心他練球太累，吃不飽肚子餓，妳是不是有病啊？

「小姐，請問妳對今天的早餐不滿意嗎？」

福伯的聲音把謝娜拉回現實，看著福伯疑惑的臉，謝娜說：「啊？」

福伯把目光放在謝娜眼前的盤子上，她往下一看，發現盤子裡面的鮪魚三明治都快被自己戳爛了。

謝娜尷尬地放下手中的筷子，臉上微微一紅。

看謝娜的樣子，福伯說：「小姐，是不是又有人惹妳生氣了？」

謝娜連連搖頭，「沒有，只是剛起床，吃不太下而已。」

福伯微微一笑，「昨天晚上小姐胃口也不是很好呢。」

謝娜馬上說：「昨天晚上太熱。」

福伯臉上依然保持著笑容，「昨天我特地為小姐開了冷氣，讓小姐可以舒適地用餐。」

謝娜張開嘴，卻無法繼續反駁。

福伯看謝娜沒有胃口，拿起玻璃杯，幫謝娜倒滿溫熱的牛奶，「吃不下三明治至少也多喝一點牛奶，這樣上課的時候才會有力氣。」

「嗯。」謝娜拿起牛奶，又喝了一口。

「小姐如果吃不下的話，要不要打包到學校，等到肚子餓的時候吃？」

謝娜點點頭，她不是一個喜歡浪費食物的人。

福伯替謝娜把鮪魚三明治裝袋之後，看了手錶一眼，「小姐，上課時間快到了，我去備車。」

「好。」謝娜微微點頭。

福伯的動作很快，當謝娜走出門穿好鞋子的時候，車子就已經停在大門口。

謝娜坐上車，癱軟在舒服的皮革座椅上，閉上眼，享受繚繞在車子裡面的鋼琴聲。

「小姐，妳是不是心裡有祕密想要說，卻不知道對誰說，如果是這樣的話妳可以告訴我。」

謝娜從後照鏡看到福伯臉上的笑容，搖搖頭，「沒有。」

「這樣啊，可是昨天晚上我到小姐的房間裡面收垃圾，發現垃圾桶裡面一樣有情書，可是跟平常不一樣的是那些情書已經被小姐撕爛了，這是怎麼了，寫情書給小姐的人讓小姐很不高興嗎？」

謝娜再次閉上雙眼，「沒有。」

福伯臉上露出果然如此的表情，「看來跟我想的一樣，是那個身材好、皮膚黝黑、長的帥氣、笑容陽光的男生惹小姐不開心。」

謝娜輕哼一聲，「沒有。」

看著謝娜臉上藏不住的怒意，福伯暗笑謝娜真是個不坦率的小女孩。

「所以是吵架了？」

「沒有。」

「他跟別的女生搞曖昧？」

聽到搞曖昧這三個字，連謝娜都不知道自己為什麼怒火中燒，理智線差點斷掉。

看著謝娜氣鼓鼓的模樣，福伯轉移話題，「大概十年前，我跟我老婆差點因為一件事，在結婚前一個月取消婚禮。」

福伯笑道：「小姐想要聽我這個老頭子說以前的事嗎？」

謝娜點頭。

「在結婚前一個月，我參加了朋友的單身派對。參加單身派對的都是十幾年交情的好朋友，大部分是男生，只有一兩個女生。因為都是成年人，感情也很好，所以晚上就聚在飯店裡的總統套房喝點小酒，我酒量很差，也不喜歡酒味，平常幾乎是滴酒不沾，但我不想打壞氣氛，就也跟著喝酒。

「主辦者很開心，在半醉半醒與大家的簇擁之下宣布單身派對的酒錢他一手包辦，大家聽了更開心，酒也喝得越來越多。我在這群人當中，跟主辦者的感情是最好的，所以當主辦者被灌倒之後，大家接著開始灌我酒，想當然爾，我一下就醉茫了，連自己怎麼睡在廁所裡的都不知道。

「隔天早上起床，我發現手機裡有二十幾通未接來電，都是我老婆打來的，雖然當時宿醉，頭痛欲裂，還睡在馬桶旁邊，但我還是立刻打回去，沒想到她一接起電話就說要解除婚約，問她發生什麼事，她只回說我做了什麼事自己最清楚，然後就掛掉電話。

「我當下完全愣住，試著回想昨天到底怎麼了，我努力的想，也只記得我被大家灌倒而已，問了其他人，除了知道我在廁所吐的滿地都是之外，也沒有發生其他的事。

「我很愛我老婆，根本不可能背著她偷偷做什麼，我試著打電話解釋，可是她都不接，讓我不知道該怎麼辦，後來誤會解開，我除了鬆了一口氣，也不禁感慨其實感情是很脆弱的，需要雙方好好維護，一個誤會不說開就會變成心結，心結多了就變成死結，死結多了就解不開了。」

「你老婆誤會了什麼事？」謝娜好奇地問。

「那時候大家在玩划拳，因為動作太大，手機放在口袋裡不方便，所以就統一把手機放在桌子上，巧合的是我跟其中一名女生用同款手機，我們也都將另一半的暱稱輸入為『寶貝』，就這麼剛好，那名女生拿到我的手機，醉茫茫地打給『寶貝』說了幾句話，我老婆當然氣瘋了。」福伯一臉無奈。

「好像小說或連續劇裡才會出現的劇情。」

福伯笑道：「否則怎麼會有『人生如戲，戲如人生』這句俗諺呢？」

「嗯。」謝娜贊同地點了頭。

「我剛剛說了那麼多，其實重點只有一個，有誤會就要趕快解開，不要因此打壞兩人的感情。說不定那個身材好、皮膚黝黑、長的帥氣、笑容陽光的男生根本沒有跟別的女生搞曖昧，是小姐誤會他了，直接去問他，說清楚就好，不然看小姐這樣茶不思飯不想的，我會擔心。」

謝娜馬上反駁，「我跟他之間沒有誤會，我也沒有茶不思飯不想的，我們不是那種關係。」

「那小姐跟他是什麼關係？」福伯一臉高深莫測，睿智的眼神似乎早已看穿她的內心世界，還好這時車子抵達光北高中，謝娜急忙抓著書包，丟下一句「反正跟福伯你想的不一樣就對了！」，便逃也似的下了車。

「小姐真是可愛呢。」看著謝娜匆忙離開的背影，福伯臉上露出微笑。

踏進校門時，謝娜覺得今天的光北有點不太一樣，當她一如往常往右轉準備走到教室時，她發現有很多人是往左側籃球場的方向走，而不是右側的教學大樓。

在好奇心驅使下，謝娜轉身，跟著人群走向籃球場。

一到籃球場，謝娜才知道為什麼今天會有這麼多人聚集在跑道上看籃球隊練習。

劉晏媜。

謝娜看到劉晏媜站在跑道上，熱情地對著在球場內努力練習的李光耀喊著加油，而那些原本被劉晏媜吸引過來的男生，在看到籃球隊的練習之後，也紛紛轉移注意力到籃球隊上。

謝娜想起昨天小君對她說的話，轉身就想離開，可是右腳才踏出一步就停了下來，輕咬下唇，腦海中浮現福伯剛剛在車裡說過的話，決定轉過身來，隱藏在人群最後方，看著李光耀在場上奔跑。

謝娜不看還好，越看越覺得可怕，籃球隊的訓練量比她想像的更多更大，每個人在教練的哨音之下拚了命地往前奔跑，接著哨音又響，球員們便馬上往回跑，場上哨音持續地響起，球員們也在場內來來回回地不斷奔跑。

從籃球隊身上已經吸飽汗水的衣服上來看，他們已經持續訓練一段時間了，謝娜想著如果是自己，可能不到三分鐘就趴在地上沒力氣動了。

雖然謝娜的理智告訴她不要這麼做，卻還是忍不住把目光定在李光耀身上。

這時，場上的李光耀大喊：「王忠軍，怎麼了，跟不上了是不是，如果你的體能跟不上你的球技，那你每一場比賽上場的時間絕對不會太多！包大偉，跟上，想想蔣思安，憑你現在這種程度守得住他嗎？高偉柏，你不是很跩嗎？怎麼跟在我屁股後面跑？詹傑成，快一點，你的防守不夠強，體能是關鍵！」

場外的光北學生看到籃球隊的練球方式，不禁露出害怕的眼神，裡面有幾個曾經填了報名表，但最後被吳定華刷下來的學生暗自慶幸，好險自己沒有被選進籃球隊，不然照這種訓練方式，不是被嚇死就是被累死。

「最後三十秒！」在楊信哲的暗示之下，李明正大聲宣布。

聽到李明正的聲音，李光耀朝著隊友大聲說：「嘿，剩下最後三十秒了，把你們的力氣全部擠出來啊！」

話一說完，李光耀加快速度，把所有隊友拋在身後。

楊信哲專心看著碼錶，二十六、二十七、二十八、二十九，「三十秒到！」

李明正用力吹哨，尖銳的嗶聲響起，「結束，休息五分鐘！」

光北籃球隊員像是獲得解脫一樣癱軟坐倒在地，這時劉晏媜在眾目睽睽之下拿著毛巾跟水跑進球場內，來到李光耀身邊。

一看到劉晏媜朝自己靠近，李光耀反而退了一步，「妳幹嘛？」

「拿水給你喝啊。」劉晏媜遞出手中的水。

「哦，謝謝。」李光耀接過水，打開瓶蓋想要喝的時候，看到劉晏媜伸手想幫自己擦汗，又退了一步，「妳又要幹嘛？」

「幫你擦汗啊。」劉晏媜理所當然地說道。

李光耀看到球場邊圍繞著這麼多人，如果劉晏媜真的幫自己擦汗，這傳出去就可怕了，而且謠言就是以訛傳訛，最後傳到謝娜耳裡都不知道變成什麼樣了。

「不用啦，等一下還要繼續練球，現在擦乾了之後還是會流汗。」

「說的也對，那你應該還沒吃早餐吧？我有帶一點高熱量的食物讓你補充營養，這邊有香蕉牛奶、巧克力，你要吃什麼？」

李光耀看著劉晏媜，接著目光掃過場邊正看著他們的人，最後又看向似乎在看好戲的隊友，本來想對隊友求救的李光耀，馬上放棄這個念頭，因為這些死沒天良的隊友不幫他還算是比較好的情況，最糟的就是在旁邊起鬨。

「可是籃球隊的其他人也都還沒吃，如果我先吃了這樣不公平。」李光耀最後想出了一個很好的說法，不過他實在太小看劉晏媜的能力。

「可是這杯香蕉牛奶是我特地早起幫你打的，巧克力也是特別為你帶來的，人家是看你練球很辛苦，所以才想說給你補充營養啊。」劉晏媜說的理直氣壯，而坐在旁邊休息喝水的隊友竟然也開始幫劉晏媜說話。

「沒關係啦，你就拿嘛，人家的愛心耶！」詹傑成用一種很詭異的眼神看著李光耀。

「對啊，人要懂得知足惜福感恩，有好東西給你還不要，真的是哦。」包大偉跟在詹傑成後面說話。

「唉，如果有一個女生在我練球累的時候送東西給我，這樣我一定會很開心。現在有人又是送水，又是擦汗，又有香蕉牛奶跟巧克力吃，竟然還不想要？天啊，這是什麼世界啊，還有沒有天理啊？」高偉柏故意把話說得很大聲，讓李光耀更感到困窘。

「竟然有人想要拒絕光北第一美女的心意，天啊，這人是瞎了嗎，真毅，你說是不是？」魏逸凡搭腔。

「如果是我，一定拒絕不了。」楊真毅跟魏逸凡一搭一唱。

身為女生的謝雅淑也在旁邊說：「李光耀，人家女生這樣為你早起用香蕉牛奶，又幫你買巧克力，你最好給我收下哦！」

王忠軍沒有說話，露出看好戲的表情。

更別提一看到劉晏媜的臉就會害羞低下頭的麥克，根本不用指望他會幫李光耀說話。

李光耀最後只能把希望寄託在李明正身上，誰知道當眼神交會的瞬間，李明正竟然低下頭，假裝與楊信哲在討論事情，放任自己唯一的兒子在水深火熱之中。

劉晏媜露出狡黠的眼神，「所以你到底是要香蕉牛奶還是巧克力？」

體會到人情冷暖的李光耀，不禁大嘆就連血濃於水的親生父親都棄我於不顧，這個世態真的太炎涼了。

「香……香蕉牛奶，謝謝。」

劉晏媜對李光耀露出一個大大的笑容，「好，你等我一下。」

劉晏媜跑到場外，從自己的書包中拿出一瓶保溫瓶，對李光耀說：「裡面就是香蕉牛奶，喝完記得還我唷，我先回去教室，早自習有考試。」

話一說完，劉晏媜送給李光耀一個飛吻，拿起書包，昂起美麗的俏臉。準備離開時，劉晏媜眼角餘光瞄到一個有頭深棕色長髮的女生，對她露出得意的眼神，這才大步離開。

★

結束早晨練習，李光耀拖著沉重的身體與麥克、王忠軍一起回到教室。

他看見自己的桌上擺著三份早餐，卻沒有半點食欲，便把其中兩份分給王忠軍與麥克，最後看著帶回來的保溫瓶，嘆了一口氣，「麥克，香蕉牛奶給你喝。」

麥克連忙搖頭，「不要啦，那是劉晏媜要給你的，如果被她知道你拿給我喝，她會很傷心的。」

「你不說，我不說，她怎麼會知道我拿給你喝。」

麥克指指前面，李光耀往前一看，才發現一年五班的男同學正用凶狠的目光看著他，眼神似乎在說，光北女神親自為你準備的香蕉牛奶你竟然敢嫌棄，根本是在汙辱我們這些只能遠遠看著女神而無法接近的人，你最好給我喝，否則你就死定了！

李光耀一臉無奈，「我喝，我喝總行了吧！」

李光耀在座位上坐下，打開保溫瓶的瓶蓋，一口氣把冰冰涼涼的香蕉牛奶喝得一乾二淨，喝完之後他才想到一個問題。

這是劉晏媜的保溫瓶，所以他還要拿去還給她。

李光耀心想，這女人真的滿厲害的，竟然用這種方式讓自己過去找她。

李光耀非常煩惱這件事，當他終於下定決心走出教室門口時，上課鐘響了，李光耀不得不轉身回到教室。當老師從前門走進教室的時候，他心裡的煩躁幾乎到達頂點。

全光北高中公認催眠功力最深厚的歷史老師戴著金框的老花眼鏡，慢慢地走到講台，用平調而死氣沉沉的聲音說：「來，翻到課本第五十四頁……」

李光耀每次上歷史課就會做一件事情，那就是睡覺，因為基本上老師的上課方式就只是把課本裡面的內容照本宣科地說一遍而已。

李光耀並不是對歷史沒有興趣，只是老師講課的方式還有說話的語調實在太催眠了，才過了十分鐘，李光耀就覺得眼皮越來越重，課本上的字全部都浮了起來，眼前一片朦朧。

「醒醒。」麥可試著搖醒李光耀。李光耀努力睜開雙眼，輕咳一聲，「我沒睡著。」

麥克說：「已經下課了啦。」

聽到這句話，李光耀瞬間醒過來，「下課了，所以我剛剛睡著了？」

麥克點點頭，小小聲地說：「你每一次上歷史課都會睡著啊。」

李光耀興奮地站起來就要往教室外面跑，畢竟謠言傳播速度快的嚇人，加上最近劉晏媜的舉動非常大膽且主動，可能過個一兩天整個光北就會有他跟劉晏媜在一起的謠言。

李光耀完全不在乎這些事，可是如果謠言傳到謝娜耳裡，那就會讓他很頭痛了。所以李光耀打算親自對謝娜解釋，因為他心裡面只有謝娜一個人。

不過當李光耀正要走出教室門口時，卻有人大聲叫住他，「李光耀，你這個混蛋！」

李光耀驚訝地看著從樓梯大步跑上來的人，這個人他有印象，昨天才見過。

李光耀心裡無奈地大喊，天啊，你這個全校第一名，又要幹嘛？

高三學長用力一蹬，一次跳過五個台階，跑到李光耀面前憤怒地抓著李光耀的衣領，大聲嘶吼：「你這個混蛋，你是什麼意思！？」

李光耀嘆了一口氣，「有話好好說，可以請你先把手拿開嗎？」

高三學長的手揪得更緊，「你先說你是什麼意思！」

這時候，周圍的人紛紛停下腳步，圍著李光耀與高三學長交頭接耳。

「我連你為什麼要過來找我都不知道，你是要我說什麼？」李光耀無奈地說，他的心已經跑到一年七班去，偏偏身體卻無法動彈。

高三學長的臉色因為憤怒而脹紅，「少在那裡裝傻，我叫你離她遠一點，你現在是怎樣，你以為我不敢打你是不是？」

李光耀舉起雙手，「暴力不是一種良好的溝通方式。」

高三學長冷笑一聲，「現在是怎樣，搞得自己好像很清高，骨子裡根本就是一個混蛋。」

「學長，我知道你很喜歡劉晏媜，但是你們之間的事情請不要牽扯到我身上來，我有一件很重要的事要去處理，可以請你先把手拿開嗎？」

高三學長仍然緊緊抓著李光耀不放，「你這個打籃球的不要太囂張，什麼叫我跟她的事情，如果沒有你，她還會繼續留在我身邊，就是因為有你的存在，她才會離開我！」

李光耀感到十分無奈，「別把錯都怪在別人身上，就算沒有我的存在，她一樣會離開你。」

李光耀這句話挑斷高三學長的理智線，讓他像是一隻野獸般大吼：「你說什麼？」

「你心裡應該也很清楚，劉晏媜根本不是因為我才離開你，你只是不肯接受這個事實，所以把錯推到我身上，讓你自己好過一點。」李光耀手一推，把高三學長緊抓的手推開。

「全校第一名，認清現實吧！她已經離開你了，像個男人，抬起頭來繼續往前走，如果劉晏媜看到你這個模樣，她就會回到你身邊嗎，你自己好好想想吧！」

高三學長愣了一下，因為李光耀說的每一字每一句都像是大槌一樣重擊他的內心。

看著高三學長臉上挫敗的表情，李光耀突然覺得有點於心不忍，心想剛剛的話是不是說的太重了，正想出言安慰時，高三學長雙手突然抓著李光耀的衣領，用力把李光耀推到牆壁上，眼眶泛紅，大聲嘶吼：「你懂什麼，你懂什麼！？我那麼喜歡她，我對她那麼好，我到底哪裡比你差？你只是比較會打籃球而已，根本沒什麼了不起，我可是連續三年每個學期都是全校第一名的人，你呢，你算什麼，你根本配不上她！為什麼她會喜歡上你，為什麼！？」

李光耀用無限同情的眼神看著痛哭出聲的學長，搖搖頭，「你真是可憐。」

高三學長瞪著李光耀，似乎想用眼神殺死他，「你說誰可憐！」

「你啊，可憐蟲。」李光耀吐出舌頭，做了個鬼臉，而後霸氣衝天地說：「連續三年全校第一名有什麼了不起，只不過是在光北而已，你是全台灣第一名嗎？我可是全台灣最強的高中籃球員，少拿這個跟我比！

「你要拿劉晏媜當作你生活的慰藉我管不著，但少把她離開你這件事牽扯到我身上，你現在最該做的不是把錯推給別人，而是想想為什麼劉晏媜會離開你，像你這種不知道自己的生活目標，整天只會把什麼連續幾年第一名掛在嘴上的人真的該醒醒了！全校第一名，然後呢，你接下來要幹什麼？不知道是吧，那你考第一名有什麼用，少拿第一名到處說嘴，我只是比較會打籃球而已沒錯，但是我有目標跟夢想，我要成為全世界最強的籃球員！」

李光耀掃視圍繞在周圍的人，大聲說：「還有，你給我張開耳朵，我現在跟你，還有你們說清楚。我知道最近大家一直在傳我跟劉晏媜怎麼樣怎麼樣，同樣的話我不會再說第二次，我李光耀只、喜、歡、光、北、高、中、一、年、七、班、的、謝、娜！」

李光耀在說謝娜兩個字的時候幾乎用盡了全身的力氣，聲音從樓上傳到樓下，每一個人都聽得清清楚楚。

李光耀看著嚇傻的高三學長，用力把他推開，「說真的，某些程度上我很佩服你。我知道連續三年都要成為全校第一名是一件很困難的事，但是然後呢，你的目標是什麼，世界很大，你不可能永遠都當高中生，如果你只滿足於全校第一名這個虛榮裡，那你一輩子都沒辦法跟我比，劉晏媜也一輩子都不會喜歡你！」

「你騙人、你騙人、你騙人！」高三學長雙手摀著耳朵，瘋狂地搖頭，想要把李光耀說的話從腦海中甩開。

「他說的是真的。」這時，劉晏媜的聲音從樓梯口傳來。

高三學長看著劉晏媜穿過重重人群走了過來，臉上帶著一種令他陌生的表情。

「我喜歡李光耀，不是因為李光耀很會打籃球，而是因為李光耀是李光耀，但是在你身上我卻看不到任何東西。」劉晏媜用冰冷的眼神看著高三學長，「拿下全校第一名這虛假的外衣，你就什麼都不是。」

高三學長拖著沉重的步伐，用奢求的語氣說：「不，妳騙我，告訴我妳是騙我的。」

劉晏媜堅定地看著高三學長，搖搖頭，「面對現實吧，我剛剛說的都是真的。」

「妳騙人！」高三學長瞬間崩潰，眼淚不斷流下，奮力推開人牆跑下樓。

這時，上課鐘聲響起，李光耀深怕劉晏婰又要使出如果不抱她就不走這招，心想不如假裝要去上廁所好了。

「別擔心，我只是過來拿保溫瓶而已，這一節是我們班導師的課，他很凶，我可不敢遲到太久。」劉晏婰看著李光耀慌張的表情，臉上出現笑容。

「哦，好。」李光耀連忙跑進教室，拿了保溫瓶還給劉晏婰，「我剛剛才喝完，還沒洗。」

劉晏婰搖搖頭，表示不介意，「好喝嗎？」

「很好喝。」李光耀衷心地說。

劉晏婰看著李光耀，緩緩地說：「你剛剛說的話我有聽到，可是我也要說，我是真的很喜歡你，你跟別的男生不一樣，如果要我什麼都不做就放棄的話，我辦不到。」

李光耀臉色尷尬，「嗯……」

劉晏婰輕輕捏了李光耀的臉一下，「我先回去上課了，記住，我喜歡你。」

「嗯……」李光耀摸著被劉晏婰輕捏的左邊臉頰，目送她走下樓，驀然欣賞起劉晏婰率性不做作的個性。

★

早上第四節，楊信哲利用空堂時間，正專心蒐集明天晚上的對手——松苑高中的資料。

才剛開始蒐集資料沒有多久，楊信哲就被松苑高中的數據嚇了一跳，「整場比賽三分線外出手四十次！？命中率還有五成，光是三分球就得了六十分，這也太誇張了吧！」

楊信哲埋首於松苑高中的數據之中，很快就注意到兩個人名，「胡哲名、胡哲維，光是這兩個人就包辦了全隊二十次三分線出手，合計投進十二顆三分球。光是靠三分球兩個人就得了三十六分。」

楊信哲看著松苑高中的數據，吞了吞口水，「看來今年乙級聯賽令人驚喜的球隊還真是多啊。」

楊信哲馬上把松苑的比賽下載下來，好險下午還有兩節空堂，可以好好把松苑的重點畫面一一剪下來。

在等待影片下載的時候，楊信哲喝了一口梅子可樂，這時沈佩宜手裡拿著一大疊厚重的考卷，從辦公室的前門走了進來。

楊信哲立刻站起來，伸出手想要幫沈佩宜拿考卷，但沈佩宜卻冷冷拒絕，「我自己可以。」

楊信哲訕訕地縮回手，「沈老師……」

沈佩宜完全不給楊信哲說話的機會，心想你最好給我閉嘴，語氣冰冷回道：「楊老師，我有點忙，沒有時間說話。」

楊信哲不是笨蛋，聽得出來這只是藉口，沈佩宜並沒有真的那麼忙，但還是決定乖乖坐回椅子上。

楊信哲這一兩天不斷試著對沈佩宜道歉，可是她卻一直故意躲著他，要不然就是像剛剛那樣找藉口不說話，讓楊信哲完全沒機會好好道歉，雖然他到現在還是不知道自己到底哪裡說錯話。

這時，松苑的比賽影片下載成功，楊信哲很快把注意力集中在影片上，暫時不去想沈佩宜的事。

「重攻輕守的一支球隊啊，嗯……」下午六點，教練辦公室內，李明正看著楊信哲剪好的影片，簡單下了句評語，「有趣。」

「三分線外的出手次數很可怕，重點是命中率很高。」吳定華說。

李明正輕輕地點了頭。

楊信哲翻開筆記本，指了指裡面的資料，對李明正說：「當中有兩個球員需要特別注意，胡哲名、胡哲維。」

吳定華皺眉，「雙胞胎？」

楊信哲點頭，「對，這場比賽兩個人同樣得了二十三分，同樣投進了六顆三分球，是松苑高中的雙箭頭。在這場比賽之前，他們兩人平均可以幫松苑得四十分。」

「他們特別喜歡在兩邊底角出手，命中率還高達六成。」李明正看著楊信哲畫的數據圖，搖了搖頭，「這真的有點誇張了。」

「真的，根本把三分球當兩分球在投。」吳定華說。

「定華，你誤會了，我說的誇張是指信哲畫的數據圖，簡直像是靠這行吃飯的專業人士做出來的東西，太厲害了。」

李明正的稱讚讓楊信哲感到飄飄然，「謝謝。」

吳定華看著李明正一派輕鬆的模樣，「怎麼了，看到松苑的弱點了？」

李明正搖頭失笑，「我才剛看到資料而已，怎麼可能這麼快就看到松苑的弱點，不過從松苑的數據看起來，很明顯他們是一支不擅長防守的球隊，而且就比分來判斷，他們的節奏一定打得很快，否則很難一場比賽兩支球隊都拿到破百的分數。」

楊信哲補充，「就數據顯示，他們利用三分線來彌補防守的不足，而且松苑高中從控球後衛到中鋒，每一個人都會投三分球。除了三分線的攻勢之外，松苑後衛的切入能力也不錯，之前有球隊把防守圈拉大想要鎖住松苑的外線炮火，卻被松苑的後衛不斷切入籃下造成破壞。」

李明正點頭，「這部分我也有想到，不過我相信松苑後衛的切入能力絕對比不上蔣思安，有了跟蔣思安這種超強切入能力球員交手過的經驗，我們的球員會更知道該怎麼防守敵隊的切入攻擊。」

李明正看到松苑籃板球的數據時，微微皺了一下眉頭，「因為外線夠準，所以看不出松苑的籃板球能力如何。」

楊信哲很快回應：「他們全隊最高的中鋒才一百九十公分，胡哲名、胡哲維兄弟則都是一百八十二公分。」

李明正滿意地點點頭，「這樣就很明確啦！」李明正把筆記本蓋起來，開始看楊信哲剪輯的影片。

「什麼很明確？」吳定華問。

「下一場比賽的戰術，往松苑的禁區裡打就對了，我們禁區有身高優勢，他們絕對守不住，而且籃板球也絕對是我們的天下。」

「嗯，這我也有想到，但防守呢？你要怎麼守住松苑的三分球？」吳定華再問。

李明正沉默一會，「每一個人都有三分線的投射能力，這真的很難防守，不過……」

「不過什麼？」

「不過我們有籃板球的優勢。」

吳定華無法聽懂李明正跳躍式的思維模式，楊信哲也是一臉疑惑的模樣。

「籃板球的優勢跟防守有什麼關係嗎？」

「關係可大囉，松苑三分球很準沒錯，但是他們也只是一群高中生而已，一旦發現搶不到籃板球，心裡一定會有每一波進攻都必須要把球投進，否則籃板球絕對搶不下來的壓力。

「這種壓力會讓出手的時候產生猶豫，一旦猶豫就一定投不進，投不進後接著搶不到籃板球，心裡的壓力更大。他們會不斷告訴自己『一定要投進、一定要投進』，除了面對我們的防守之外，心裡還要面對另一個對手，叫做惡魔的呢喃！」

第八章

光北高中，下午六點半。

太陽緩緩西沉，天空被染成讓人迷醉的酡紅色，映照在球員仍然有些稚嫩的臉龐上。

在前往球館的途中，小巴士內與往常一模一樣，每個球員都安安靜靜地坐在座位上，有些人閉眼休息，有些人看著窗外，整台巴士中只聽得見冷氣與引擎的轟轟聲響。

高偉柏一個人坐在靠窗的座位，看著窗外不斷往後退的景象，聽著他最愛的伍佰的經典歌曲。

昨天晚上球隊練習結束時，李明正說今天這場對松苑的比賽因為禁區有身高上的優勢，所以戰術跟前幾場比賽一樣，進攻炮火主要集中在內線。而接下來李明正說的話，高偉柏一句都沒有聽進去。

在上一場對抗立德的比賽之中，高偉柏對自己在第四節的表現非常不滿意，明明有幾次很好的得分機會他竟然都沒把握住。讓高偉柏最不能接受的是，當立德比分追上，李光耀換下包大偉上場之後，他竟然出現鬆一口氣的感覺，這代表他內心承認了李光耀比自己強，李光耀才是光北的王牌球員，這是自尊心非常高的高偉柏所不能接受的。

他可以接受輸，但是他不能接受自己認輸！

因此在這場比賽之前，高偉柏給自己訂了一個目標，很高的目標。他對自己發誓，如果今天沒有達到目標，將一個月都不能吃最愛的鹽酥雞！

經過半個小時的路程，小巴士抵達球館，在李明正與吳定華的帶領之下，球員們很快走進球館之中。

一進到籃球場，光北高中便聽見遠處傳來的拍球聲，代表松苑早一步抵達球場，已經在場上練習。

光北高中加快腳步到了比賽場地，而松苑高中球員的身高讓他們嚇了一跳，不算上丙級聯賽，松苑是他們遇過平均身高最矮的球隊，除了中鋒之外，似乎沒有人身高突破一百八十公分。

然而松苑高中的身高沒有讓光北高中大意，因為他們發現松苑投籃命中率高得嚇人，縱使現在是輕鬆的練習時間，但是那不斷傳來的唰聲，卻提醒他們松苑高中可怕的三分攻勢。

光北的球員並沒有因此被震懾，球員們反而神情興奮，稍微熱身之後就立刻跑上球場練習，萬分期待比賽的到來，迫不及待想要跟松苑交手。

這時苦瓜與蕭崇瑜也抵達球場，很快在二樓的觀眾席上找到了好位置，蕭崇瑜開始架設錄影機，苦瓜則是踮著腳看向正在賽前練習的光北與松苑高中。

架設好錄影機，蕭崇瑜拿出背包裡的單眼相機，開始補捉底下球員的身影。

「苦瓜哥，松苑高中的球員真的好矮。」

苦瓜淡淡地說：「只要能夠把球投進籃框裡，是高是矮根本不重要。」

蕭崇瑜點頭，贊同道：「松苑高中的外線好準，而且每一個人都在練習投外線，就連中鋒也是。」

苦瓜說：「你還記得上次光北跟立德比賽的時候，我跟你提過的三分球跟兩分球的事嗎？」

蕭崇瑜的記性很不錯，說：「我記得，苦瓜哥你說三分球的命中率只要高於三成三，就會比只投兩分球來的有優勢，還說儘管如此，你認為兩分球還是有它的好。」
「嗯，大概是這樣。」苦瓜說：「等一下注意看這場球賽，或許你會知道我為什麼會這麼認為。」
「是因為光北跟松苑兩邊戰術剛好就是主打兩分球跟三分球嗎？」
「不能這麼說，光北的戰術可以很多元化，只不過今天他們的對手是平均身高並不出色的松苑高中，我相信李明正一定會利用他們禁區的身高優勢不斷強打籃下。另一方面，松苑絕對會貫徹他們的三分線攻勢，所以這場球賽我們可以看到兩分球與三分球的對決。」
「我覺得光北隊比較有優勢。」蕭崇瑜這麼說。
苦瓜挑起眉頭，「哦，為什麼？」
「我也不知道該怎麼說，但是我覺得光北就好像是一塊海綿，總是能從每一場比賽吸收到東西，不斷地成長茁壯，這一場的光北，絕對比上一場的光北還要強，大概就是這樣子吧。」蕭崇瑜搔搔頭。
苦瓜深深看了蕭崇瑜一眼，淡淡地說：「所以你覺得這一場的光北比上一場的光北強，而松苑卻還是松苑，所以光北比松苑更有優勢？」
蕭崇瑜點頭，「我覺得是這樣。」
苦瓜微微點頭，「嗯。」
蕭崇瑜反問：「苦瓜哥，你應該也覺得這一場比賽光北占優勢吧？」
苦瓜輕輕哼了一聲，「當然。」
蕭崇瑜再問：「為什麼？」

苦瓜說：「因為光北是光北。」

正當蕭崇瑜思考苦瓜話語的涵義時，苦瓜抬抬下巴，「比賽要開始了，準備拍照。」

光北隊熱身不到十分鐘，裁判就對兩隊示意比賽即將開始，光北隊回到板凳區，先發球員脫下外套，放到椅子上，謝雅淑此時高舉右手，「隊呼！」

光北球員圍繞在謝雅淑身邊，把手放到謝雅淑的手上。

謝雅淑被包圍在中間，大喊：「光北！」

「加油！」

「光北、光北！」

「加油、加油！」

「光北、光北、光北！」

「捨、我、其、誰！」

隊呼一結束，裁判哨音響起，「兩邊球員上來！」

光北隊的先發球員抬頭挺胸，邁開大步走上場中，麥克走到中場的圓圈，看著松苑的中鋒，準備跳球。

裁判見兩邊球員站定位置，與紀錄台的負責人員點頭示意之後，哨音一響，將球高高拋起。

麥克與松苑高中的中鋒馬上跳起，而麥克輕鬆地替光北取得整場比賽的第一次球權，把球精準地拍向詹傑成，後者順利地接到球，場邊的謝雅淑大聲提醒道：「前場！」

詹傑成沒有思考，用力把球往前一送，而包大偉早已偷跑，接到球後輕鬆上籃。

比賽開始不到五秒鐘，光北先下一城，比數二比零。

球權轉換，松苑底線發球。光北的防守陣式讓蕭崇瑜發出一聲驚呼：「苦瓜哥，你有看到嗎？光北隊這一次竟然用人盯人防守！」

苦瓜看著場上，喃喃自語：「這還是我第一次看到光北使出人盯人防守，看來李明正很明顯地想要降低松苑的外線命中率。」

蕭崇瑜問：「人盯人防守比區域防守更好嗎？」

苦瓜點頭，「就松苑這種以外線投射為主要攻擊手段的球隊來說，用人盯人防守是比較適當的。」

蕭崇瑜不解地問：「為什麼？」

苦瓜說道：「不管什麼型態的區域防守，主要都是在阻止對手的切入，因為站位相對固定，所以就算外圍的後衛被突破，只要禁區球員的補防意識夠好，還是能夠有效減低對手切入的殺傷力，除非你面對的對手是蔣思安。

「而能夠讓區域防守露出破綻的就是精準的外線，像是松苑這種人人都可以投三分的球隊，只要透過球快速的傳導還有隊友之間的走位，就可以很輕易地打亂區域防守。可是現在光北擺出一對一盯人，只顧好自己對位防守的人，對於比較不擅長切入攻擊的松苑來說，反而是更有效的防守方式。」

「原來如此，可是我記得松苑的兩個後衛切入能力都不錯啊。」

「所以這就考驗詹傑成的防守功力，一對一盯防因為站位不固定，只要一有人被突破，隊友的補防會讓整體防守大亂，漏人漏得更誇張。」

苦瓜話一說完，松苑的得分後衛在試圖突破包大偉的防守失敗之後，把球傳給控球後衛，後者一個向右的試探步把詹傑成晃開，運球往左切，突破防守。

詹傑成一被擺脫，禁區的麥克、楊真毅、魏逸凡已經隨時準備好要補防，不過松苑不愧是以外線打敗去年季軍弘益的球隊，控球後衛突破詹傑成之後立即收球，跳投出手。

球劃過一道美妙的軌跡，清脆的唰聲隨即響起。

松苑控球後衛兩分球進，比數戰成平手，二比二。

詹傑成拍拍胸口，對隊友表示自己下一次不會這麼容易被突破防守，雙手放到胸前，做出了接球的手勢。

麥克撿起地上的球，底線發球給詹傑成。

詹傑成一接到球，大聲喊道：「打一波！」

詹傑成快步過半場，看到松苑擺出了二三區域聯防，還刻意縮小防守圈，顯然是要防堵他們的禁區攻擊。

雖然詹傑成想要馬上在三分線外出手還以顏色，但是相較起來，他更想看到松苑在發現不管怎麼做，都阻擋不了他們禁區攻勢時崩潰的模樣。

詹傑成把球交給上中的楊真毅，後者背框接到球，感受到身後的防守者，堅決地往右轉身切入籃下，一個運球之後拔起來，防守他的小前鋒立即撲上來。

楊真毅在空中把球傳給魏逸凡，魏逸凡一拿到球，運球往籃下頂，右手輕巧的小拋投，讓球越過大前鋒高高伸出的手。

球落在籃框前緣，輕輕跳了兩下後滾進籃框，魏逸凡小拋投得手，幫助光北要回領先，比數四比二。

光北很快回防，這時場邊的松苑高中總教練對場上大喊：「擋拆，打擋拆！」

松苑的總教練看到光北採取人盯人防守，腦筋動得非常快，想利用擋拆主動製造光北高中交換防守時的破綻。

控球後衛運球過半場之後，馬上執行總教練下達的指令，身穿一號的胡哲名上前幫控球後衛單擋掩護。

只不過在今天早上練球結束之後，李明正就有預料到松苑會利用擋拆製造得分機會，特別提醒球隊說道：「不管怎麼樣，不要交換防守，用你們的腳步黏在對手身邊，被過就被過，他們切入能力不強，我要他們切，也不讓他們投三分。」

因此控球後衛利用單擋掩護過了詹傑成的防守之後，楊真毅依然守著胡哲名，沒有往下沉退。

控球後衛本來想要等楊真毅追上來，就把球傳給胡哲名，讓他可以在防守較弱的詹傑成頭上出手三分球，但是光北卻不換防，控球後衛索性切入籃下，但就在他收球準備出手的瞬間，一個高大的黑影從旁邊撲了過來，嚇了他一跳，胡亂之間把球傳到外線。

被麥克影響，控球後衛的傳球太過匆促，角度跟力道沒有掌握好，球被魏逸凡抄走。

包大偉立刻往前衝，但是松苑回防很快，不再給包大偉偷跑快攻的機會。

魏逸凡於是放慢腳步，將球傳給詹傑成，讓他組織攻勢。

詹傑成運球過半場後，想要把球再次交給楊真毅，經過這幾場比賽下來，詹傑成發現楊真毅根本就是內線的控球後衛，只要把球交給他，他會很冷靜地判斷情勢來選擇投籃或傳球，失誤率非常低。

在光北隊內，楊真毅搶籃板球的能力比不上麥克，進攻能力也不如魏逸凡與高偉柏，卻無疑是最全面的內線球員。

楊真毅上中到罰球線，但是胡哲名跟上來，緊緊貼在身後，伸出左手擋在他身前，讓詹傑成不敢傳球。

楊真毅索性跑到三分線外，幫詹傑成單擋掩護。

兩人的眼神在空中交會，詹傑成利用楊真毅的掩護往左邊切。為了防止詹傑成切入禁區，胡哲名馬上站出來擋下詹傑成，楊真毅利用這個空檔，轉身往禁區空手切，胡哲名早就猜到楊真毅會這麼做，心想就算被裁判吹腳踢球違例也要把詹傑成的傳球擋下來。

但是胡哲名小看了詹傑成傳球的能力與創意，一個精準的地板傳球，從胡哲名的胯下之間穿過，楊真毅接到球，面前沒有任何人防守，帶一步跳投出手。

唰的一聲，球空心入網，比數六比二。

見到詹傑成的傳球，坐在板凳上的謝雅淑跳了起來，大喊：「詹傑成，傳得漂亮！」

另外一邊，儘管光北高中開賽攻勢非常順暢，但是松苑高中卻還老神在在，因為他們引以為傲的三分球，可以瞬間就把差距縮小。

控球後衛把球帶過半場，很快傳給右側三分線外的胡哲名，楊真毅帶著李明正賽前所說的放切不放投的態度，立刻貼上去。

胡哲名往上比了一個投籃假動作，發現楊真毅沒有被騙起來，正在思考是否要切入時，看到胡哲維跑到底角三分線，立刻將球傳出去。

胡哲維在底角一接到球，立刻拔起來出手，完全不看撲上來的魏逸凡，堅決地把球投出。

兩側底角，胡氏兄弟三分線最準的地方，擁有嚇人的六成命中率，光北高中很快就見識到了這可怕的準度。

唰的一聲，儘管魏逸凡防守只慢了不到半秒鐘的時間，胡哲維依然順利把球投進。

比數瞬間拉近，六比五。

觀眾席上的蕭崇瑜吁了一口氣，「這就是三分球的威力啊，太恐怖了。」

苦瓜說：「比賽才剛開始而已。」

場上，詹傑成運球過半場，而因為魏逸凡跟楊真毅在禁區拿下四分，讓松苑縮小防守圈，想要降低光北禁區的破壞力。

詹傑成一邊運球一邊觀察禁區內有沒有任何傳球機會，楊真毅與魏逸凡都被死死黏住，整個光北隊正等待詹傑成指揮跑位。

「別太小看我了！」詹傑成見沒辦法把球塞進禁區，突然在左邊側翼拔起來，跳投出手。

然而，詹傑成的跳投相當不穩定，球直直往籃框飛去，落在籃框後緣高高彈起。

詹傑成見到禁區都是松苑高中的人，心裡嘖了一聲，已經往後場退防，不過一道黑影在人群之中如火箭飛上，伸出黑色長手搶下進攻籃板，接著又高高跳起，將球直接放進籃框裡。

麥克充滿霸氣地拿下進攻籃板，幫光北再得兩分！

松苑身高上的劣勢在麥克這一顆進攻籃板下暴露無疑，不過關於這一點，松苑自己是最清楚的，所以他們才會用三分球來彌補先天上的不足。

控球後衛運球過半場後，胡氏兄弟兩人從禁區繞到兩邊底角，接著又順著三分線繞到弧頂，楊真毅與魏逸凡死死跟在他們後面，不讓他們有機會接球，但是胡氏兄弟跑到弧頂時，胡哲維幫胡哲名掩護，擋下了楊真毅。

胡哲名因此有了非常短暫的空檔機會，控球後衛立刻將球交到胡哲名手上，後者拿球就要投籃，這時楊真毅撲了上來，但胡哲名只是做個假動作，等楊真毅從自己身前飛過之後，穩穩地出手。

唰的一聲，胡哲名三分球出手命中，一口氣扳平比數，八比八。

★

第一節比賽，松苑高中三分球六投三中拿下九分，命中率高達五成，只不過相較於上一場比賽面對弘益投進二十顆三分球，平均一節投進五顆三分球的誇張表現，今天光北利用一對一的盯防成功限制松苑的三分球出手次數，雖然讓松苑兩名後衛幾次切入後上籃與中距離出手得分，但整體上來說，松苑沒有辦法在光北的人盯人防守之下打出擅長的三分攻勢，尤其是雙箭頭胡氏兄弟在第一節僅僅各投進一顆三分球，合計只拿到六分二籃板而已。

另一方面，光北的禁區攻勢則是讓松苑苦不堪言，雖然松苑已經把防守圈縮小想以此限制光北的內線球員，但是詹傑成總是可以找出方法把球塞進籃下，精妙的傳球讓松苑大感頭痛。縱使詹傑成無法順利將球傳到禁區，楊真毅也會跑出外線接球，利用中距離的投籃技巧得分，或者是吸引包夾之後將球傳給魏逸凡。

除了楊真毅與魏逸凡精彩的禁區攻勢之外，麥克單單在第一節個人就搶下了三個進攻籃板，而且馬上在籃下取分，單節三投三中，拿下六分外加六籃板一火鍋。

第一節比賽裡，除了包大偉的快攻兩分之外，其他的分數都是禁區球員拿到。比數二十比十六，光北暫時領先四分。

在第一節結束與第二節開始之間的兩分鐘休息時間，李明正宣布第二節的上場球員，「第二節，忠軍、光耀、偉柏上。大偉、傑成、麥克你們三個先休息。」

「是，教練。」

李明正利用短短的兩分鐘時間對球員下達指示，「剛剛你們防守做得不錯，第二節繼續人對人盯防，一樣放切不放投，不要給松苑投三分球的機會。」

「是。」

「光耀，等一下你控球，有機會就把球塞到禁區。」

「好。」

「真毅、偉柏、逸凡，松苑第二節對禁區的防守一定會更嚴密，所以我把忠軍放上場，你們要好好利用忠軍外線的牽制力！」

「是，教練。」

這時，裁判哨音響起，用手勢示意兩邊球員上場。

第二節比賽一開始，松苑除了中鋒之外的先發球員全部都在場下休息，在光北第一節可怕的禁區攻勢之後，松苑的總教練大膽地換上更矮小的陣容。

開節第一波球權，掌握在松苑手裡。

中鋒站在界外，從裁判手中接過球，傳給場上最矮的控球後衛。

松苑此時的控衛身高不到一百七十公分，比王忠軍還要矮，不過速度卻飛快，幾步就過了半場。

控球後衛比出手勢，其他四名隊友馬上動了起來，跑位的速度明顯比第一節更快，光北高大的陣容反而變成累贅。松苑的球員就像是老鼠一樣到處亂竄，把光北一對一盯防的陣式搞得一片混亂。

在混亂之中，小前鋒甩開了楊真毅，在左側三分線外接到球，立刻跳投出手。

球直直往籃框飛，在籃框裡快速彈了兩下後進了。

小前鋒三分球進，比數二十比十九。

高偉柏撿起球，右腳站出底線外，發球給李光耀，跑到前場時在李光耀身旁小聲地說道：「把球給我。」

李光耀訝異地看著高偉柏往前跑的背影，心想高偉柏今天鬥志很高昂啊！

李光耀把球帶過前場，思考該怎麼打這一波攻勢時，高偉柏上到罰球線，把中鋒卡在身後，對他高高舉起手，而大前鋒與小前鋒在場下見識到楊真毅與魏逸凡的能力，不敢冒然上前包夾高偉柏。

李光耀露出微笑，心想，企圖心這麼強烈啊，我喜歡，好，就把球給你！

高偉柏接到李光耀的傳球，以左腳為軸心轉身面對籃框，一個向右的試探步之後往左切，中鋒雖然沒有被晃開，不過高偉柏的第一步爆發力太快，身材又很厚實，中鋒直接被頂開，松苑大前鋒連忙補防，不過高偉柏絲毫不在意，收球奮力跳起，雙手把球拉到腦後，像是要把籃框扯掉般，使勁地把球往裡頭塞。

一道低沉的砰聲傳來，高偉柏灌籃得手，底線與邊線的裁判吹響哨音，同時舉起手，「松苑十九號，阻擋犯規，進球算，加罰一球！」

高偉柏鬆開雙手，落地後手臂肌肉繃緊，那蚯蚓般的青筋清晰可見，仰天大吼：「呀啊啊啊！」

高偉柏右手握拳，激動地往空中一揮。場邊的隊友也都跳起來，對他大喊：「高偉柏，好球！」

高偉柏很快走到罰球線，眼睛炯炯有神，充滿鬥志。

今天的高偉柏是一隻野獸，一次精彩的灌籃沒有辦法滿足他龐大的胃口。

裁判見到兩邊球員站定，地板傳球給高偉柏，「罰一球。」

高偉柏把握住進算加罰的機會，完成三分打，比數二十三比十九。

高偉柏很快回防，站在禁區裡面大喊：「防守！跟緊他們，不要讓他們投三分球，就算被他們過也無所謂，我會在禁區裡面幫你們補防！」

高偉柏渾身散發出火山般的氣勢，感染了場上的隊友，每一個人的防守動作越來越積極。

松苑的球員原本想繼續利用快速的跑位製造光北防守上的混亂，不過光北的防守適應的速度遠超過他們想像，在二十四秒進攻時間快結束之前，得分後衛才終於在左側三分線跑出空檔，持球的小前鋒立刻把球傳給得分後衛，讓得分後衛可以出手投籃。

但是得分後衛投球的瞬間，李光耀高高跳起，狠狠把球拍走，送給得分後衛一個大火鍋。

這時紀錄組鳴笛，裁判哨音響起，「二十四秒進攻違例，光北球！」

場邊的謝雅淑又跳了起來，對場上的隊友大吼：「好球，守得漂亮！」

高偉柏跑到場外把球撿回來，交給裁判，然後站到底線外，從裁判手中接過球後快傳給李光耀。

李光耀拿到球，看著高偉柏，不懂今天高偉柏吃了什麼藥，感覺跟平常不太一樣。

李光耀嘴角勾起一抹笑容，心想這種不一樣的高偉柏，感覺還不錯。

李光耀運球過半場，高偉柏再次來到罰球線，把中鋒卡在身後高舉右手要球。

雖然防守楊真毅的小前鋒已經準備好要包夾高偉柏，但是李光耀依然把球傳給高偉柏，因為他想要看看高偉柏有多少能耐。

高偉柏一接到球就面對中鋒與小前鋒的包夾，不過他保持冷靜，雙眼看向楊真毅，做出傳球假動作，逼包夾自己的小前鋒不得不回到楊真毅身邊防守，這時高偉柏轉身面向籃框，下球往右切，一個運球之後收球大轉身，直接擺脫中鋒的防守，左手輕柔地把球挑進籃框。

高偉柏禁區強攻再次得手，個人連得五分，比數二十五比十九，光北領先六分。

場邊，松苑總教練看到高偉柏這麼強壯的身材，動作卻如此敏捷，眉頭微微皺起，默想，想要守住他，可能不太容易。

球場上，松苑想要馬上還以顏色，但是光北隊在讓松苑第一波進攻得手之後，好像就抓到松苑的進攻節奏，不管松苑怎麼快速的移動跑位，光北總是可以即時防守，不讓松苑有輕易投三分球的機會。

而光北能夠阻止松苑的三分攻勢有一個很簡單的原因，那就是現在場上的松苑球員實在太執著投三分球，他們並沒有像是第一節的先發球員一樣，除了三分球之外，還頻頻利用切入上籃與中距離跳投取分。

在戰術僵化與跑位模式固定之下，雖然松苑的總教練想要利用矮小但速度快的陣容打亂光北的防守節奏，但是光北的防守能力還是讓他的盤算完全失敗。

光北再一次成功擋下松苑的攻勢，松苑小前鋒胡亂投出的三分球沒進，高偉柏搶下籃板球，接著把球傳給李光耀。

李光耀接過球，快步衝過半場，想把球再次交給高偉柏，不過松苑的控球後衛與得分後衛離高偉柏很近，很顯然對高偉柏有所防範。

於是，李光耀把球傳給被松苑忽略的王忠軍。

王忠軍在左側三分線外一步的地方接到球，拔起來出手。

說起三分球，在場所有人都一定會聯想到松苑高中；一說到松苑高中，所有人又一定會聯想到胡氏兄弟。但是卻沒有人想到，在兩邊球員之中三分球命中率最高的，並不是松苑的胡氏兄弟，而是光北的王忠軍。

而且王忠軍在左側三分線外的命中率，更是可怕的七成！

球劃過彩虹般的美妙弧線，王忠軍高舉投球的右手，雙眼閉上，準備享受那每每救贖他的天堂之音。

唰！

球空心入網，王忠軍的三分球幫助光北再度拉開比分，比數二十八比十九。

這時松苑高中的總教練臉上隱隱出現急躁之色，萌生叫暫停的念頭。

場上，松苑球員感受到光北高中的氣勢，心中開始出現慌亂的情緒，在這一波進攻之中，松苑的球員們依然按照教練的指示不斷跑位，在三分線外尋找得分機會，不過光北早已看穿松苑的意圖，讓松苑的努力白費，最後得分後衛竟然在三分線外兩步的地方，賭博式的出手投籃。

得分後衛出手力道明顯過大，球落在籃框後緣彈出，高偉柏把籃板球抓下來，眼神凶猛地瞪著想要抄球的得分後衛。

松苑的球員見沒有機會抄到球，很快往後場回防，高偉柏這才把球傳給李光耀。

李光耀運球過半場，思考這一波進攻是否要把球交給開節到現在還沒有表現的魏逸凡或楊真毅手上時，高偉柏從底線繞出來，眼神裡面燃燒著一團火燄。

李光耀看到高偉柏依然想要摧殘松苑的禁區，心中閃過「有何不可」的念頭，將球傳過去。

高偉柏在跑動中接到球，立刻下球往左邊切入，利用身材頂開中鋒的防守，在籃下雙手把球放進，個人再得分！

在高偉柏得分後，比分來到了兩位數的差距，三十比十九。

高偉柏三投三中，在第二節比賽一開始個人連拿七分主宰禁區，松苑的禁區防守對他來說宛若虛設。

松苑總教練此時按捺不下，大步來到紀錄台，焦躁地說道：「暫停！」

場邊的哨音響起，「松苑高中，請求暫停！」

雙方球員回到各自的休息區。光北五名球員回到場邊，李明正只簡單地說了幾句話：「等一下松苑應該會換上先發球員上場，你們剛剛的表現很好，待會就繼續這麼打，但是防守上要多注意，現在我們雖然領先十一分，可是絕對不能大意，松苑的三分炮火很凶猛，只要我們一不注意就會被追上。」

「是，教練！」

觀眾席上，苦瓜與蕭崇瑜談論起表現非常搶眼的高偉柏，「苦瓜哥，今天高偉柏的表現也太猛了，而且很強勢。」

苦瓜微微點頭，「確實如此，看得出來高偉柏今天企圖心很強。」

蕭崇瑜打趣地說：「會不會是他跟隊友有打賭今天要拿下幾分幾籃板，否則就要接受處罰，所以才會打得這麼賣力。」

苦瓜說：「高偉柏應該不是這麼無聊的人，如果你真的想知道的話，賽後採訪完李明正時你可以問他。」

本來苦瓜只是隨口說說，殊不知蕭崇瑜真的點頭說道：「這是個好主意！」

場上，暫停時間到，紀錄組鳴笛，裁判示意兩邊球員上場。

正如李明正所預料，松苑換上了全先發陣容，明顯想要靠著先發球員的能力一口氣拉近比分。

在第二節的後段，松苑多次想靠胡氏兄弟的三分球追分，而兩人也不負球隊的期望，聯手投進了四顆三分。

除了胡氏兄弟之外，松苑也發現王忠軍的防守能力並不強，控球後衛隨即針對王忠軍突破攻擊，一時間造成光北隊防守上的混亂，只不過松苑的先發球員除了胡氏兄弟之外，並沒有人能夠靠著光北隊的防守混亂順利拿到分數。

反觀光北，王忠軍多次被控球後衛突破，表情雖然沒有任何變化，但心高氣傲的他怎麼受得了？第二節十分鐘，王忠軍個人就投進了三顆三分球把分數討了回來，幾乎抵銷胡氏兄弟帶來的傷害。

除了王忠軍之外，光北表現最搶眼的莫過於高偉柏，一個人就把松苑的禁區打爆。儘管松苑的球員都已經上來包夾，高偉柏依然可以把球放進籃框裡。就算投球沒進，高偉柏也數次造成松苑禁區球員的犯規。為了防守高偉柏，松苑的中鋒一個人就揹了三次犯規，胡氏兄弟則是一人一次。

在第二節，高偉柏個人繳出十四分、七籃板、三助攻的可怕數據。

第二節比賽結束，光北打出一波二十九比十五的攻勢，把差距拉開到十八分，比數四十九比三十一。

蕭崇瑜看完第二節比賽，轉頭想對苦瓜說話，但苦瓜卻舉起手，「我去外面抽菸。」

苦瓜起身走出球場，前腳一踏出球館，嘴裡的菸就已經點燃了。

他深深吸了一口菸，看著眼前的十字路口，心想，今年乙級聯賽的黑馬球隊真不少。可是不管是擊敗去年亞軍，由蔣思安帶領的立德，或者是擊敗去年季軍，由胡氏兄弟率領的松苑，都擋不下光北高中。放眼整個乙級聯賽，對光北高中來說唯一稱得上對手的，只剩向陽高中了，向陽應該很快也會發現光北這支球隊，真想早點看到兩隊交手。

苦瓜壓抑不了心中的激動情緒，臉上露出期待的笑容。

苦瓜一回到觀眾席，蕭崇瑜馬上興奮地說：「苦瓜哥，我知道了。」

苦瓜微微皺起眉頭，問：「你知道什麼？」

「我知道你為什麼會覺得兩分球有它的優勢存在。」

「好，說來聽聽。」

「因為兩分球比三分球更穩定，而且更有機會造成對手的犯規，像剛剛的高偉柏，他強打禁區雖然有幾次沒進，可是都因為對手犯規站上罰球線，利用罰球得分。

「反觀松苑高中，因為把攻勢主要集中在三分線外，所以完全沒有獲得任何罰球機會，雖然王忠軍在防守上有賠上兩次犯規，但都不是出手時的犯規。除此之外，兩分球可以應用的戰術也比三分球多元，以兩分球為主體設計的戰術，絕對比三分線為主體設計的戰術來的更有威脅性。」

蕭崇瑜一口氣把話說完，等待苦瓜的稱讚，但是苦瓜這一次卻緩緩搖搖頭，「你前面說的沒錯，但是最後兩句就錯了。」

蕭崇瑜不解，「為什麼？」

「因為每一支球隊的球風不一樣，不能以這麼簡單的兩句話來區隔。兩分球有兩分球的優勢，就像你說的，兩分球是更靠近籃框的出手，所以命中率通常會比三分球高，而且更容易造成對手的犯規，但是三分球也有三分球的好，只要夠準，不論是追分或者拉開比分，三分球造成的影響絕對會讓你驚訝。」

聽到苦瓜這麼一說，蕭崇瑜疑惑頓解，「有道理，苦瓜哥你說的對。」

苦瓜淡淡地說：「現在的籃球趨勢越打越外面，其實也沒什麼不好，因為這代表大家發現了籃球新的可能性，今後的戰術會越來越多元，球賽也會越來越精彩，你不覺得這很有趣嗎？」

「什麼很有趣？」

「隨著時代的變化，籃球也跟著演化，就好像籃球是活生生的一樣，十年前的籃球跟十年後的籃球，絕對不一樣。」

蕭崇瑜臉上露出興奮的表情，「沒錯，我有這種感覺。」

苦瓜說：「現在大家越來越重視三分球，說不定在不遠的將來，我們可以看到稱霸籃球界的不再是以兩分球為主三分球為輔的球隊，而是反過來，三分球為主兩分球為輔的球隊。」

中場十五分鐘休息結束，兩隊易籃後走上場。

松苑第三節派上的球員為全先發陣容，值得一提的是，中鋒連續打了兩節比賽，在第三節一樣上場沒有休息。

光北第三節上場陣容則做了點調整，後場方面是詹傑成與包大偉的組合，內線是麥克、楊真毅、高偉柏。楊真毅是光北這一邊還沒有下場休息的人，不過相較於松苑的中鋒又要搶籃板球又要防守高偉柏，楊真毅體能上的消耗少了很多。

第三節比賽，第一波球權掌握在光北手裡，詹傑成接過包大偉的界外發球，運球過半場。

詹傑成腳一跨過中線，高偉柏就顯得蠢蠢欲動，不過詹傑成用手勢暗示他稍安勿躁，把球運到三分線外兩步的地方，傳給跑到左側的楊真毅。

楊真毅雙腳站在左邊邊線，面對胡哲維的防守，運球往右切，切到禁區心臟地帶，硬靠在他身上，雙腳跳起準備上籃，但是中鋒抓準楊真毅起跳時機，右手舉高，想要送他一個大火鍋，殊不知楊真毅卻在這時小球傳給高偉柏。

高偉柏接到楊真毅的傳球，身邊完全沒有人防守，輕輕鬆鬆在籃下投籃得分。

光北開節率先得分，比數五十一比三十一，領先優勢擴大到二十分。

然而，就在光北高中，還有觀眾席上的苦瓜與蕭崇瑜認為比賽已經提前結束的時候，松苑高中的球員像是被打開了開關，在第三節下起了三分雨。

松苑的控球後衛加快球隊的進攻節奏，而在第三節，松苑高中也明顯增加單擋掩護次數，只要胡氏兄弟開始跑動，馬上會有一至兩名隊友幫忙掩護。

在下一波進攻，胡哲維就利用掩護擺脫楊真毅的防守，在右側底角三分線跑出空檔，三分跳投得手。光北高中二十分的領先優勢只保持不到二十秒的時間，比數五十一比三十四。

球權轉換，楊真毅拿起球站到底線外，發球給詹傑成。

詹傑成很快過半場，這一次詹傑成沒有傳球，面對控球後衛的防守，選擇切入突破，不過控球後衛的防守腳步比他想像的還出色，詹傑成在罰球線之前被擋了下來。就在詹傑成轉身準備運球到三分線外，控球後衛以為他要重新組織一波進攻時，詹傑成背對所有人，右手把球往後一勾。

球從控球後衛臉旁飛過，他往後一看，發現偷溜進底線開後門的包大偉接到這個傳球，輕鬆地上籃取分，比數五十三比三十四。

詹傑成傳出精彩的不看人傳球，在這個瞬間，松苑的控球後衛理解自己與詹傑成之間的天賦差距。

不過這不代表控球後衛認輸，他承認自己可能永遠都沒辦法像詹傑成一樣傳出那麼精彩的助攻，可是只要把球在適當的時機交給適當的人，一樣是一次助攻，一樣可以幫助球隊。

松苑這一波進攻，繼續利用多重掩護讓胡氏兄弟有空檔可以出手投籃，光北知道松苑現在全力幫助胡氏兄弟製造空檔，也拚了命地想要阻止胡氏兄弟出手，卻因此讓整體的防守出現漏洞。

胡氏兄弟不愧是帶領松苑擊敗去年季軍弘益的王牌球員，縱使面對十九分的落後依然保持冷靜。胡哲維接到球，面對詹傑成的補防，沒有勉強投籃，把球傳給弧頂無人防守的控球後衛。

控衛接到球，馬上跳投出手。

球落在籃框後緣高高彈起，但是最後竟然幸運彈進籃框裡，控球後衛三分球進，比數五十三比三十七。

觀眾席上的苦瓜輕哼一聲，「果然開始打球星戰術了。」

蕭崇瑜問：「苦瓜哥，什麼是球星戰術啊？」

苦瓜哥反問：「你還記得立德的戰術是什麼嗎？」

蕭崇瑜理所當然地說：「不就是靠蔣思安一個人狂轟猛切，或吸引包夾後傳給外圍的隊友嗎？」

苦瓜點頭，「這就是球星戰術。」

「苦瓜哥，你是說現在松苑打的是球星戰術？」

「當然是這樣，你沒有看到現在松苑全心全力想要替胡哲名跟胡哲維製造機會，在第一節的時候，松苑總教練還想利用團隊默契來打這場比賽，但是在第二節被高偉柏稱霸籃下一口氣拉開比分之後，第三節就馬上開始打球星戰術了，現在松苑高中的命脈已經完全掌握在胡氏兄弟手裡了。」

蕭崇瑜問：「打球星戰術不好嗎？」

「這沒有好不好的問題，當團隊打不出來的時候，就勢必要找突破的方式。所以松苑的總教練才希望利用胡氏兄弟的個人能力來追分，可是風險在於若是胡氏兄弟不能像他希望的那樣發揮出影響力，那麼松苑高中的氣勢就會崩盤，這一場比賽就幾乎沒有任何獲勝的機會。」

「就跟立德第四節尾端，除了蔣思安之外其他球員都已經喪失鬥志一樣嗎？」

苦瓜點頭，「沒錯。」

場上，在松苑的控球後衛投進三分球之後，高偉柏馬上還以顏色，在禁區內面對中鋒、大前鋒跟小前鋒的包夾，依然把球打板投進籃框裡，展現出無人可擋的霸氣。

比數五十五比三十七。

高偉柏投進後，松苑的控球後衛很快把球帶過半場，接著傳球給胡哲名，後者在距離右邊側翼還有一大步的地方，直接出手投籃。

楊真毅撲上去的時候已經來不及，球空心入網，大號三分球進，松苑縮小差距，比數五十五比四十。

第三節比賽開始接近兩分鐘，松苑連續投進了三顆三分球，氣勢整個衝起來，想要趁著手感火燙的時候一口氣拉近比分。

在這一波防守之中，松苑的禁區球員成功守下高偉柏的切入，送給高偉柏一個火鍋，而楊真毅撿到球，意識到二十四秒進攻時間快到，馬上在外線出手投籃，不過楊真毅最有自信的擦板也沒有投進。

松苑的中鋒拚了命想把籃板球搶下來，讓胡氏兄弟可以利用三分球來拉近比分，心想這場比賽才只是第三節而已，只要靠著三分球，我們絕對可以打出一場漂亮的逆轉勝。

卻有人拒絕讓中鋒搶到這顆籃板球——高偉柏。

高偉柏才被蓋了一個火鍋，心裡不甘心，硬是在中鋒頭上抓下籃板球，接著跳起來出手投籃，中鋒為了不讓高偉柏得分，出手想把高偉柏拉下來，但是高偉柏的肌力卻超乎他所預料，硬是把球擺進籃框。

「松苑二十九號，拉手犯規，進球算，加罰一球！」

高偉柏興奮地大吼一聲，場邊的謝雅淑也大喊：「高偉柏，進攻籃板搶得漂亮！」

高偉柏很快站到罰球線上，接到裁判的傳球，做了一次深呼吸之後穩穩地把球投進。

高偉柏三分打成功，幫助光北把比分拉開，比數五十八比四十。

然而，一旦被松苑找到三分線外的手感，要擋下他們的三分攻勢就不是一件簡單的事情，在這一波進攻當中，松苑的多重單擋掩護又破壞了光北的防守，胡哲維替得分後衛找到空檔的機會，馬上把球傳給他。

得分後衛在左側三分線接近邊線的地方接到球，心中沒有任何猶豫地跳投出手。

清脆的唰聲傳來，松苑連續投進四顆三分球，把比數拉回到十五分的差距，比數五十八比四十三。

不過光北禁區的攻勢也不遑多讓，楊真毅在上一波進攻中錯失一個空檔的外線跳投，在這一波攻勢當中立刻討回來，利用快速精湛的禁區腳步把松苑的防守耍得團團轉，接著輕巧地挑籃得手。

比數，六十比四十三。

松苑繼續讓光北見識到他們引以為傲的三分神射，胡哲名與胡哲維又各投進一顆三分球，在整個第三節總共投進七顆三分線，十投七中的超高命中率，一度把比分追近到十分。不過光北不慌不忙，不斷利用內線的優勢摧殘松苑的禁區。

尤其是高偉柏，在今天的比賽裡始終保持著十足的侵略性。而松苑的中鋒身背四次犯規，只要再一次犯規就必須下場休息，這樣松苑場上除了沒有人可以頂住高偉柏跟楊真毅之外，也將失去唯一可以跟光北的內線搶籃板球的禁區大個。所以松苑中鋒防守變得綁手綁腳，而這讓高偉柏更可以盡情肆虐松苑的禁區，單節高偉柏一個人連投帶罰拿下了十六分，靠著高偉柏的精彩表現，在第三節結束時光北始終沒有讓松苑把比分追近到個位數的差距。

比數，七十三比五十九。

雖然第四節一開始就要面對十四分的落後，可是松苑高中沒有任何人放棄這一場比賽。十四分的差距感覺起來似乎很多，但是只要投進五顆三分球，就可以一口氣壓過比分，逆轉球賽。

在前幾場比賽中，松苑高中也有過在第四節還是處於落後的不利情況下，靠著最後三分鐘的三分線攻勢爆發，一舉逆轉比賽，取得比賽的勝利。

松苑深信今天這場比賽最終的勝利也將是屬於他們的。

松苑展現追分的企圖心，第四節上場球員維持不變，反觀光北則是每一節都做出陣容上的調整。光北第四節上場球員，後場的搭配是李光耀與王忠軍，內線則是麥克、魏逸凡、高偉柏。

第四節第一波球權掌握在松苑手中，松苑立刻投進一顆三分球，把比分拉近，七十三比六十二。然而在下一波光北的進攻當中，他們逆轉比賽的希望瞬間粉碎了。

被身穿二十四號的球員粉碎。

在第四節比賽開始之前，李明正只對球員說了一句話：「把松苑的中鋒打下場。」

不用李明正多做解釋，光北的球員明白只要松苑中鋒犯滿畢業，那麼他們在禁區將擁有巨大優勢，也代表比賽的勝利已經有一半落入他們的口袋之中。

李光耀接過王忠軍的底線發球，運球過了半場，刻意放慢節奏。

現在光北擁有十一分的領先優勢，所以可以盡情地放慢步調，該著急的是松苑，而不是光北。

李光耀在進攻時間剩下十二秒的時候，舉起右手在空中一揮，隊友看到李光耀這個手勢，馬上往兩邊散開。

李光耀加快運球節奏，大步來到三分線之前，面對控球後衛的防守，身體壓低往右切，瞬間突破控球後衛的防守，面對空無一人的禁區，收球，腳步跨大，整個人高高飛起，這時中鋒與胡哲維衝過來想要阻止李光耀，李光耀把球高高拋起，三個人身體在空中碰撞，李光耀整個人被撞倒在地，同時間哨音響起，球也空心入網。

「松苑二十九號，阻擋犯規，進球算，加罰一球！」

這時紀錄台鳴笛，表示中鋒已經犯滿畢業，必須下場。

比賽，也就在這一刻結束了。

當比賽結束的哨聲響起，松苑球員難掩失望，全都低垂著頭。

比數九十比七十一，光北以十九分的差距大獲全勝。

在中鋒被李光耀打下場之後，松苑的總教練派出板凳上身高最高的替補球員上場，但是這名替補球員身高也才一百八十三公分，而且還是一個高一新生，根本扛不住光北的禁區。

在第四節，光北高中利用身高優勢搶了七個進攻籃板，連連在第二波攻勢取分，失去先發中鋒的松苑高中，根本抵擋不了光北的攻勢，禁區完全處於被霸凌的狀態。

少了中鋒，沒有籃板球的支援，松苑高中的球員變得不太敢在三分線外出手，心理壓力把命中率沒那麼高的控球後衛與得分後衛壓垮，唯一能夠頂住壓力並且得分的僅有胡氏兄弟，因此場上松苑的球員也更加倚賴他們，這也讓光北的防守變得更輕鬆簡單。

胡氏兄弟兩人頑強抵抗直到最後一秒，儘管光北早已拉開比分，但是胡氏兄弟拒絕放棄，在比賽結束的哨聲響起之前仍舊努力地想要追近比分，無奈光北對他們加重看防，就算吸引包夾把球傳出去，其他三名隊友也沒有辦法把握空檔的機會。

胡氏兄弟只能抱著遺憾與失望，坐在板凳席上不發一語。

比賽結束後沒多久，苦瓜與蕭崇瑜就已經來到籃球場上，各自找上了松苑高中的總教練與李明正。

「周總教練你好，我是《籃球時刻》雜誌社的編輯。」苦瓜遞出名片，「想請問周總教練你願不願意接受採訪。」

周總教練微微點頭，「可以。」

「在上一場的得分大戰中，松苑在最後一分鐘連續投進兩顆三分球，逆轉了原本落後一分的局面。可是在這一場比賽之中，松苑卻沒能成功打出擅長的三分線攻勢。除了胡哲名與胡哲維之外，其他球員的表現與上一場落差非常大，請問周總教練認為這是今天輸球的主因嗎？」

周總教練毫不猶豫地搖頭，「當然不是。」

周總教練輕咳一聲，說道：「我們籃板球搶不下來。雖然我不知道確切的差距，但我想光北在這場比賽應該比我們多搶了兩倍到三倍的籃板球，光是第二波進攻就把我們的球員打得鬥志全消。」

「所以周總教練認為籃板球是松苑與光北之間差距最大的地方，也是今天輸球的最大因素？」

周總教練繃緊了臉，最後嘆了一口氣，「籃板球是原因之一，另外還有光北的防守，他們很清楚我們的戰術，比賽一開始就展現出擋住我們三分炮火的企圖心，反觀我們明明知道光北的禁區有可怕的破壞力，卻沒能想出方法阻止光北。

「輸球的主因不是籃板球，兩隊本身的實力就有差距，光北明顯是一支比我們成熟的球隊，而我身為總教練並沒有盡到職責，想出對付光北的戰術拉近彼此實力的差距。」

感受到周總教練哀傷的情緒，苦瓜於心不忍，提早結束這場採訪，「好，謝謝周總教練。」

「謝謝。」

苦瓜採訪結束之後，轉頭看向蕭崇瑜。蕭崇瑜還沒有結束採訪，正和李明正有說有笑，也不知道說的是不是跟採訪有關的事情。

過了大約五分鐘後，蕭崇瑜才結束採訪，快步走向苦瓜。

「苦瓜哥，今天李明正心情不錯，剛剛還說了一個笑話給我聽。」說話時，蕭崇瑜把手機遞給苦瓜。

「哦？平常就算贏球李明正臉上也很少露出笑容，今天這樣還真是罕見，是因為光北隊打進八強嗎？」

蕭崇瑜說：「苦瓜哥真聰明，確實就是這麼一回事。而且光北接下來的賽程除了向陽之外根本沒有可以威脅他們的對手，所以李明正才會難得這麼放鬆。」

「這麼說來，李明正已經把目標放在冠亞軍賽了。」

蕭崇瑜搖搖手指，「我覺得李明正老早就把目標放在冠亞軍賽了，這幾場比賽或許只是讓光北球員磨練的過程而已。」

苦瓜微微點頭表示贊同，同時打開蕭崇瑜手機裡的錄音檔，放到耳朵旁邊專心聆聽。

「李教練，恭喜光北隊順利打進八強……」

李明正打斷道：「不錯不錯，有做功課，知道我們贏這場比賽之後就進八強。」

「在這場比賽當中光北利用一對一盯人防守，成功限制松苑三分線外的出手次數，而且也降低松苑的投籃命中率……」

蕭崇瑜話還沒說完，李明正再次打斷，「是的，因為松苑的球員切入能力很弱，所以用一對一盯人防守我認為是最恰當的方式。」

「接下來……」

「接下來就是做好跟向陽高中比賽的準備了。」

錄音到此結束，苦瓜不解地問：「你剛剛不是跟李明正講很久嗎？」

蕭崇瑜說：「是啊，可是大部分跟籃球沒什麼關係。」

「那李明正剛剛跟你都在說什麼？」

「他在說黃色笑話。」

「……」

光北球員個人表現：

高偉柏，三十分，二十投十二中，罰球九罰六中，十二籃板，五助攻，一火鍋。

李麥克，十分，五投五中，二十二籃板，零助攻，二火鍋，一抄截。

魏逸凡，十六分，十投七中，罰球三罰二中，八籃板，三助攻，一抄截。

楊真毅，十分，八投五中，七籃板，八助攻，二抄截。

李光耀，六分，五投三中，四籃板，四助攻，一火鍋，一抄截。

包大偉，四分，三投二中，二籃板，一助攻，二抄截。

詹傑成，兩分，二投一中，三籃板，十一助攻。

王忠軍，十二分，三分球六投四中，零籃板，零助攻。

★

比賽完的隔天是星期六，李明正在回程的路上對球員宣布明天放假，讓大家好好休息。

「不過如果大家要出門玩，一定要……」李明正掃視眾球員，正當球員們以為李明正又要說注意安全那一套，李明正卻說：「一定要盡情地玩，盡情地放鬆，把自己暫時抽離籃球的世界，懂嗎？」

球員們臉上浮現出笑容，「是，教練！」

星期六這天，所有的光北球員都用自己的方式去放鬆，暫時拋下籃球。

早上八點，包大偉手中拿著裝滿畫筆與顏料的工具箱，小心翼翼地放進後背包中，離開房間，走下樓。

「我準備好了。」包大偉對坐在他家客廳沙發，正看著電視的詹傑成說。

詹傑成關掉電視，起身，「吃過早餐了嗎？」

包大偉搖搖頭，「還沒。」

「那我們先去吃早餐吧。」

兩人騎著腳踏車，在包大偉帶路之下，到巷口的早餐店吃豆漿油條。

詹傑成看著眼前這一家小店，招牌破破爛爛的，店內裝潢陳舊，是他第一眼看了就不會想進去的店。不過這樣的一家店，在星期六的早晨，卻有一堆人在排隊。

「這家我從小吃到現在，味道從沒變過，你等一下喝喝看豆漿，絕對會顛覆你對豆漿的想像。」

詹傑成對包大偉的話半信半疑，不過還是點了冰豆漿喝。才吸第一口，詹傑成眼睛瞪大，不敢置信地看著包大偉。

包大偉發現詹傑成的反應，笑說：「怎麼樣，跟你之前喝的都不一樣吧。喝過這家的豆漿之後，你就不想喝別家的了。」

詹傑成點點頭，「天啊，這也太好喝了吧。」

「不只豆漿，他們的燒餅也很好吃，放心，該點的我都點了，你就等著吃吧。」包大偉信心滿滿地說。

詹傑成品嘗了燒餅油條，果真露出無法置信的表情。

飽餐一頓後詹傑成與包大偉一起騎上腳踏車，這一次輪到詹傑成帶路，兩人花了二十分鐘的時間，騎到了一方小池塘邊。

詹傑成驕傲地對包大偉說：「這個地方還不錯吧。」

包大偉看著位於山邊的小池塘，蟲鳴鳥叫不斷傳來，四周都是田地，綠意盎然。不禁滿意地點頭，深深吸了一口氣，「這地方真棒。」

詹傑成驕傲地說：「當然，這可是我的祕密基地。」

他們將腳踏車停在池塘邊，詹傑成把背上的釣竿拿出來，開始安裝釣具，而包大偉則是把畫筆跟顏料準備好。

兩個好朋友，一個輕輕把釣線甩出，享受釣魚的寧靜，一個則是架好畫架，開始將眼前的風景留在畫布上。

池塘邊，詹傑成與包大偉沒有交談，在大自然的陪伴下，把課業跟籃球放到一邊，讓身心都沉浸在放鬆的狀態之中。

同一個時間，魏逸凡、楊真毅、高偉柏三人走進百貨公司，搭電梯來到頂樓的電影院，決定好要看的電影，買了票之後，享受了一場兩個半小時的視覺饗宴。

看完電影，三個大男孩馬不停蹄地到百貨公司樓下的麻辣火鍋店用餐，恐怖的食量還嚇壞了服務生。

吃飽喝足後，他們一邊坐著休息等食物消化，一邊討論待會的行程。高偉柏提到想要買一些衣服，結帳後三人便決定到附近的商圈逛逛。

離開百貨公司，外頭可怕的陽光讓他們馬上躲進騎樓，走著走著，高偉柏看上了一間時尚潮流服飾店。

「那就進去看看吧。」魏逸凡一馬當先。當自動門打開的瞬間，傳來的冷氣讓三個大男孩加快步伐走進店內。

看著兩旁的衣服褲子，高偉柏感到眼花撩亂，不知道該從何下手。魏逸凡快速地替高偉柏挑選幾件衣服跟褲子，便要高偉柏進去試穿。

「這件搭這件，那件搭那件，可別搭錯了。」魏逸凡說。

高偉柏先試穿了第一套，從試衣間出來看向鏡子裡的自己，不敢置信地對魏逸凡說：「你好強。」

魏逸凡問：「喜歡嗎？」

高偉柏點點頭，「很喜歡。」

「剛剛的全部穿出來看看。」

高偉柏於是在試衣間裡進進出出，每次出來造型都不太一樣，但是每一次的造型卻都可以突顯出高偉柏陽剛的氣息與高䠷的身型，配合上顏色深淺的簡單搭配，展現出男人俐落的一面。

高偉柏不由得問：「你怎麼這麼會啊？」

魏逸凡說：「只要你的興趣是看潮流雜誌，你也可以。」

楊真毅看了高偉柏的帥樣也有點蠢蠢欲動，叫魏逸凡替他挑幾件進去試穿，魏逸凡也幫自己選了幾件褲子。

服飾店的女店員看到三個身高超過一百八十公分，散發陽光氣息，身材如同模特兒般完美的大男孩不斷換衣服，雖然外表看似平靜，心裡卻樂開了花，尤其三個大男孩在不經意間露出的腹肌，讓女店員更是開心。在一個人顧店，滑手機滑到恍神的時候，這三個大男孩把她從無聊的深淵中拉了出來。

三人在這間潮流店內待了將近一個小時，走出潮流店時，手上各自都提著袋子。

高偉柏拍拍魏逸凡的肩膀，「謝了。」

魏逸凡帥氣地眨眼道：「小意思。」

鈴鈴鈴、鈴鈴鈴鈴……，早上六點鐘，王忠軍床頭的鬧鐘響起，他嘴裡含著牙刷，走回房間按掉鬧鐘。俐落地梳洗完畢之後，他跟媽媽借了菜籃，到家裡附近的菜市場買菜。

七點半，王忠軍提著買回來的菜走進廚房，對媽媽說今天的午餐他來煮，之後就進了廚房。

王忠軍從菜籃中拿出買回來的食材，準備做咖哩飯。他先把兩顆洋蔥切丁，丟一塊奶油下去炒，把洋蔥炒軟後盛起來放到旁邊，再將番薯、南瓜去皮，切小塊備用。

接著他把買來的一大塊豬五花肉直接丟進裝好的一鍋冷水裡，開小火加熱。過了五分鐘，他用湯匙細心地撈起浮在上面的肉渣，一直到肉渣不再冒出，才把整塊豬五花肉拿出來，倒掉充滿肉腥味的水並重新裝了一鍋，開大火，待水滾後丟幾塊咖哩塊下去。

台製的咖哩塊不分廠牌，味道其實都差不多，王忠軍決定要加一些創意，做出不一樣的咖哩料理。

等到咖哩塊融化，清澈的水變成濃稠的咖哩之後，王忠軍放進炒好的洋蔥、番薯、南瓜，並按照比例將牛奶、奶油、起司下到咖哩之中。無聊的咖哩塊在他的創意下，多出了一股溫和的奶香味，等番薯與南瓜的甜味融入，口感一定會更完美。王忠軍用大湯匙拌了拌，試了試味道後滿意地點點頭。

王忠軍見咖哩再次滾起來，便將整塊豬五花肉直接放到咖哩之中，蓋上鍋蓋小火燉煮。在等待的期間，王忠軍不時把鍋蓋拿起來，用湯匙輕輕拌攪，防止有食物沉到鍋底而燒焦，同時洗米煮飯。

整個上午，王忠軍在廚房裡忙進忙出，雖然是第一次這麼煮咖哩飯，可是他深信這鍋特製咖哩一定會讓大家滿意。

飯煮好時，王忠軍見時間也差不多，將鍋裡燉煮好的整塊豬五花肉撈出來，用菜刀從中間切下。軟嫩無比的豬五花肉輕而易舉地被切開，剖面還不斷流出香噴噴又誘人的肉汁。王忠軍不想浪費肉汁，把豬五花肉放到盤子上切，五花肉切成小塊，連著肉汁再一起倒回咖哩之中，關火，最後再淋上優格，便大功告成。

咖哩塊的鹹味，番薯、南瓜、洋蔥的鮮甜味，牛奶、奶油、起司的奶香味，豬五花的肉香味之外，加上了優格的一絲酸味，讓整鍋咖哩的口感層次豐富而鮮明。

王忠軍拿出盤子，盛飯淋上咖哩，一一放到飯桌上，弟弟妹妹們整個早上不斷聞到廚房飄來的香味，早就餓得受不了，迅速就座後拿著湯匙馬上把飯連同咖哩送進嘴裡。

「好好吃唷！」

「哥哥好厲害，這比餐廳煮的咖哩飯還好吃！」

「天啊，超棒的！」

聽著弟弟妹妹的稱讚，看著他們開心的臉龐，雖然王忠軍累了一整個上午，自己也很餓，可是心裡面的成就感跟滿足感完全填飽了他的心。

「慢慢吃，不用急，我煮了很多。」

謝雅淑在昨晚睡前把房間的窗簾全部拉上，因此雖然現在是早上七點，太陽已經照耀整片大地，她的房間卻依然幽暗。

不過謝雅淑此刻並沒有躺在床上呼呼大睡，而是坐在電腦桌前，手裡拿著衛生紙，眼眶泛紅，用力地擤鼻涕，對著電腦螢幕大罵：「你是白痴嗎？你為什麼不對她說你愛她，你這個俗辣！」

罵完男主角之後，謝雅淑轉而罵女主角，「妳是智障嗎？哪有男生會一直無條件對女生這麼好，如果他不愛妳，怎麼可能總是一直陪妳，男女生之間是沒有純友誼這回事的啦！」

今天對謝雅淑來說是一個非常特別的日子，因為對謝雅淑這個偶像劇狂熱分子來說，她國中看日劇，現在高中看韓劇，就是沒有看過任何一部台灣本土製作的偶像劇。

理由很簡單，因為她覺得台灣做的偶像劇品質實在太差，又有很多是直接翻拍日本的偶像劇，根本沒有看的價值，雖然之前有一部《我可能不會愛你》的台灣偶像劇很紅，同學們也都在討論，可是謝雅淑還是沒有任何興趣。

不過這個偏見在今天徹底瓦解。昨天晚上謝雅淑回到家後就開始看偶像劇，但是她想看的日韓偶像劇清單都被她看完了，她又不想追還沒有演完的偶像劇，等待更新的日子實在太難熬了，於是她靈光一閃，抱著姑且一試的心態開始看《我可能不會愛你》。

結果看了一發不可收拾，謝雅淑從午夜看到凌晨三點，本想睡到中午起床之後繼續看，但是生理時鐘卻讓謝雅淑在六點半就起床，於是謝雅淑頭髮沒有整理，牙沒有刷，臉沒有洗，坐在電腦桌前繼續看。

謝雅淑一路看到中午，把《我可能不會愛你》全劇看完之後，因為沒有睡飽，吃了一包餅乾之後又躺回床上睡覺。

再醒來已經是下午兩點半，謝雅淑打了一個大哈欠，肚子咕嚕咕嚕叫。她走到樓下廚房，從櫃子中拿出一包泡麵、一包科學麵、兩顆蛋、一把青菜，水滾後，一股腦把所有東西全丟進鍋子裡，三分鐘，起鍋。

謝雅淑花了十分鐘的時間把泡麵吃得一乾二淨，拍拍肚皮，「嗯，看完偶像劇，等等來看個電影吧！」

早上六點，麥克起床，在難得悠閒的星期六，麥克把步調放慢，在家跟李雲翔吃完早餐之後，父子兩人出門散步一個小時，之後回家一起做家事。

家事做完，早上九點，李雲翔問：「麥克，中午想吃什麼，爸爸煮給你吃。」

「我想要吃麵，爸爸你上次煮的那個湯麵好好吃，我想再吃一次。」

「哦，我上次煮的那個什錦湯麵嗎，好啊，那你先上去休息，等麵煮好了我會叫你。」

「好。」麥克回到自己的房間，拿出課本與上課抄的筆記，開始專心讀書，一直到院長說開飯時，才放下手中的數學習題。

餐桌上，李雲翔關心地問：「麥克，最近籃球隊怎麼樣？」

麥克興奮地說：「很不錯啊，我們一直贏球，大家的默契也越來越好。」

看著麥克的表情，院長滿意地點點頭，「那就好，麵趁熱趕快吃，下午爸爸帶你出去走走。」

「好。」

父子兩人吃完麵，在家休息了一陣，等到中午毒辣的太陽變得溫和之後，才牽著腳踏車一起出門。

兩人到附近的河岸公園，順著自行車步道騎了一圈。下午三點，雖然陽光已經沒有那麼可怕，可是南台灣的氣候依然讓人覺得悶熱，父子兩人騎了一圈之後都流了滿身大汗。

騎到盡頭後，父子倆去吃豆花，讓冰涼的粉圓豆花降低體內的溫度。

李雲翔露出和藹的微笑，「好吃嗎？」

麥克點頭，「好吃！」

第十章

星期六，幾乎所有光北隊員都盡情讓自己放鬆，除了一個人之外。

李光耀。

早上六點，李光耀提著兩個漢堡、兩個蛋餅回家，飲料則是自家冰箱裡面的牛奶。

填飽肚子後，他打開電視，轉到電影台，看了一部說不出名字的愛情喜劇片，看到一半，李明正下了樓。

「臭小子這麼早就起床啦。」

「對啊，我等一下要去公園。」

李明正點頭，從口袋中掏出一千塊放在餐桌上，「今天我跟你媽要出門，可能晚上才會回來，這一千塊你收著，午餐跟晚餐自理。」

李光耀點頭說：「你們要去哪裡玩？」

「你老媽說要去一個叫做什麼妖怪村的地方走一走。」

「妖怪村，什麼詭異的地名啊？」

李明正聳聳肩，「問你媽，我也不知道。」

「好吧，那我也要準備出門啦。」李光耀覺得早餐已經消化的差不多，關掉電視，拿走李明正放在餐桌上的一千塊，正要走回房間時，李明正卻叫住他。

「對了，有件事想跟你談談。」

李光耀皺眉，「什麼事啊？」

李明正用一種非常曖昧的眼神看著李光耀，「上次我們練球的時候，一直對你喊加油的那個女生是誰？長的很漂亮呢，臭小子眼光還不錯，有遺傳到你老爸我的基因。」

李光耀一臉受不了李明正，「你別鬧，我跟她的關係不是你想的那樣啦。」

「要不然是怎樣？」

「就學姐學弟的關係。」

李明正驚訝地說：「她是學姐啊。」

李光耀點頭，「是啊。」

「那很好啊，這樣子女生個性比較成熟，不會整天任性亂鬧，不然煩都煩死你。」

「老爸，我跟她之間的關係真的不是你想的那樣……」李光耀解釋的很無力。

「你不喜歡她？」

李光耀搖頭，李明正驚訝地說：「那麼可愛的女生你不喜歡？而且她還帶了香蕉牛奶和巧克力給你吃耶，這女生可愛又貼心，你竟然完全不動心？」

李光耀用力地搖搖頭，李明正不禁把手放在李光耀額頭，「沒發燒啊，腦子應該沒有燒壞……」

李光耀無力地說：「老爸，你可以趕快出門嗎？你不出門我要出門了。」

李明正啊哈一聲，「我知道了，你這小子一定是有喜歡的人，否則怎麼可能拒絕得了那個女生的追求。」

李光耀臉上微微一紅，「沒有啦！你不要亂猜！」

李明正更加興奮，「被我說中了，臉紅了，臭小子還會害羞！老婆啊，妳兒子戀愛了，快下來看他臉紅害羞的樣子！」

「老爸你真的很無聊。」李光耀快步回到自己房間，換上球衣跟球褲，套了件長袖衣服，把籃球與一千塊塞進後背包裡。在做這些動作的時候，李光耀心裡卻忍不住想著完全不相干的事情，更準確的說，是想著一個人。

好久沒有跟謝娜說話了，如果是她來看我練球就好了……

李光耀揹上後背包，到廚房裝了一公升的水，走到門口穿上訓練鞋，把籃球鞋塞進後背包中，大喊一聲：「老爸、老媽，我出門了！」

七點十分，在李光耀騎腳踏車出門的時候，住在豪宅內的某位大小姐才剛起床。

謝娜把窗簾拉開，讓溫和的陽光透過窗戶灑落在木頭地板上。

剛起身，謝娜隨意地把頭髮綁成馬尾，到浴室裡洗臉刷牙後便走到樓下。

福伯面露驚訝，「小姐，這麼早起啊。」

謝娜心情顯然不錯，對福伯露出微笑，「福伯早，我肚子有點餓，有東西吃嗎？」

「小姐有特別想吃什麼嗎？」

謝娜搖頭，「吃的話都可以，但是飲料我想要喝牛奶。」

「請問要冰牛奶還是溫牛奶呢？」

「不要熱的就行。」

「好，小姐請稍等，我馬上請廚師準備。」福伯放下手邊的事情，快步走到廚房內。

在等待的時候，謝娜走到書房，隨手拿了一本《傲慢與偏見》，就站在書櫃旁邊細細讀起來，一直到福伯過來說早餐已經做好了，謝娜才放下手邊的書本。

福伯快速走到餐桌，替謝娜拉開椅子，「小姐，今天的早餐是可頌麵包，還有生菜沙拉搭配廚師調配的塔塔醬。」

謝娜點點頭，「福伯，等一下吃完早餐，我想要去公園散散步。」

「好，沒問題。」話一說完，福伯似乎想起什麼，臉上露出一個曖昧的表情，「小姐想要去哪一個公園散步？」

「就我們常去的那個公園。」

「是那次週末早上去散步的時候，看到那個身材好、皮膚黝黑、長的帥氣、笑容陽光的男生在打球的『那個』公園嗎？」

謝娜臉微微紅了一下，「福伯，你很故意耶！」

「所以是那個公園嗎？」

「就是我們常去的那個公園嘛。」

看著謝娜滿臉發紅的模樣，福伯樂得大笑，「好，我知道了，就是那個我們常去，而且週末還可以看到那個身材好、皮膚黝黑、長的帥氣、笑容陽光的男生打球的那個公園。」

趁著謝娜還沒有回應，福伯說：「小姐妳慢用，我去換件輕便的衣服。」

謝娜看著福伯離去，連忙喝了幾口冰涼的牛奶，壓下臉上的燥熱感，慢慢解決眼前的早餐。

福伯換了一身運動服，回到餐桌旁邊，看到謝娜一口接著一口吃早餐，輕聲問：「小姐，早餐的分量需不需要做調整？」

謝娜點頭，「我想要吃荷包蛋，全熟。」

「好。」福伯走進廚房裡，出來的時候手裡多了一個小碟子。

「小姐，妳的全熟荷包蛋。」

「謝謝。」謝娜拿起筷子，將荷包蛋吃進肚子裡。

福伯笑著說：「小姐這兩天食欲不錯呢，應該是遇到了什麼好事，例如說，那個男生對小姐表白了？」

謝娜差點把口中的牛奶噴出來，臉紅得跟番茄一樣，「福伯你不要亂說話啦！」

福伯看謝娜這個模樣，露出曖昧的笑容，「小姐，我去備車，讓小姐可以早點出發去公園，看看那個男生在不在。」

「福伯！」謝娜臉更紅了。

李光耀抵達公園，他把腳踏車停在場邊，拿下後背包，走到場上熱身後便開始折返跑。

沒有任何教練盯著，李光耀也不會因此而放鬆，相反的，李光耀在一開始的折返跑就把自己逼到極限，才跑了十五分鐘就滿頭大汗，但這對李光耀來說只是開胃菜，待會還有更辛苦的防守腳步訓練。

在第一個小時的自我訓練當中，李光耀給自己的菜單全是跑動式的練習，前半個小時是折返跑，後半個小時是防守腳步練習。紮實的訓練內容讓李光耀沒一會兒就滿身大汗，他脫掉身上已經沾滿汗水的衣服，展露出線條分明的身體。

李光耀喝了水，休息後換上球鞋，進行每個星期例行的「意識模擬練習」。他擺出防守架式，在腦海中幻想出一個進攻能力超強的球員，全力防守他。

才剛開始練習不到十分鐘，場外傳來明亮的聲音，「李光耀，我總算找到你了！」

李光耀轉頭一看，發現劉晏媜穿著貼身的灰色 T-shirt，極短的水藍色牛仔熱褲，如同瀑布般的黑亮長髮綁成青春洋溢的馬尾，手裡拿著保溫瓶，正對著自己揮手。

李光耀連忙穿上球衣，訝異地問：「妳怎麼在這？」

劉晏媜大步走向李光耀，「當然是過來找你啊，好險一下子就找到了。」

「找到了？」

「對啊，前幾天我約你看電影，你說你要到公園打球啊。你平常都很早就到學校練球，我猜今天應該也會早上就開始練球，就跑遍學校附近的公園找你。我運氣不錯欸，才第二個公園就讓我找到了。」劉晏媜晃了晃手中的保溫瓶，「香蕉牛奶，給你喝的。」

李光耀看著劉晏媜，心裡猶豫著該不該接下劉晏媜手中的保溫瓶。

劉晏媜直接把保溫瓶塞到李光耀的手裡，「拿去，等一下你可以喝。」

「好吧。」李光耀把保溫瓶放到籃球架下，對劉晏媜說：「謝謝。」

劉晏媜給了李光耀一個大大的笑容，拿下背上的後背包，從裡面拿出一把陽傘，撐開，坐在籃球架底下。

李光耀問：「妳幹嘛？」

劉晏媜理所當然地說：「看你打球啊，既然你不跟我去看電影，那我就在這裡陪你。你練你的球，不用擔心我。」

「真的嗎，很熱耶。」

「我只是坐在這裡而已，你還要動來動去，你都不覺得熱了，我怎麼可能會熱。」

李光耀看劉晏媜這麼堅持，也不好意思趕她走，只好回到場上繼續意識模擬練習。

李光耀意識模擬練習了半個小時，之後又折返跑半個小時，再一次把自己逼到極限。

前兩個小時的訓練結束，全部都是跑動式與防守腳步的練習，這讓李光耀體內的水分極度流失，球衣喝飽了汗水，黏在身體上，若不是劉晏媜在，李光耀真想把身上的球衣脫下。

李光耀拿起自己在家裝的水，一口氣喝了一半，這時劉晏媜把保溫瓶打開，「我有去網路查了資料，香蕉牛奶可以快速補充體內流失的營養，只喝水是不夠的，尤其你的運動量又那麼大。」

「謝謝。」李光耀接過香蕉牛奶，喝了一大口。

趁著李光耀休息的空檔，劉晏媜開始與李光耀聊天，「你知道嗎？一開始你說你要來公園練球，我以為你在騙我，你只是不想跟我約會隨便找藉口。」

「怎麼可能。」

「是啊，我覺得你不是這種人，所以今天就特地來找你，結果真的讓我找到了，也讓我更喜歡你了，你是個誠實的男生，這是我很看重的特質。」劉晏媜看著不斷流汗的李光耀，眼神中流露出愛慕，「平常又要練球又要比賽，你都不會想要放鬆一下嗎？例如說跟朋友吃個飯，或者看個電影之類的？」

李光耀把香蕉牛奶喝了一半，把保溫瓶還給劉晏媜，用手抹去額頭上的汗水，「當然會啊，我想要吃大餐，想要看電影，想要出去玩，可是比起這些，我更想要成為一名比現在更強的籃球員。」

說到籃球，李光耀語氣上揚，眼神裡閃爍著炙熱的光芒，「當我想出去玩的時候，世界上一定有人選擇放棄玩樂，努力練球，努力變強，一想到這裡，我就沒有出去玩的興致，因為我知道一旦鬆懈下來，我就追不上那些比我更努力的人，我也會被原本比不上我的人追上。

「籃球這個世界是很現實跟殘酷的，你想要大聲說話，就要拿出同樣的實力出來。我在台灣的高中生中算是很強，可是世界上比我強的人更多，不說職業籃球員，美國、歐洲、中國、日本、韓國、菲律賓、伊朗等等的國家當中，不知道有多少人為了變強在努力練習著。

「我的目標是成為世界上最強的籃球員，雖然這是個聽起來很遙遠的夢想，可是我相信只要努力練習，並且堅持下去，這個夢想絕對不是無法達成的！」李光耀從後背包拿出籃球，站起身來，「我不是不喜歡玩樂，只是比起玩樂，我還有更重要的事情要做。」

謝娜出門前看了鏡子裡的自己，純白色的背心搭上淺藍牛仔襯衫，襯衫下襬簡單地打了個結，表現出少女的青春洋溢，下半身搭配白色的牛仔熱褲，展現出又長又直的美麗雙腿。

謝娜滿意地點點頭，走下樓，穿上深藍色的慢跑鞋，而福伯早已備好車等著她。

謝娜打開車門，一坐上車，福伯利用後照鏡打量謝娜一眼，「小姐穿這樣去散步嗎？」

「我穿這樣怎麼了嗎？」謝娜看著自己的穿著打扮，沒有發現任何不對勁的地方。

「很漂亮，可是感覺不是去公園散步，而是去約會。」福伯打到D檔，輕踏油門。

「才不是。」

福伯笑著說：「小姐真是會穿衣服，穿這樣很好看。等一下那個身材好、皮膚黝黑、長的帥氣、笑容陽光的男生看到了，一定會很開心。」

謝娜臉色微紅，「我才不是穿給他看的。」

福伯問：「小姐，那個身材好、皮膚黝黑、長的帥氣、笑容陽光的男生叫什麼名字，每次我都要說十幾個字來代表他，講久了舌頭會打結的。」

謝娜臉上出現猶豫的表情。

「看來小姐真的很喜歡這個男生，竟然連他的名字都害羞地不敢說出口。」

「我哪有。」

福伯笑了笑，「如果是小姐不在意的男生，一定馬上就會說出他的名字，因為既然不在意，就沒有什麼好顧慮的。」

謝娜連忙說：「他叫李光耀。」

「李光耀，這名字不錯。」

「哪裡不錯？」

「只要是小姐喜歡的男生的名字，我都覺得不錯。」

「福伯，你不能這樣啦！」謝娜大聲抗議。

福伯看著謝娜生氣的模樣，露出和藹的笑容，「小姐，這種事不用不好意思。小姐前幾天愁眉苦臉，沒什麼胃口，這兩天則是時不時就會笑，食欲也不錯，這就代表小姐生病了。」

「我沒生病啊。」謝娜感到疑惑。

「小姐自己沒有發現嗎，這種病的症狀很明顯。」

「什麼病？」

福伯一臉曖昧，「相思病。」

「福伯！」

福伯大笑，「小姐，可不可以跟我說說，這個李光耀做了什麼事，讓小姐這兩天的心情變得這麼好？」

「不要，我不想理你了。」

「等一下！小姐的回答有語病。」

「哪有語病？」謝娜反駁。

「我剛剛問小姐，李光耀做了什麼事讓妳心情變得這麼好，可是小姐回答『不要』，這代表李光耀確實有做了什麼事，只不過小姐不想告訴我。」

謝娜臉色發紅，又羞又怒，氣自己怎麼這麼笨，一不小心就露了口風。

看著謝娜氣鼓鼓的模樣，福伯說：「小姐生氣的模樣還真是可愛，李光耀看了一定很開心。」

福伯話一說完，剛好抵達了公園，福伯把車停妥後，兩人便下了車。

「小姐想要先在附近散步，還是要直接去籃球場？小姐放心，我雖然已經算是老人家，但我還記得籃球場在哪裡，如果小姐想要先過去的話，我隨後就到。」

謝娜一方面不想要被福伯調侃，所以想假裝自己只是單純來公園散步，可是另一方面又想去籃球場看看會不會遇到李光耀……

謝娜猶疑不定，站在公園路口不知道該往哪邊走。福伯露出溫暖的笑容，輕輕地把謝娜推到往籃球場的那個方向。

「我這個老人家平常生活太無聊，正好想要看看年輕人打籃球的青春活力模樣。小姐，我們走吧。」

「嗯。」謝娜輕輕點了頭，隨著福伯的腳步走向籃球場，心裡有些期待見到在球場上奔跑的李光耀，可是又怕自己的期待落空，他今天並沒有來籃球場練球。

懷著這樣忐忑的心情，謝娜跟在福伯後面走到籃球場，一踏入籃球場，謝娜就看到劉晏媜對李光耀揮手大喊：「李光耀，我總算找到你了！」

★

謝娜一見到劉晏媜熱情地跑向李光耀，怒哼一聲，轉頭就走，福伯沒有說話，就這樣跟在謝娜的身後離開籃球場。

謝娜本來想要直接叫福伯開車回家，可是當離開籃球場之後，謝娜腳步卻往公園的步道走去，腮幫子鼓得大大的，嘴唇也噘得高高的。

謝娜步伐走得很快，腳步也踏得很重，彷彿要把公園的步道踩爛一樣，而福伯始終沒有說話，默默地跟在謝娜身後。

過了大約十分鐘，謝娜到達頂點的怒火似乎比較消散，走路的速度慢了下來，頭低低的，偶爾踢踢步道裡的小石頭。

又過了十分鐘，謝娜已經沒有散步的興致，轉頭對福伯說：「福伯，我們回家吧。」

福伯臉上帶著和藹的笑容，「為什麼呢？」

「外面越來越熱，我不想繼續待在公園。」

福伯抬頭看了一眼，天空雖然豔陽高照，不過在早上八點多的這個時候，伴隨著一絲秋意的微風，氣溫還不算太高。福伯不打算戳破謝娜，點頭說：「也是。好吧小姐，那我們走吧。」

正當謝娜滿臉失望準備邁步走回停車處時，福伯說：「看這個樣子，今天天氣只會越來越熱，李光耀如果沒有帶很多水，不知道會不會中暑，看他渾身濕透的模樣，運動量應該很驚人，真是為他感到擔心。」

謝娜的腳步因為福伯的話語而頓了一下，輕咬下唇，頓時猶豫起來。

福伯說：「小姐，今天天氣不錯，我想要多走一下，妳可以陪陪我這個老人家嗎？」

謝娜其實並不是真的想要回家，輕輕地應了一聲：「好。」

福伯於是跨步走到謝娜身前，沿著步道慢慢地往前走，沿途遇到許多早起運動的人，不管是老人、年輕人或者小孩，都讓公園裡充滿著旺盛的生命力。

走了一段路後，福伯說：「小姐，這個公園管理的真是不錯，草皮維護的很好，也沒有什麼垃圾，樹木又高又大，讓很多人可以乘涼，或許改天我們可以找機會過來這裡野餐，放鬆一下。」

「嗯。」謝娜點了點頭。

「小姐，如果今天這座公園草皮光禿禿的，樹木枯萎，地上全部都是垃圾，妳還會想來嗎？」

謝娜搖頭，理所當然地說：「不會。」

福伯話鋒一轉，「是啊，所以這跟李光耀是一樣的道理。」

謝娜愕然道：「什麼意思？」

「一座漂亮的公園會吸引人前來，條件好的男生也會吸引別的女生靠近，不是嗎？」

謝娜輕咬著下唇，緩緩地點頭。

「就我剛剛看來，他們兩個人應該沒有約好在這座公園碰面，所以李光耀的表情才會這麼驚訝。那個女生很主動，長相也不輸給我們家可愛又迷人的小姐，可是李光耀看到她的時候，臉上的表情是驚訝而不是驚喜。」福伯轉過身，看著謝娜，「小姐，妳知道這代表什麼嗎？」

「代表什麼？」

「代表李光耀並沒有喜歡那個女生，否則他臉上一定會充滿驚喜的笑容，不是嗎？」

謝娜想了想，覺得福伯講的有道理，失望的情緒慢慢消退。

「有時候啊，愛情這種東西不能只是靜靜等待，偶爾是需要適時的主動出擊，小姐，妳認為呢？」

謝娜知道這是福伯用言語暗示自己，皺起眉頭，手指捏住了衣角，目光左右游移，牙齒輕咬著下唇，心中猶豫再三，最後才輕輕地點了頭，「嗯。」

福伯看到謝娜點頭，嘴角大大上揚，為謝娜跨出這一步而感到開心，「那我們去買水，看今天這種情況，等一下太陽一定很大，如果李光耀因為水喝不夠中暑就不好了。」

謝娜微微點頭，「好。」

李光耀休息完之後，拿著籃球站上場，準備開始練習跳投時，卻看到一個中年男子手裡拿著一瓶水，朝自己走過來。

李光耀看對方身上的衣著，覺得並不是過來打籃球的人，這讓李光耀覺得很奇怪。而讓李光耀更感到訝異的是，中年男子走到他的面前，開口詢問：「你是李光耀嗎？」

李光耀心裡起了一絲防備之意，因為他確定他這輩子從未見過這個人，「我是。」

那人把手中的水遞了出去，「這瓶水是給你的。」

李光耀沒有接下這瓶水，而是用狐疑的眼神看向男子，男子明顯地發現李光耀透露出來的防備與懷疑，

「是我家小姐要給你的。」

聽他這麼一說，李光耀更感困惑，「你家小姐？」

男子點頭，「嗯。」身體一側，李光耀便見到日思夜想的女生就站在外圍。他驚喜地馬上邁開腳步，朝謝娜跑了過去。

謝娜心臟怦怦亂跳，心裡面的念頭雜亂地不知道該如何是好，等一下要跟李光耀說什麼？我今天穿這樣他喜歡嗎？他會不會覺得我買水很多管閒事？他會希望看到我在這裡嗎？我該問他跟劉晏媜是不是約好在這邊見面嗎？這樣會不會顯得我很在意他跟劉晏媜之間的關係？

李光耀很快來到謝娜面前，臉上揚起大大的笑容，「嗨！」

謝娜微微低頭，也回了一聲：「嗨。」

李光耀劈頭就問：「那個人說水是妳要給我的，真的嗎？」

謝娜點頭，「嗯。」

李光耀笑容洋溢，一股暖流充滿心頭，「謝謝妳，我今天帶的水不太夠，才想說等等要去買而已。」

「不客氣。」

李光耀看到謝娜今天的穿著，心臟也怦怦亂跳，真心地說：「妳今天穿這樣很好看，好漂亮。」

謝娜臉色微微一紅，心想自己怎麼了，之前對李光耀總是可以很不客氣的說話，怎麼今天連話都不知道該怎麼說了。

「謝謝。」

「妳喜歡這個公園嗎？」

「嗯。」

「我也很喜歡，不只是因為這裡有籃球場，還因為我在這裡遇到妳兩次了。」李光耀興奮地說，直白的話語讓謝娜臉色一紅，她深怕被李光耀看出自己的窘迫，更是低著頭，不敢看向李光耀。

因為謝娜的回應始終很簡短，李光耀以為謝娜並不喜歡跟自己講話。一直以來自己雖然不斷對謝娜表明心意，但謝娜卻始終沒有正面回應，所以李光耀的興奮與開心慢慢減退，取而代之的是尷尬與不知所措，兩人之間的氣氛頓時變得僵硬、沉默。

「最近……籃球隊好像一直贏球？」一直到謝娜開口，這個話題讓李光耀又開始源源不絕地說起話來。

「是啊，而且我們已經打進乙級聯賽的八強了！只要再贏三場比賽就可以拿下冠軍，明年初就可以參加全台灣高中籃球的最高殿堂，甲級聯賽。」李光耀眼睛閃爍興奮的光芒。

「雖然我們可能會在冠軍賽遇到稱霸乙級聯賽的向陽高中，不過我相信我們一定可以打贏他們！」李光耀信誓旦旦地說道，接著也問了謝娜一個問題，「妳平常晚上有空嗎？」

謝娜搖搖頭，「我要補習。」

李光耀表情難掩失落，「這樣啊……」

「妳是笨蛋嗎？」劉晏媜的聲音從一旁傳來，讓李光耀與謝娜吃了一驚。

劉晏媜露出一副受不了謝娜的表情，「男生這麼問妳的時候，就是他想要約妳出來，結果妳竟然笨到說妳要補習，天啊，我的對手怎麼會這麼白痴？」

謝娜本來正因為被罵笨蛋不開心，可是聽了劉晏媜的話，加上李光耀臉紅了，這才發現原來李光耀竟然是想約自己出去。

「你要約我？」

李光耀臉雖紅，卻大方點頭承認，「嗯，我想要請妳來看我們球隊的比賽。」

福伯走了過來，把手中的水遞給李光耀，「小姐會去的，我對你保證，你別看小姐這樣，其實小姐很喜歡籃球。」

李光耀接過水，興奮地看著謝娜，「真的嗎？」

謝娜在李光耀的注視之下，一股燥熱感從臉一路蔓延到耳根，「嗯。」

「好，那我會跟妳說我們比賽的時間，如果妳有空就過來看，好嗎？」

謝娜與李光耀目光交接，兩人臉上同時一紅。

謝娜微微點了頭，輕輕地說：「好。」

第十一章

隔天，星期日，凌晨四點五十五分。

李光耀睜開雙眼，像隻蝦子一樣彈起身來，看了床頭的鬧鐘一眼，關掉設置在五點的鬧鈴。

今天早上球隊要練球，不過李明正規定的集合時間，是比平常還要晚一個小時的七點。

或許是昨天發生的事情讓李光耀太過亢奮，讓他的精神處於一種非常活躍的情況，眼睛一張開之後就沒有任何睡意，立刻下了床。

李光耀雙腳踏在地板上，發現自己完全沒有疲憊感，踏著輕快的步伐到浴室洗臉刷牙。完全清醒後來到庭院籃球場，開始進行今天主要針對跳投的訓練菜單。

跟平常不一樣的是，李光耀練著練著，臉上會不時露出甜甜的笑容。

李光耀花了兩個小時的時間至少投進三百顆球，回家沖澡吃了能量巧克力後出門，在六點五十五分抵達校門口。

李光耀停下腳步，調節呼吸，慢慢走向球場，看到球場裡已經有著許多練球的身影，馬上加快腳步。

李光耀踏入球場，才把身上的後背包放下，李明正、吳定華、楊信哲並肩走到跑道。

李明正用力拍手，大聲呼喝：「集合！」

李光耀只能放下到場上跟隊友投球的念頭，馬上跑到李明正面前集合。正當李明正掃視眾球員一眼，準備說話的時候，校長葉育誠神情嚴肅地快步走了過來。

包含三名教練在內，葉育誠的到來讓所有人感到意外。

葉育誠臉色沉重，對李明正招手，「明正，請你過來一下。」

李明正直覺有什麼事情發生了，叫謝雅淑出來帶熱身操之後走到葉育誠身邊。

兩人交頭接耳，小聲交談了一會，李明正就對李光耀招手，「光耀。」

李光耀微微皺起眉頭，不清楚發生什麼事，不過隱隱約約覺得應該與自己有關，很快走到李明正與葉育誠面前。

「你等一下先跟校長離開，校長有很重要的事需要你的幫忙。」

李光耀啊了一聲，「那練球怎麼辦？」

李明正笑說：「你昨天練得還不夠啊？」

葉育誠極為嚴肅地說：「光耀，這件事很重要，而且只有你能夠處理，所以必須麻煩你來幫忙。」

看到校長嚴肅的臉色，李光耀雖然還不清楚到底發生什麼事，卻也知道校長是不會隨便開玩笑的人，儘管心裡很想要練球，卻也不得不點頭，「好吧。」

李光耀坐在副駕駛座上，不禁問：「校長，可以先讓我知道發生什麼事嗎？至少讓我有點心理準備。」

握著方向盤的葉育誠，表情嚴肅中帶點無奈，說：「陳紹軒的事。」

李光耀一臉疑惑，「陳紹軒，誰啊？」

「你不知道陳紹軒是誰？」

「不知道。」

「他就是連續三年都得全校第一名的人。」

李光耀哦了一聲，「這我就知道了，他怎麼了嗎？」

「詳細情形我也不是很清楚。本來我不想帶你過去，可是他的爸媽不知該如何是好，所以跟家長會長，就是楊真毅的爸爸聯絡，請他幫忙。」葉育誠嘆了一口氣。

「陳紹軒的媽媽是律師，而且是家長會長公司的顧問律師，他們聊過之後，會長在昨天晚上打電話給我，叫我一定要找你，因為這件事只有你可以解決。你也知道籃球隊的事情會長幫了很多忙，光北欠會長很多人情，而且陳紹軒的情況似乎很嚴重，我就想說趕快帶你過去了解看看是怎麼一回事。」

葉育誠不禁問：「你跟他到底發生什麼事，怎麼嚴重到連會長都出面了？」

李光耀聳聳肩，「沒什麼事，只是他反應有點過度而已。」

「從會長說話的語氣聽起來，可能不只是過度而已。」葉育誠若有所思。

沒多久，葉育誠開車來到一處距離商圈、學區、公園都只要十分鐘車程的高級住宅區裡。

李光耀看著眼前一棟棟豪華大樓，哇了一聲，「原來他住在這種地方，家裡這麼有錢啊。」

葉育誠打開車窗，對門口的警衛報上了門牌號碼，說自己是來找住戶陳醫師，警衛點頭，進到警衛室打電話與陳醫師確認之後，按下鐵門的開關，指引葉育誠哪裡有臨時停車位。

葉育誠停好車後，一位戴著眼鏡的中年男子腳步匆忙地走了過來，「請問是葉校長嗎？」

「是。」

「我是紹軒的爸爸，請跟我來。」陳爸爸走路的速度明顯表現出心中的焦急，帶領葉育誠與李光耀來到一間歐式風格的人房子前。

門沒有鎖，陳爸爸推開門，請校長與李光耀進去。

一進到陳紹軒家中，吸引住李光耀目光的，不是閃亮的大理石地板，而是桌上滿滿的早餐。

早上起床到現在，只吃了一條能量巧克力的李光耀，看著滿桌的早餐雙眼發亮。

「是李光耀，李同學嗎？」客廳裡，一位中年婦女坐在沙發上，臉上帶著擔憂與憔悴。

李光耀點頭，「我是。」

中年婦女雖然試圖壓抑自己的激動，但言語中還是難掩因為關心而產生的焦慮，「紹軒星期四早上突然跑回家，把自己反鎖在房間裡大吼大叫，直到現在都沒有出過房門，已經整整三天沒有吃東西，我們都很擔心。我聽到他不斷說著你的名字，沒辦法之下，就請你過來了，如果造成什麼不便之處，請你見諒。」

話一說完，陳媽媽站起身，對著李光耀深深一鞠躬，李光耀看到陳媽媽這個舉動，連忙說：「沒有不便，只是小事而已，陳媽媽妳不用這麼在意。」

陳爸爸從鞋櫃裡面拿出室內拖鞋，放在葉育誠與李光耀面前，「鞋子脫下來放著就好，兩位請進。」

李光耀穿上室內拖走進客廳，聞到桌上早餐散發出來的香味，不禁吞了一口口水。

陳爸爸擔憂地說：「我們不是盡責的父母，平常我們都很忙，所以沒有太多時間照料紹軒。紹軒在課業表現上非常優秀，老師們也都讚譽有加，是一個不需要我們擔心的孩子，前幾天突然發生這樣的事情，讓我們有些不知所措。

「那個孩子第一天亂吼亂叫之後，這兩天卻安靜得很可怕，我們各種方式都試過了，可是他就是不出來，我們也擔心找鎖匠過來開門會更刺激到他，萬分不得已之下只好請你過來，真的是非常抱歉。」

在陳媽媽之後，陳爸爸又非常客氣地說了這番話，讓李光耀連忙說：「陳爸爸千萬別這麼說，我可以理解你們的心情，換作是我一定也會這麼做。」

陳媽媽焦急地問：「李同學，可不可以請你跟我們說說星期四到底發生什麼事，為什麼紹軒會突然把自己反鎖在房間裡？」

李光耀思考了一下，搖了搖頭，「我沒辦法說，因為我不認為他會想讓你們知道原因，這對他來說是很傷自尊心的事情。」

李光耀反問：「陳爸爸，陳媽媽，你們可以說說他大吼大叫些什麼嗎？」

陳媽媽馬上回答：「我並沒有聽得很清楚，但是他似乎覺得自己比不上你，跟你比起來，他只是個……」陳媽媽吞了一口口水，努力壓下心中的難過，「廢人。」

葉育誠臉上出現驚訝，這時他才完全了解事情的嚴重性，難怪昨天晚上會長打給他的時候，語氣是罕見的著急。

不過李光耀的反應卻很平淡，輕輕地點了頭，站起身來，「他在哪裡？讓我跟他談談。」

陳爸爸與陳媽媽馬上站起來，想要帶李光耀到陳紹軒的房間，李光耀卻在這時提出一個請求。

他摸著肚子，苦笑道：「不好意思，我肚子真的太餓……我可以拿一點早餐吃嗎？」

在李光耀的強烈要求之下，陳爸爸、陳媽媽、葉育誠都在客廳坐著等待結果，雖然李光耀知道這樣做對陳爸爸、陳媽媽很煎熬，不過李光耀認為陳紹軒絕對不會希望別人聽到他們這段對話。

李光耀伸手轉了轉陳紹軒房間的喇叭鎖，果然從房間裡頭反鎖著，於是李光耀坐在地上，靠著門，拿出陳媽媽給他的早餐，首先開始吃牛肉培根漢堡，聽著從門縫傳來的陳紹軒的鼾聲，用手指敲敲門。

叩、叩。

陳紹軒的鼾聲停了一陣，但是沒有任何回應，於是李光耀加重力道，又敲了門。

裡面頓時傳來陳紹軒暴躁的聲音，「我不餓！」

李光耀大口咬了一口漢堡，「是這樣啊，這個培根牛肉漢堡可真是好吃，你媽說這是你最喜歡的那家早餐店做的，也是你最喜歡吃的口味。」

裡頭沒了聲音。

李光耀又再咬了一口漢堡，「放心，這不是你的幻覺，是我，李光耀。應該是你現在最討厭而且最不想見到的人。」

裡面依然沒有聲音。

李光耀說：「你爸媽在樓下，在門外的只有我，你真的不餓嗎？我聽說你已經三天沒吃東西了，加上今天的話就是四天了，這早餐真是好吃，你不出來我就要把漢堡吃完囉。」

陳紹軒聲音嘶啞，「你來幹嘛，來嘲笑我嗎？看到我這個樣子，你很開心吧。」

李光耀實在太餓了，一口氣把剩下的漢堡塞進嘴裡，咬了咬，吞下肚子之後，笑說：「我哪有看到你什麼樣子，我只看到門，而且你以為我沒事幹啊？我對你的樣子沒興趣，我是練球練到一半，被校長載過來的。」

李光耀打開裝著蛋餅的盒子，又開始大快朵頤，「你爸媽都很擔心，你趕快打開門讓他們看一下，也讓我可以早一點回去練球，好嗎？」

陳紹軒不說話。

李光耀嘴裡咬著蛋餅，含糊不清地說：「你還真是個任性的傢伙。」

「如果你是過來嘲笑我的，那你現在可以走了。」

「才不要呢，我早餐又還沒吃完。你媽媽人真好，她說如果我吃不夠樓下還有。你家應該滿有錢的吧，豪華大樓，爸爸是醫生，媽媽是律師，都是高知識分子，應該有很多人都很羨慕你生在這樣的家庭吧。」

「關你屁事，吃完早餐趕快走，我家不歡迎你！」

李光耀笑了幾聲，「是你不歡迎我，你爸媽可歡迎得很。不過生長在這種家庭，你的壓力應該也很大吧，而且別人越是羨慕你，你的壓力就越大。」

「關你屁事！」陳紹軒大聲喊道。

「嘖，你這人說話怎麼這麼討厭，難怪劉晏媜不喜歡你。」

一說到劉晏媜，陳紹軒心裡的憤怒馬上升起，在房間大聲嘶吼，不知道拿了什麼東西砸房門，發出沉悶的砰聲，「你給我滾，我不想聽到你的聲音！」

李光耀沒有被巨響嚇到，好整以暇地拿出火腿蛋吐司吃，「原來你不想談到她啊，我本來想告訴你為什麼劉晏媜會喜歡我而不是喜歡你的原因，但是你似乎不想聽，既然這樣我也不說了。」

房裡頓時安靜下來。

過了一陣子，當李光耀把火腿蛋吐司吃完，拿起吸管打算喝奶茶時，房內傳來了細微的聲音。

李光耀啊了一聲，「你說什麼，我聽不清楚？」

房內安靜了幾秒，才傳來陳紹軒微弱的聲音，「為什麼？」

「想知道嗎？」

陳紹軒的聲音一樣很細微，但李光耀聽得清清楚楚，「告訴我。」

李光耀欣然答應，「可以，不過我有條件。」

陳紹軒沉默，心裡掙扎了一會，最終還是說：「什麼條件？」

「我覺得我光用說的你絕對沒辦法了解，所以你今天跟明天都要住我家，我會讓你知道我跟你之間的差別，而這個差別就是為什麼劉晏媜會喜歡我，而不是喜歡你的原因，怎麼樣，敢不敢？」

房間裡沒有聲音。

李光耀也不著急，在門外喝著奶茶，然後拿出鍋燒意麵，把蓋子打開，左手捧著碗，右手拿起筷子，挾起捲曲的麵條，豪邁地吃了好大一口。

這時，陳紹軒的聲音從門縫傳來，「好。」

李光耀喝了一大口湯，滿足地哈了一聲，「好，你現在趕快整理行李，記得多帶幾套換洗的衣服，最重要的，記得帶一雙球鞋。」

陳爸爸、陳媽媽擔憂地坐在沙發上，頻頻往樓梯的方向看去。李光耀下樓之後，馬上說了他的計畫跟想法，陳爸爸、陳媽媽兩人第一次接觸李光耀，不知道他的家庭背景，心裡起初有些掙扎，可是想到陳紹軒這幾天的情況，加上葉育誠為李光耀說話，沒有考慮很久就點頭答應。

陳爸爸、陳媽媽答應之後，李光耀手裡拿著裝滿垃圾的袋子，困窘地不知道該怎麼辦才好。

陳媽媽發現李光耀的模樣，說：「放桌上就好，我拿去丟。」

她驚訝地發現，李光耀竟然把牛肉培根漢堡、鮪魚蛋餅、火腿蛋吐司、鍋燒意麵全部吃完，看著李光耀絕對不算「龐大」的身材，陳媽媽心裡不禁懷疑他的胃到底是什麼做的，怎麼能一口氣裝下這麼多的食物。

李光耀坐在舒服蓬鬆的沙發上，望向牆上充滿設計感的時鐘，早上八點半，這代表他已經錯失了一個半小時的練球時間。

李光耀在心裡計算，一個半小時可以讓他投進一百顆罰球，加上折返跑二十趟，再加上快攻練習二十趟。

不管怎麼算，李光耀都覺得自己在這裡浪費了非常寶貴的一個半小時。

這時，樓梯傳來了腳步聲，陳爸爸、陳媽媽站起身來，眼神中閃爍著複雜的情緒。而當陳紹軒走下樓，那雙頰凹陷的模樣，讓身為人父人母的他們不自覺地濕了眼眶。

陳紹軒手上提著後背包，對李光耀說：「走吧。」

李光耀指指桌上的早餐，「走去哪裡，先把這些東西吃完再說。」

陳紹軒哼了一聲，坐到沙發上。

「紹軒，你想要吃什麼？」陳媽媽擔憂地問道。

「我自己來就好。」

陳紹軒先拿了三明治，一開始小口小口的慢慢吃，但是已經三天沒吃東西，只有喝房間浴室的自來水的他肚子早就已經餓壞了，很快地就開始狼吞虎嚥，一下子就把三明治跟玉米蛋餅吃完。

「我吃飽了，我們走吧。」

李光耀點頭，站起身來，「這兩天會是你人生中最痛苦的兩天，跟地獄一樣，你最好做好心理準備。」

陳紹軒嗤笑一聲，「你可以再誇張一點。」

李光耀露出笑容，「你很快就會知道，我剛剛說的話沒有任何誇張的成分。」

★

李光耀與陳紹軒坐著葉育誠的車到了光北高中，陳爸爸、陳媽媽也開車跟在後頭。心繫兒子的他們，很擔心長期坐在書桌上讀書，這三天又沒吃什麼東西的陳紹軒會承受不了籃球隊的艱苦訓練。而陳爸爸是醫師，若是兒子在練習途中發生什麼意外，他可以馬上上去處理。

到達光北高中，時間已經是九點鐘，葉育誠一停好車，李光耀就迫不及待地下車直奔籃球場，陳紹軒拿著自己的行李，緊緊跟在李光耀身後。

不過李光耀在到達籃球場之後，臉上卻露出了無比失望的表情，因為他的隊友們全部都坐在地上休息喝水，顯然已經結束第一階段的練習。

李光耀嘆了一口氣，顯得相當無奈，對陳紹軒說：「現在籃球隊正在休息，不過練習還沒有結束，你先跟著我一起熱身準備好等一下的訓練。」

「好。」陳紹軒隨手將行李丟到一旁，跟著李光耀開始拉筋熱身。

李明正看到李光耀身旁的陳紹軒，眉頭一揚，覺得有點奇怪，尤其李光耀還帶著陳紹軒一起熱身，彷彿陳紹軒也要投入練習似的。

正當李明正想要開口詢問李光耀帶回來的朋友是誰時，葉育誠帶著陳爸爸陳媽媽來到李明正身邊。

「明正，現在跟著光耀一起熱身的是陳紹軒，他們兩位是紹軒的父母，陳媽媽是學長公司裡的顧問律師。」

李明正點頭，臉上的疑惑並沒有減少，分別對兩人伸出手，「你們好，我是籃球隊的執行助理教練，也是李光耀的父親。」

彼此握手後，陳爸爸擔心地說：「李教練，我的兒子就麻煩你照看一下了。」

陳媽媽說：「紹軒很喜歡閱讀，總是坐在椅子上讀書，很少接觸運動，所以體力並不好，待會請李教練一定要多注意紹軒。」

李明正搞不清楚是怎麼一回事，滿臉困惑，葉育誠連忙湊到他耳旁，簡單跟他說了事情的經過。

李明正哦了一聲，看了跟著李光耀熱身，身高目測一百七十五公分左右，身材偏瘦的陳紹軒一眼，隨即說：「原來是這樣，陳先生你是醫生？」

見到對方點頭，李明正繼續說：「因為我們正為冠軍賽做準備，所以目前球隊的練習量很龐大，以你兒子的情況絕對撐不過去，站在教練的立場，我必須為了這一支球隊跟為球隊打球的球員負責，所以我不可能為了你兒子一個人而降低訓練量。不過我能夠做到的是，如果你兒子發生任何狀況，或是你覺得你兒子撐不下去的時候，我可以隨時喊停，這樣你們可以接受嗎？」

聽到李明正這麼說，陳爸爸露出擔憂與猶豫的神情，不過他心裡知道紹軒是一個很固執的孩子，既然已經下定決心跟在李光耀身邊，那麼不管怎麼勸也絕對勸不聽，心裡經過幾番掙扎，無奈地點頭，「好，我明白，萬事麻煩李教練了。」

李明正拍拍陳爸爸的肩頭，「放心吧，我有分寸。」

話說完，李明正看了手錶一眼，用力拍手，大聲喊：「集合！」

球員們迅速站起身來，跑到李明正面前，陳紹軒跟著李光耀腳步，站在眾人之中，馬上引來其他人的側目。

李明正眼神掃向陳紹軒，招手，「紹軒，過來。」

陳紹軒愣了一下，李光耀見陳紹軒沒有反應，推了他一把，「去啊，教練找你，你愣著幹嘛，發呆啊？」

陳紹軒瞪了李光耀一眼，走到李明正身邊。

李明正左手放在陳紹軒肩膀上，「這位是陳紹軒，這兩天會一起參加球隊的訓練，大家就把他當成臨時的隊友就好了。」

李明正簡單介紹完陳紹軒之後，就讓陳紹軒入列，對大家說：「剛剛兩個小時的訓練只是開胃菜，我接下來會對你們非常狠，因為我們將來面對的對手會越來越強，而且我已經把目標放在乙級冠軍賽與甲級聯賽，如果照以前的方法練習，你們在場上就只有一個下場，那就是被痛宰，我現在在這裡虐待你們，是為了不想看你們在場上被別人虐待，等一下依然是防守腳步的訓練，你們給我繃緊神經！」

「是，教練！」

李明正說完話，叫所有的球員站到邊線，「等等聽我的指令，螃蟹步折返跑，一分鐘要來回十趟，手一定要摸到線才能夠往回跑，如果沒辦法在一分鐘內跑完十趟，再加五趟，準備，開始！」

陳紹軒一開始抱著別人做什麼自己就做什麼的心態，心想練球而已，又有什麼難的？但是當李明正一喊開始，所有人蹲下腳步，馬上螃蟹步往另外一邊的邊線衝過去時，陳紹軒赫然發現自己竟然馬上就被其他人拋在腦後。

這讓陳紹軒感到不甘心，輸給其他人可以，他唯獨不想輸的李光耀卻又是最快的人，這激起陳紹軒的好勝心，拚了命地想要追上李光耀。

不過李光耀吃完早餐，又一心想把之前兩個小時的練習補起來，所以訓練一開始就馬力全開，率先完成折返跑，而且完成十趟之後並沒有停下來，依然繼續螃蟹步練習。

「陳紹軒，腳步快一點！我都已經完成十五趟了，你完成一趟了沒？」李光耀不斷超越陳紹軒，看到自己的隊友已經全部完成折返跑，都在等陳紹軒一個人，李光耀不禁開始催促。

陳紹軒發現自己墊後，努力地跑完這十趟螃蟹步折返跑，而光是這十趟，就讓陳紹軒累得大口喘氣。

「休息三十秒！」李明正在一旁大喊。

僅僅一次十趟的螃蟹步折返跑，瞬間顛覆了陳紹軒對籃球隊訓練的想像，本以為籃球隊的練習根本沒有什麼的他，雙手撐著膝蓋，感受到雙腿傳來的痠痛感，接著又聽到李明正大喊：「準備，開始！」

這是陳紹軒人生第一次了解到，原來三十秒鐘是這麼短的時間。

所有人就像沖天炮一樣往前衝，陳紹軒再次被眾人拋在腦後，速度很明顯比別人慢了不只一點，體能上的差距完全顯現出來。

當球隊中體能最差的王忠軍完成十趟時，陳紹軒才在為第八趟努力，而李光耀已經在跑第十二趟。

陳紹軒完成十趟時，李光耀完成了十五趟，陳紹軒知道李光耀平常就有在練球，所以體力一定比自己好，但沒有想到他們兩個人之間的體能差距竟然會巨大到令人不敢相信的程度。

陳紹軒喘著大氣，雙手撐在大腿上，他可以聽到心臟就像是大鼓一樣在胸口裡咚咚作響，也可以看到綠豆大小的汗珠滴到地上，變成一個又一個十元硬幣大小的小圓圈，大腿顫抖著，痠痛的感覺始終消散不去。

這時，李明正再次大喊：「開始！」

所有人又朝另一邊的邊線衝了過去，陳紹軒拖著腳步想要跟上大家，但是三天以來不曾吃過一粒飯，人生除了體育課的測驗之外幾乎不曾認真運動過的他，在第三次折返跑的時候，肚子一陣翻滾，一股噁心的感覺湧上。

光。

陳紹軒摀著嘴，連忙跑到跑道旁邊的樹下吐了起來，一口氣把今天早上吃的三明治跟玉米蛋餅全部吐

陳爸爸與陳媽媽很快跑了過來，關心道：「兒子，你還好吧？」、「兒子，來，喝點水！」

陳紹軒把父親遞過來的水推開，抹去嘴角的胃酸，想要走回場上，而本來不想管陳紹軒的李光耀，在李明正的眼神示意之下，無可奈何地朝他走了過去。

李光耀說：「你先休息吧。」

「我不要。」陳紹軒一臉倔強。

李光耀無情地說：「你在拖累大家，我們沒有那麼多的時間可以浪費。」

陳紹軒把李光耀推開，重新站回場上，「我不會拖累你們。」

李光耀聳聳肩，心想陳紹軒真是個不服輸的人，不過如果體能有不服輸一半的程度就好了。

李明正等到陳紹軒在邊線外站好之後，才繼續大喊：「開始！」

在螃蟹步折返跑這個項目，李明正足足要求球隊做了十次的練習，總共跑了一百趟，而且每一次只休息三十秒鐘。不過儘管李明正的要求很高，光北高中籃球隊卻沒有任何人落後，在這十次折返跑當中每一個人都做到在一分鐘內折返十趟的標準，當然，陳紹軒每一次都花了超過一分鐘的時間才跑完十趟，但是他畢竟不是光北籃球隊的球員，所以李明正並沒有叫他再多跑達不到標準的五趟。

在第十次的折返跑時，陳紹軒感受到全部人的目光都集中在自己身上，他覺得那些目光是嘲笑、嘲諷的，心裡面覺得屈辱，覺得不甘心，偏偏自己的雙腳卻抖得不像話，速度慢的像一隻蝸牛。

陳紹軒完成折返跑後，無力地坐在地上，以為可以休息了，但是李明正卻說：「等一下是失誤後被快攻的防守練習，所有人站到底線去，哨音之後就往前衝，哨音響就往回跑，了解嗎？」

光北球員大喊：「了解！」

眾人馬上往底線移動，陳紹軒心裡的不服輸將自己支撐起來，跟著大家一起走到底線，選了個位置站好。

李明正看到球員們已經準備就緒，把哨子含在嘴中，吹出了尖銳的哨音，嗶！

光北的球員奮力地往前跑，李光耀就像是飛箭一樣一馬當先跑在最前頭，看到李光耀跑過中線，李明正又吹了哨子，每個人就像撞到牆壁一樣馬上轉身往回跑，下一秒李明正又吹哨，球員們又轉身往前跑，連續幾次這樣來回，比起剛剛的螃蟹步折返跑更累人。

李明正跟其他球員的步調實在太快，陳紹軒根本跟不上，肌耐力不夠的雙腳完全承受不住這種訓練。在某一次哨音響起，陳紹軒想要轉頭往前場跑時，右腳勾到左腳，整個人跌倒在地，膝蓋跟手肘都傳來火辣辣的痛，但更讓陳紹軒受不了的是自己的沒用。

屈辱的感覺再一次充斥在陳紹軒心中，此時也傳來李光耀的大吼聲，「你是要休息多久，每個人都在努力練習，你在幹嘛啊！？」

陳紹軒緊咬牙根，雙手撐起身體，顫抖地站起身來，繼續往前跑，這個世界上，他輸給誰都可以，就是不想輸給李光耀，就算籃球場是李光耀熟悉的地方，陳紹軒也不想被李光耀嘲笑。

然而，陳紹軒很快就知道李光耀並不是針對自己。

「王忠軍，你這樣慢吞吞的，等到比賽的時候對手已經準備投球，你還在前場來不及回防！高偉柏，你前幾場表現不錯，怎麼練習的時候差這麼多？魏逸凡，怎麼了，累了啊？要不要到旁邊乘涼休息一下？謝雅淑，需不需要氧氣筒？」

陳紹軒看著李光耀不斷以近乎羞辱的言語對隊友大吼，而被李光耀用言語攻擊的隊友總會從身上擠出體力，拚命地想要超越李光耀，利用表現讓李光耀閉嘴，這時陳紹軒忽然覺得，籃球場似乎是一個跟自己想像中完全不一樣的地方……

第十二章

讓球員來回不斷跑了三分鐘之後，李明正大喊：「休息一分鐘！」

陳紹軒雙腿無力，累到直接蹲坐在球場上，喘著大氣。可是在他這麼做的同時，其他的球員卻是往底線走去。

李光耀說：「大少爺，你要休息多久，到底線去了。」

「什……什麼？」陳紹軒大口喘氣到連話都沒辦法連貫地說出來。

「要休息到底線去休息，休息完了就可以直接開始訓練。如果大家都像你這樣累就倒下來休息，等一下教練喊練習開始，又得多花幾秒鐘的時間走到底線。每一個人浪費幾秒鐘，累積起來這支球隊就浪費了幾分鐘，一個月累積起來就會落後別的球隊好幾個小時。」

李光耀蹲了下來，看著臉色蒼白的陳紹軒，「這幾個小時的時間最後就會變成實力強弱的差距，實力的差距最後會變成什麼你知道嗎？就是比賽勝負的關鍵。你想要成為一個弱者我管不著，但是我們想要變強，你想要休息就到旁邊去，籃球場上容許不了懦弱。」說完，李光耀站起身來，走到底線去準備下一輪的轉換攻守練習。

聽了李光耀的話之後，陳紹軒咬緊牙根，雙手撐起身體，腳步踉蹌地走到底線去。

李明正看向手錶，休息時間一分鐘已經到了，拿起哨子吹出尖銳又響亮的哨音，「開始！」

光北隊員奮力往前跑，陳紹軒也想要跟上別人，但是就在他右腳奮力踏出的瞬間，小腿的肌肉劇烈抽筋，痛得陳紹軒齜牙裂嘴。

見到陳紹軒痛苦地倒在地上，李明正馬上喊停。

「紹軒！」聽到陳紹軒痛苦的慘叫聲，陳爸爸、陳媽媽擔憂地跑了過來，但是李光耀比他們更快跑到陳紹軒的身旁。

李光耀發現陳紹軒只是腳抽筋，鬆了一口氣，左手把陳紹軒的膝蓋壓穩，右手緊緊抓著腳尖，把腳尖往脛骨的方向壓下去。

李光耀看著陳紹軒痛苦的表情，臉上出現了一絲笑容，「我說過了，這裡是地獄。」

陳爸爸與陳媽媽慌忙來到陳紹軒身邊，李光耀對他們說：「不用擔心，只是抽筋而已，把筋拉開就好。」

幫陳紹軒處理好抽筋之後，李光耀說：「去旁邊休息吧，抽筋之後如果繼續勉強練球，可能會造成你肌肉組織的永久性傷害。」

「紹軒，來，媽扶你。」

陳紹軒推開媽媽的手，自己站了起來，一拐一拐地走到跑道旁邊的樹蔭底下。

陳媽媽想要趕快過去安慰陳紹軒，但陳爸爸卻抓住她的手，「讓那個孩子自己靜一靜。」

坐在樹蔭底下的陳紹軒，低垂著頭，滾燙的淚水從眼眶中流下，自己的身體竟然連一個小時的訓練都撐不下去，自己竟然成為拖累別人的角色，自己竟然需要李光耀的幫忙！

自尊心非常高的陳紹軒，想起剛剛自己在籃球場上的表現，不禁流下了男兒淚。

陳紹軒不由得想起在遇到李光耀之前，這個世界好像是屬於他的。

連續三年，整整六個學期他都是第一名，不管是老師、同學、親戚、朋友都認為台大醫學系或者政大法律系，對他來說都是只要填上志願就可以考上的學校與科系，他意氣風發，每一個人都用崇拜的眼光看著他，而且還有劉晏嫃這樣一個美女主動追求，整個人生跟世界都顯得如此美好。

可是在李光耀出現之後，世界風雲變色，劉晏嫃拋下自己，投入了李光耀的懷抱，身邊越來越多聲音說的是籃球隊有一個學弟長的帥，身材好，又會打球，自己受到的注目越來越少，而現在竟然還在籃球場上自取其辱……

陳紹軒，你是智障嗎！？

陳紹軒肩膀顫動，低聲啜泣著，這時的他感到極端的無助，眼前一片黑暗，自己的人生到目前為止，全部被一個名為李光耀的人給摧毀了。

樹蔭底下的陳紹軒，在短短不到一個小時的練習中用盡體力，又把早餐全部吐光，現在把力氣花在哭泣上，渾身軟綿綿的沒有一絲氣力，意識漸漸矇矓，尖銳的哨音與球員的呼喊聲飄得越來越遠……

陳紹軒靠著樹幹，眼角殘留著淚水，迷迷糊糊地睡著了。

也不知道睡了多久，陳紹軒發覺臉上傳來冰涼的感覺，嚇了一跳，馬上驚醒過來。

李光耀把水塞到陳紹軒手中，「水，給你喝。」

李光耀赤裸著上半身，渾身流著大汗，在陳紹軒身旁坐了下來，大口大口地喝水，「怎麼樣，地獄的感覺很不好受吧。」

陳紹軒沒有說話，默默扭開瓶蓋喝水。

「剛剛大家在訂便當，本來要問你想吃什麼，但是我猜這個世界上應該不會有人不喜歡吃雞腿便當，所以我就自作主張幫你訂了，你應該沒有對雞肉過敏吧？」

陳紹軒嗤笑一聲，「誰會對雞肉過敏。」

李光耀臉上出現笑容，「唉唷，還有力氣說話，很好。」

李光耀伸展身體，「我剛剛在場上對你很凶，並不是對你這個人有什麼意見，我的隊友已經習慣我這麼做，他們是一群不服輸的人，所以只要我故意激怒他們，他們就算真的沒力了也會想辦法擠出力氣，這是我們的相處模式。」

李光耀繼續說道：「我是把你當成自己人才這麼做的，不過畢竟你不是籃球隊的，他們可以理解我的做法，但你不一定可以，所以我覺得我必須解釋一下剛剛的行為。」

陳紹軒默默地喝水，沒有理會李光耀。

「我們下午要練習進攻，而且訓練的分量一定會非常可怕，你剛剛抽筋的很嚴重，下午的練習就先休息一下吧。」

這時，楊信哲嘹亮的聲音傳來，「便當來了！」

李光耀拍拍陳紹軒的肩膀，「走啦，吃飯了，我都快餓死了，你這個三天沒吃飯，又把早餐都吐光的傢伙還不餓啊？」

飯。

陳紹軒依然沒有說話，手靠在樹幹上把自己撐起來，排隊拿了便當，跟著其他球員一起坐在樹蔭底下吃

趁著球員吃便當的空檔，李明正大聲說：「大家注意聽到我這裡，明天晚上我們比賽的對手是忠明高中，忠明高中今年在乙級聯賽的平均勝分是一點三分，是一支守重於攻的球隊，實力比起我們前兩場比賽遇到的立德跟松苑都有一定的落差，但是大家不能因為這樣就輕視對手，還是要拿出全力以赴的心態去面對這場比賽。」

「是！」

「明天的比賽採用全場壓迫性防守，忠明很會防守，那我們就讓他們整場比賽都防守到底，明天我要看到的是具有侵略性的全場壓迫性防守，不要怕賠上犯規，積極一點，讓他們連半場都過不了！」

★

陳紹軒覺得有人在搖自己，但他比較想投入黑暗的懷抱，完全不理會這陣搖動。

搖動的程度瞬間加大，讓陳紹軒不得不睜開眼睛，一睜開眼，頭上明亮的燈光讓他不禁瞇起雙眼。

見到陳紹軒醒過來，李光耀大聲說：「起床了，還睡啊。」

陳紹軒看了窗外一眼，發現外頭依然是一片漆黑，「現在幾點了？」

「三點五十九分。」李光耀話一說完，放在床頭的鬧鐘響了。

李光耀關掉鬧鐘，「抱歉，我更正，是四點整。」

「你四點起床幹嘛？」陳紹軒腦海內的瞌睡蟲不斷施放睏意，讓他極不想要離開棉被溫暖的懷抱中。

李光耀一把扯掉陳紹軒的棉被，「這還用問嗎，當然是練球啊！」

陳紹軒打了一個哈欠，懷疑地說：「你該不會是在整我吧，哪有人這麼早起床練球？」

李光耀看著陳紹軒的臉，不禁笑了出來，「不好意思，我每天早上幾乎都是四點起床練球。」

「怎麼，還是說你連四點起床都做不到，難怪劉晏媜……」

一說到劉晏媜，陳紹軒力氣馬上湧了上來，翻開棉被跳起來，但是雙腿一軟，差點沒站穩跌倒。

李光耀看到陳紹軒腳軟的模樣，並沒有開口嘲笑他，淡淡地說：「昨天下午都叫你不要勉強自己，結果你還是堅持要練。你算運氣好，抽筋之後應該就要讓肌肉好好休息，不然容易造成肌肉拉傷，嚴重一點肌肉撕裂都有可能。快去洗臉刷牙，浴室還記得怎麼走吧？」

陳紹軒努力忽略雙腿痠痛無力的感覺，想要假裝自己根本不受影響，從行李中拿出洗面乳與牙刷牙膏，快步到浴室洗臉刷牙。

當陳紹軒回到李光耀房間的時候，李光耀已經換好短袖短褲，還從衣櫃中拿出棉質外套丟給他，「穿上外套，現在秋天，清晨時分會有股涼意，小心著涼。」

「你沒穿，為什麼我要穿。」陳紹軒把外套丟到李光耀的床上。

「因為你這個樣子絕對沒辦法跟我一起練球，所以等一下你就在旁邊看就好，等到我需要你的時候，我會跟你說。」

李光耀拿起外套，掛在手臂上，「好了，走了。」他關燈走出房間，開了樓梯的燈，平常不開燈就走下樓的李光耀，怕陳紹軒摔倒，貼心地開了燈。

李光耀與陳紹軒一前一後走出家門，來到庭院籃球場，清晨帶著涼意的微風讓李光耀感到神清氣爽。這時間的空氣特別清新，李光耀深吸了幾口，把外套丟給陳紹軒，「穿著吧，真的會冷。」

陳紹軒哼了一聲，但是這一次沒有拒絕李光耀的好意，不過也沒有穿上外套，只是把外套披在自己肩頭而已。

李光耀看到陳紹軒的舉動，搖搖頭，苦笑說：「你真是個怪人。」

跟平常一樣，李光耀開始熱身，活動身體，把筋拉開，一直到身體微微沁出一層薄汗。

李光耀從旁邊的籃子中拿出兩顆籃球，站在籃球場上開始練習運球，眼睛看著陳紹軒，「你每天都花幾個小時在讀書上？」

陳紹軒問：「什麼？」

李光耀問的更仔細，「你回家之後要讀幾個小時的書，才能做到連續三年都是全校第一名？」

陳紹軒聳聳肩，隨意地說：「沒有算，但我每天都十點半上床睡覺，所以大概是三個小時。」

李光耀驚訝地說：「什麼？只有三個小時？你是怎麼做到的，你有補習嗎？」

陳紹軒嗤笑一聲，「又不難，幹嘛要補習，上課聽老師講完我就大概都懂了，回家只要複習一下增強記憶力就好，考試那一週多讀一下書，考第一名根本就沒有那麼難。」

李光耀張大嘴巴，「真的假的啊，我怎麼覺得考第一名比登天還難，除了英文之外，我其他科目都爛到爆炸，尤其是化學，真的是爛到無可救藥了。」

陳紹軒冷哼一聲，「是你理解的方式有問題。」

李光耀喃喃自語地說：「原來世界上真的有天才這回事啊……」

李光耀加快運球節奏，開始變換運球的方式，但是眼睛始終沒有看向手中的球，而是利用指尖對球的觸感來掌握球的彈跳，目光一直注視著陳紹軒，「那你最喜歡的科目是什麼？」

「沒有，都很無聊。」

李光耀又問：「我記得大學學測快到了，你有想要讀什麼科系嗎？例如說跟你爸爸一樣當醫生的醫學系，或者跟你媽媽一樣當律師的法律系？」

陳紹軒淡淡地說：「關你屁事。」

李光耀聳聳肩，「我只是問問，沒有別的意思，不過看你這個反應，你應該不想當醫生也不想當律師，什麼醫生或律師只是你身邊的親戚、長輩、老師、朋友給你的期望而已，對吧？」

陳紹軒不說話。

「像我這種成績普普通通的學生，就不會有人在我旁邊一直囉哩叭唆，不過就算有人在我旁邊給我意見，我也不會理他們，因為我早就下定決心要成為籃球員，而且是全世界最強的籃球員。」李光耀自顧自地說。

「之前不知道已經有多少人對我說，籃球是一條很艱難的道路，可是他們根本不知道到底有多難，也沒有認真看過我付出了多少努力。他們總是用擔心你，害怕你受傷、失敗的好意來阻止你往夢想前進，但其實他們根本一點都不了解你，也不會在乎你的想法，只是一味的用自以為是的態度告訴你應該不應該這麼做而已。」

陳紹軒看著李光耀快速的運球動作，聽著李光耀說的話，心裡出現了一絲震撼。

「所以啊，對於那些人的『好意』建議，我全部都當成耳邊風，繼續努力朝著夢想邁進。我相信天生我才必有用，每一個人都有自己能夠做到，但是別人做不到的事情。盲目的聽別人建議，卻不肯聆聽自己內心深處聲音的人，最終只會迷失。」

李光耀對陳紹軒露出一個大大的笑容，「我都說那麼多了，該輪到你說說你的夢想了吧？」

陳紹軒看著李光耀臉上的笑容，眼神中的真誠，還有渾身散發出來的自信與堅定，這一刻，陳紹軒想起劉晏媜那時說過的話。

「我喜歡李光耀，不是因為李光耀很會打籃球，而是因為李光耀是李光耀，但是在你身上我卻看不到任何東西。」

「拿下全校第一名這虛假的外衣，你就什麼都不是。」

陳紹軒終於明白，原來李光耀吸引劉晏媜的地方在於李光耀專注地做自己，用自信與努力，堅定不移地朝自己心裡的夢想前進。

陳紹軒嘴角露出一抹苦笑，反觀自己，總是生活在別人的掌聲與讚美之中，以為第一名就很了不起，殊不知自己已經被關在名為成績的象牙塔之中了。

陳紹軒看向李光耀，猜想如果是李光耀的話，應該不會嘲笑自己的夢想吧？

「我想要……成為哲學家。」

李光耀愣了一下，露出新奇的表情，「哲學家，為什麼？你是我身邊認識的人裡面唯一說想要成為哲學家的人，好酷。」

看到李光耀的反應，陳紹軒鬆了一口氣，「因為我喜歡思考，你知道人類跟動物最大的差別在哪裡嗎？」

「在哪裡？」

「在於人類會去思考問題。」

李光耀眼神一亮，像是發現新行星一般，「哇塞，有道理。」

陳紹軒手指點了點頭腦，「人類之所以能夠稱霸地球，靠的就是這小小又脆弱的大腦，透過思考，人類創造出了許多更便於生活的器具，但這些是物質上的，非物質的呢？人類發展出了宗教、文化還有思想。哲學聽起來好像很複雜，關於哲學的定義甚至也有很混雜的說法，可是對我來說，關於心靈或者思想上的一切，都可以在哲學的討論範疇之內。

「哲學是很廣泛的，它甚至可以很簡單，只是大多數的人在缺乏了解的情況之下，會傾向把事情想的太過複雜。所以台灣對於哲學的刻板印象是探討一些虛無縹緲的人生，但其實不是這樣，哲學深入每一個人的日常生活，例如說儒家思想，它也是一種哲學，而且是深入你我生活當中的哲學。」

李光耀連連點頭，但是臉上的表情卻是充滿疑惑，也不知道有沒有聽懂，又或者是似懂非懂。

「所以你想要考哲學系？」

陳紹軒大力點頭，「嗯。」

李光耀說：「那就去啊，反正你成績那麼好，考上哲學系應該不是什麼太困難的事吧。」

陳紹軒眼神複雜地看了李光耀一眼，看到陳紹軒的眼神，李光耀頓時明白他的顧慮。

「哦，我知道了，你是怕大家反對你。」

陳紹軒不說話。

李光耀結束運球練習，把其中一顆籃球拿去放，對陳紹軒說：「我現在要練習投籃，你幫我撿球。」

陳紹軒默默站起身來，把外套放到旁邊，踏上籃球場。

李光耀站在弧頂三分線，拿球往上比，做一個投籃假動作，右腳向右踩，做出試探步，接著下球往左切，一個運球之後拔起來跳投，球劃過美妙的拋物線，唰。

陳紹軒看著李光耀行雲流水的動作，心想李光耀到底是努力了多久，才能夠有這種近乎藝術般的美妙投籃動作。

陳紹軒把球撿起，傳給走回弧頂的李光耀。

李光耀再次做了往左的帶一步跳投，唰。

「雖然你是全校第一名，可是有一個科目你絕對比不上我，那就是英文。」李光耀篤定地說。

「我全民英檢通過中高級，多益考了九百五十分。」一說到成績，陳紹軒有自己絕對不會輸給任何人的自信。

李光耀笑了笑，「我可以保證我的聽、說、讀、寫都比你強，因為我小時候有在美國生活過，這跟在台灣用中文的思考邏輯去學習英文是兩回事，我平常也有在念英文，所以我自認我的英文程度是很高的。但是我說這些，並不是想跟你比較誰的英文比較好。」

李光耀接住陳紹軒傳來的球，又是往左的帶一步跳投，唰。

「除了英文之外，我會說一些德文，而且我也請我媽幫我買了一些德文的自學書籍，想要把德文提升到能夠達到日常會話的程度，除此之外，在高二的時候我更打算學西班牙文，你知道我為什麼要做這些事嗎？」

陳紹軒撿球，傳給李光耀，「為什麼？」

「因為籃球。」李光耀接球，投球，唰。

「除了美國之外，我小時候也在德國待過，所以還記得一些德文，只要花一年的時間認真自學的話，我相信很快就可以達到自己心中的標準。而西班牙文又是除了英文之外全世界流通最廣泛的語言，現在歐洲那邊的籃球也發展的很不錯，如果接下來我沒辦法順利到美國打球的話，我擁有的英文、德文、西班牙文能力，我相信足夠支持我闖蕩歐洲。」

陳紹軒看著李光耀眼神裡發著光，再一次被李光耀給震撼到，原來李光耀並不是自己想的那樣只是一個喜歡打球，把籃球當作夢想的人而已，對於夢想，除了努力練球之外，他還努力提升語言上的能力，為未來做準備。

在李光耀面前，陳紹軒莫名地感到了一絲自卑。

李光耀問：「你有聽過一個叫做五月天的樂團嗎？」

「廢話，當然有。」

「他們有一首歌叫做〈倔強〉，我很喜歡裡面的一句歌詞，『逆風的方向，更適合飛翔，我不怕千萬人阻擋，只怕自己投降』。對於職業籃球員這個夢想，別看我這樣，其實我也有擔心害怕的時候，可是除了籃球之外，我對其他東西都沒有太大的興趣，讓我提不起勁去學習，不過如果今天成為籃球員要學會化學，我會是全校化學最好的人，這就是夢想帶給我的力量。

「我相信如果成為哲學家是你的夢想，那這個夢想一定可以帶給你很大的力量，可以讓你排除萬難，而且如果現階段你只是想要讀哲學系的話，那麼我相信以你的成績，絕對可以順利錄取台灣任何一間大學的哲學系，是吧？」

陳紹軒沒有說話。

「如果你是害怕當你說出你想要讀哲學系，身邊的老師、朋友、親戚會反對，會不斷勸你醫學系、法律系對你未來才是最好的選擇，你將沒辦法得到他們的認同與支持。」

李光耀走到陳紹軒面前，彎腰撿起球，對陳紹軒露出笑容，「記得，你永遠都不可能討好每一個人，而且也不是每一個人都是真心地為你好，你需要得到認同與支持的，是那一些真心關心你，真心想要為你好的人，例如說，你的爸媽。」

李光耀輕輕拍了陳紹軒的胸口，「你爸媽是很明理的人，我相信他們會支持你的夢想。」

陳紹軒一語不發，轉身離開籃球場。

李光耀看陳紹軒離開，也沒有多說什麼，繼續練習帶一步跳投。

陳紹軒回到李光耀的房間，沒有開燈，坐在林美玉為他擺好的床墊上，頭埋在雙手之間，任由黑夜籠罩他的世界，因為只有在這樣子的黑暗下，他才能夠將深埋在內心已久的懦弱釋放出來。

陳紹軒無聲流淚，為在這天以前總是為別人而活的人生哭泣著，但是陳紹軒發誓，從今天以後他要主宰自己的人生，他要做自己人生的主人，他要為自己而活。

陳紹軒再次感覺到世界在搖動，不過這一次他很快就醒過來。

「起床啦，我媽已經做好早餐，吃完早餐我爸會載你上課。」

陳紹軒打量李光耀身上的裝扮，「你呢？」

結束今天早上的自我訓練，已經把一身臭汗沖掉的李光耀，拿起後背包，「我每天都跑步上學。」

陳紹軒驚呼一聲，「每天！？」

「是啊，要維持住體能，最簡單的方法就是每天都鍛鍊，就跟你每天都讀三個小時的書，才能每個學期都考第一名的道理是一樣的。」

「好了，我先走了。」李光耀把後背包揹上，準備離開時，陳紹軒卻叫住李光耀，「等一下！」

李光耀轉頭，「幹嘛？」

陳紹軒咬牙，握緊拳頭，但是看著李光耀的臉龐，雙拳緩緩鬆開，「這一次，就算是我輸了。」

雖然李光耀不確定陳紹軒指的是什麼事情，不過李光耀還是給了陳紹軒一抹自信的笑容，「廢話。」

李光耀話一說完，離開房間。

聽著李光耀下樓的腳步聲，陳紹軒在房間裡輕輕地說：「你這個混蛋，我可是人生第一次對別人認輸。」

在李光耀離開之後，陳紹軒很快穿上制服，整理好頭髮，拿著行李走下樓，發現李明正與林美玉已經在餐桌上吃飯。

林美玉見到陳紹軒下樓，熱情地招呼，「陳同學，來，過來吃早餐了。」

陳紹軒看著桌上擺著明顯是林美玉親自下廚煮的早餐，雖然只是簡單的什錦粥，但是想到自己的爸媽始終忙於公事，總是在附近的早餐店買現成的，從未在家自己煮。眼前這個景象，讓陳紹軒不禁羨慕起李光耀。

「好，謝謝。」陳紹軒拉開椅子坐了下來。

林美玉說：「多吃一點，不用客氣，要吃多少自己來。」

「好，謝謝阿姨。」陳紹軒拿起桌上的空碗，替自己盛了滿滿一碗什錦粥，吃了一口，雙眼瞪大，不敢置信地說：「這絕對是我這輩子吃過最好吃的什錦粥。」

林美玉笑靨如花，「好吃就多吃一點，不用客氣。」

陳紹軒已經不知道多久沒吃過熱騰騰的早餐，加上林美玉的手藝實在太精湛，讓陳紹軒一連吃了三碗才放下手中的碗跟筷子。

「我吃飽了，謝謝！」

李明正吃完六碗粥之後，也放下手中的筷子跟碗，「時間差不多了，我們走吧。」

林美玉說：「碗放著，我來收就好，你們路上小心。」

李明正牽起林美玉的手，輕輕在手背上吻了一下，「好，老婆，妳今天的早餐還是跟以前一樣好吃，謝謝妳。」

林美玉羞紅了臉，「有光耀的同學在，你別這樣。」

李明正哈哈大笑，對陳紹軒說：「走吧，出發。」

李明正與陳紹軒一起走出家門，坐上車。

路途上，李明正顯得心情不錯，聽著電台播放的歌曲，偶爾也會跟著節奏哼個一兩段，而陳紹軒卻顯得很安靜，一直到陳紹軒克服心裡的緊張，看向李明正。

「叔叔，我想問你一個問題。」

「好啊，你說。」

陳紹軒開門見山地問：「你會支持李光耀打籃球，是因為你本身是籃球教練的關係嗎？」

李明正搖頭，「不是，這跟我的職業沒有關係。」

陳紹軒又問：「要當職業籃球員是一件很難的事，更何況李光耀又不只是想要在台灣打籃球而已，他還想要跑到歐洲跟美國去，我覺得這根本是接近不可能的事，為什麼叔叔你會支持他？」

李明正笑了幾聲，「因為他是我兒子。」

聽到這個答案，陳紹軒愣了一下。

李明正繼續說：「我自己以前也是個夢想要到美國打球的人，可是在一次嚴重的受傷之後，夢想碎了，之後的路也走得跌跌撞撞，所以我當然知道這是一個很困難而且也很危險的夢想，可是如果你問我後不後悔當初選擇籃球這個夢想，我會跟你說，不會。

「很多時候，過程比結果還重要，我是失敗了沒錯，可是我在失敗時學到的東西比起生活平穩時要多很多，失敗讓我更懂得面對挫折，讓我知道要感恩惜福，讓我更知道要隨時隨地保持學習的熱誠，失敗造就了現在的我，所以我很感謝失敗。

「當光耀對我說他想要當職業籃球員的時候，我就已經看到他的未來是充滿挫折與痛苦的，可是從挫折中學習，從痛苦中成長，是讓男孩蛻變成獨立、負責的男人的最快途徑，尤其他對籃球有很大的熱情，所以我相信不管面對什麼樣的挫折與困難，他都可以利用心裡的熱情去勇敢克服，面對眼前的挑戰。

「我希望他往自己的熱情與目標走，否則當一個人沒有目標與熱情，那麼他不管做什麼事，只要遇到一點小小的挫折，一定會馬上放棄，我不希望他成為這種人，這樣他一輩子都沒辦法長大。」

李明正摸摸下巴，「哈哈，真是抱歉，一不小心就好像是在說教了。」

陳紹軒搖搖頭，「不，謝謝叔叔。」

李明正看著陳紹軒堅定的眼神，輕輕說：「不客氣。」

★

光北靠著禁區優勢順利挺進八強。

沒有任何人鬆懈下來，在李明正的主導下持續高強度的訓練，準備迎接更強的敵人——

（《最後一擊：傳奇3》完）

國家圖書館出版品預行編目資料

最後一擊：傳奇 / 冰如劍作 . -- 初版 . -- 臺北市 :
POPO 出版 : 家庭傳媒城邦分公司發行，民 107.03,
冊 ; 公分 . --（PO 小說 ; 24-）
ISBN 978-986-95124-5-9（第 3 冊：平裝）

857.7 107002845

PO 小說 24

最後一擊：傳奇（3）

作　　者／冰如劍
責任編輯／高郁涵、吳思佳
行銷業務／林政杰
主　　編／陳靜芬
版　　權／李婷雯
網站經理／劉皇佑

總 經 理／伍文翠
發 行 人／何飛鵬
法律顧問／元禾法律事務所　王子文律師
出　　版／城邦原創 POPO 出版　城邦原創股份有限公司
台北市中山區民生東路二段 141 號 6 樓
電話：(02) 2509-5506　傳真：(02) 2500-1933
POPO 原創市集網址：www.popo.tw　POPO 出版網址：publish.popo.tw
電子郵件信箱：pod_service@popo.tw
發　　行／英屬蓋曼群島商家庭傳媒股份有限公司城邦分公司
聯絡地址：台北市中山區民生東路二段 141 號 11 樓
書虫客服服務專線：(02) 25007718・(02) 25007719
24 小時傳真服務：(02) 25001990・(02) 25001991
服務時間：週一至週五 09:30-12:00・13:30-17:00
郵撥帳號：19863813　戶名：書虫股份有限公司
讀者服務信箱 email：service@readingclub.com.tw
城邦讀書花園網址：www.cite.com.tw
香港發行所／城邦（香港）出版集團有限公司
地址：香港灣仔駱克道 193 號東超商業中心 1 樓
email：hkcite@biznetvigator.com
電話：(852) 25086231　傳真：(852) 25789337
馬新發行所／城邦（馬新）出版集團 Cité(M)Sdn. Bhd.
41, Jalan Radin Anum, Bandar Baru Sri Petaling,
57000 Kuala Lumpur, Malaysia.
電話：(603) 90578822　傳真：(603) 90576622
email:cite@cite.com.my

封面插畫／唐尼宇
印　　刷／漾格科技股份有限公司
經 銷 商／聯合發行股份有限公司
電話：(02) 2917-8022　傳真：(02) 2911-0053

□ 2018 年（民 107）3 月初版　Printed in Taiwan.

定價／ 260 元
 ISBN 978-986-95124-5-9